Isabel Holocher-Knosp

Tatort Villa Rustica

Ein Schwaben-Krimi

Oertel+Spörer

Ut sementem feceris, ita metes

Wie du aussäst, so wirst du ernten

(Cicero)

Der Heilige Bezirk strahlte eine ehrwürdige Ruhe aus, wie sie sonst nur auf Friedhöfen anzutreffen war. Der Tempeldistrikt lag etwas abseits, außerhalb der ummauerten Anlage des römischen Freilichtmuseums, und wurde ebenfalls durch eine hohe Umfassungsmauer abgeschirmt. Rasch passierte er den Durchlass in der westlichen Außenmauer und eilte über den grasbewachsenen Verbindungsweg.

Nun war es endlich soweit. Seine Neugier hatte ihn seit Wochen nicht mehr ruhig schlafen lassen. Heute Nacht würde er das Geheimnis des Tempels lüften.

Die Fundamente der Kapellen waren in der Finsternis kaum zu erkennen. Er musste aufpassen, wohin er trat. Der Heilige Bezirk war die jüngste Ausgrabungsstätte des Freilichtmuseums und glich derzeit noch einer großen Baustelle. Bislang hatte man lediglich ein Seitengebäude und eine Kapelle restauriert. Der Rest der Tempelanlage dämmerte im Dornröschenschlaf vor sich hin und wartete darauf, wiederbelebt zu werden. Überall lagen die Gerätschaften der Handwerker verstreut umher. Vielleicht sollte er die Taschenlampe herausholen? Er zögerte.

Nein, das wäre ein unnötiges Risiko. Er würde die Stelle auch ohne Licht finden. Zigmal war er den Weg in Gedanken abgegangen. Doch die Orientierung bei Nacht fiel ihm schwerer als gedacht.

Er musste sich beeilen. Es hatte ewig gedauert, bis die letzten Nachtschwärmer ins Bett gefunden hatten und

Ruhe ins Lager eingekehrt war. In zwei Stunden würde es schon wieder hell werden. Und es gab noch einiges zu tun.

Ein leises Knacken ließ ihn herumfahren. War da jemand? Er blieb stehen und lauschte mit angehaltenem Atem. Da, wieder! Es kam aus dem angrenzenden Wald. Vermutlich ein Tier, das durchs Unterholz strich. Er machte einen großen Schritt über eine herumliegende Leiter und hastete weiter. Hatte da nicht etwas geraschelt?

Er blickte sich um und lief geradewegs in den Betonmischer hinein, der wie aus dem Nichts vor ihm aufgetaucht war. Das blecherne Monstrum kippte zur Seite und krachte mit einem ohrenbetäubenden Scheppern zu Boden. Erschrocken hielt er inne. Verflucht noch mal! Was war das denn gewesen? Welcher Idiot hatte das Ding mitten im Weg stehen lassen? Der Krach war weithin zu hören gewesen. Wahrscheinlich war das halbe Lager nun wach und fragte sich, wer für diese nächtliche Ruhestörung verantwortlich war. So ein verdammter Mist! Jetzt konnte er die Sache abblasen! Er holte aus, verpasste dem Betonmischer einen ungestümen Tritt und sog zugleich die Luft zwischen den Zähnen ein, um den sich ausbreitenden Schmerz in seinem Fuß zu veratmen. So lange hatte er diesem Römerfest entgegengefiebert. Und jetzt das! Wer weiß, wann sich die nächste Möglichkeit bot? Er schloss für einige Sekunden die Augen, rieb sich die Stirn und dachte nach.

Er konnte natürlich auch nächste Woche bei Nacht über die Mauer steigen. Aber das wäre dann ein Einbruch, eine Straftat und somit eine ganz andere Dimension. Heute Nacht war er dagegen Gast im Museum und es stand ihm frei, sich überall auf dem Gelände zu bewegen. Falls man ihn erwischen würde, konnte er immer noch versuchen sich herauszureden. Zugegeben, die Chance war gering, dass man ihm glauben würde. Aber das war letztlich belanglos. Vor Gericht zählten nur Beweise. Und beweisen konnte man ihm erst mal gar nichts. Nicht solange sich die Ware noch auf dem Museumsgelände befand. Die nächste Gelegenheit, sich hier so frei bewegen zu können, würde sich erst beim nächsten Römerfest wieder bieten. In zwei Jahren.

Nein, das kam nicht infrage. Schließlich hatte er bereits im Darknet einen Interessenten gefunden, der ganz scharf auf die Lieferung war. Der Käufer wollte anonym bleiben, aber er hatte deutlich gemacht, dass er beinahe alles dafür zahlen würde. Er war jedoch gewiss nicht bereit, noch länger zu warten. Schon jetzt war er äußerst ungeduldig und fragte täglich nach, wo die Ware blieb.

Er würde die Sache durchziehen. Wenn in den nächsten zehn Minuten keiner hier aufkreuzte, dann würde voraussichtlich auch niemand mehr kommen. Er setzte sich auf ein Mauerfundament, steckte eine Zigarette an und starrte in die Nacht hinein.

Verbotenes hatte ihn schon immer gereizt. Er war süchtig nach diesem Kribbeln. Es begann stets mit einer Idee, die seinem Kopf wie ein plötzlicher Funke entsprang, ihn elektrisierte und nicht mehr losließ. Dann brütete er eine Weile über seinem Geheimnis und genoss die zunehmende Erregung, wenn der Plan konkrete Formen annahm. Der Höhepunkt war erreicht, sobald er den Plan in die Tat umsetzte. Das Bewusstsein, die Grenze der Konventionen ungestraft überschritten zu haben, verschaffte ihm Genugtuung und das Gefühl, dem Rest der Welt überlegen zu sein. Zugleich wurde sein Körper dabei regelrecht von Adrenalin geflutet. Es war wie Bungee-Jumping. Nur besser. Das Kribbeln war phänomenal.

Bereits als Kind hatte er es nicht lassen können, Streiche zu spielen. Lustig war es freilich nur für ihn gewesen, wenn er das Tagebuch seiner Schwester im Aquarium versenkt oder dem Wellensittich seines kleinen Bruders die Freiheit geschenkt hatte. Er gehörte in der Schule der wildesten Clique an und nicht selten animierte er seine Kumpels zu Aktionen, die mit den üblichen Freizeitaktivitäten von Jugendlichen wenig zu tun hatten. So kletterten sie im Hochseilgarten am liebsten außerhalb der Öffnungszeiten und auch Freibadbesuche unternahmen sie ausschließlich nachts. Wenn ihnen langweilig war, angelten sie mit Hilfe eines Magneten die Glücks-Cents im Marktbrunnen heraus oder unternahmen eine heimliche Spritztour im Geländewagen seines Vaters über die Felder.

Nicht immer ging die Sache gut aus. Beim Übersteigen des Freibadzauns war er einmal mit seinem Ring im Maschendraht hängen geblieben und hatte sich dabei den Finger abgerissen. Es war ein hoher Preis gewesen, den er für das bisschen Nervenkitzel damals hatte bezahlen müssen. Da er die näheren Umstände des Unfalls lieber für sich behielt, hatte er sich für potenzielle Nachfragen eine andere Geschichte zurechtgelegt. Er behauptete stets, er habe den Finger bei einem Arbeitsunfall mit der Kreissäge verloren. Das klang spektakulär und löste meist große Anteilnahme aus.

Nachdem er geheiratet hatte, war er etwas ruhiger geworden. Allerdings hatte er bereits nach wenigen Ehejahren festgestellt, dass fremde Frauen, insbesondere verheiratete, eine ungeheure Anziehungskraft auf ihn ausübten. Je höher die Hürde, desto größer war die Verlockung. Diese Abenteuer gaben seinem Leben den gewissen Kick, brachten Abwechslung in den öden Alltag, der manchmal nur noch aus Vorschriften zu bestehen schien. Wenn es ihm gelungen war, eine Sache erfolgreich durchzuziehen, war das Gefühl des Triumphes unbeschreiblich.

Das, was er jetzt vorhatte, übertraf jedoch alles, was er bisher unternommen hatte. Es überschritt mehr denn je die Grenze der Legalität.

Nichts regte sich. Die Grillen zirpten. Sonst war alles ruhig. Vielleicht hatte man das Scheppern im Lager ja gar nicht gehört.

Als er das Gefühl hatte, lange genug gewartet zu haben, verstaute er den Zigarettenstummel in der Vordertasche seines Rucksacks und tastete sich zur südlichen Mauer vor. So! Von der Ecke aus waren es genau fünf Schritte gewesen. Eins, zwei, drei, vier und fünf. Hier musste es sein. Er stellte seinen Rucksack ab, zog den Klappspaten heraus und begann zu graben. Hm, war es so tief gewesen? Eigentlich müsste doch schon was zu sehen sein. Er fing an zu schwitzen. War dies überhaupt die richtige Stelle? Hatte er die Schritte groß genug gemacht? Er musste unwillkürlich an eine Szene im Film »Fluch der Karibik« denken. Pirat Jack Sparrow hatte dabei scheinbar mühelos einen Schatz ausgehoben und nebenbei mit einem frechen Grinsen im Gesicht gegen eine Heerschar von blutrünstigen Piratengeistern angekämpft. Wenn sich Sparrow auf Schatzsuche befand, hatte er jedenfalls stets riesige Schritte gemacht.

Im wahren Leben war es nicht so einfach, einen Schatz

zu heben. Aber er war schließlich auch kein Pirat. Er stützte sich auf den Spaten und wischte sich den Schweiß von der Stirn. Blöd, dass er damals keinen Meterstab zur Hand gehabt hatte. Dann wäre es jetzt ein Kinderspiel, die exakte Stelle zu finden. Es hatte eben alles schnell gehen müssen und angesichts des Zeitdrucks hatte er sich spontan für das Fußmaß entschieden.

Er grub weiter. Fehlanzeige. Das war nicht die richtige Stelle. Er ging in die Ecke zurück und machte dieses Mal kleinere Schritte. Eins, zwei, drei, vier, fünf.

Wiederum rammte er den Spaten in die Erde und grub ein neues Loch. Hoffentlich war das nun die richtige Stelle. Er konnte doch nicht wie ein Maulwurf die gesamte Wiese löchern! Es würde schon schwer genug werden, die beiden Löcher so mit Erde aufzufüllen, dass es hinterher nicht auffiel.

Verdammter Mist! Er hatte schon drei Spaten tief gegraben. Wieder nichts. Oh Mann! Er war ein miserabler Schatzsucher!

Frustriert stieß er den Spaten ein Stück weit daneben in die Erde. Wenn es hier nicht ist, dreh ich durch, dachte er bereits völlig entnervt. Keuchend hob er das nächste Loch aus. Er achtete nicht mehr darauf, ganze Grasplatten auszustechen, sondern schleuderte die ausgehobene Erde achtlos zur Seite. Es musste hier sein!

Oder war es doch etwas weiter rechts gewesen? Gerade als er sich schon abwenden wollte, stach ihm ein heller Fleck ins Auge. Hatte es da nicht ein wenig geglitzert? Er ließ den Spaten fallen, kniete sich nieder, zog die Taschenlampe aus der Hosentasche und leuchtete in das Loch. Mit zitternden Fingern pulte er das Fundstück aus der Erde.

Ja, schrie er im Innern vor Freude auf. Ja, ja, ja! Eine Silbermünze! Mein Schatz! Das ist mein Schatz!

Vorsichtig rieb er das antike Geldstück an seiner Hose sauber. Das Relief eines Kopfes im Seitenprofil kam zum Vorschein. Er betrachtete die Münze genauer. Ja. Es war definitiv der mit einem Strahlenkranz gekrönte Kopf des Kaisers Gallienus. Unter seiner Herrschaft hatten die Römer die Provinzgebiete 260 nach Christus an die einfallenden Alamannen verloren. Die Münze sah exakt gleich aus wie diejenige, auf die er damals zufällig gestoßen war. Er hatte es geahnt: Es handelte sich nicht um eine einzelne Münze, die ein Bewohner hier einst verloren hatte. Das Geld hatte man bewusst an dieser Stelle vergraben. Die Frage war nur, wie viele Münzen es letztlich gab.

Um nichts zu zerstören, grub er mit den Händen weiter. In seinem Eifer spürte er weder den Schmerz in den Fingern noch den Dreck, der sich unter seine Nägel schob. Eine zweite Silbermünze kam zum Vorschein. Kurz darauf drei weitere. Er fühlte sich regelrecht berauscht. Das Goldgräberfieber hatte von ihm Besitz ergriffen. Er buddelte wie ein Verrückter. Mit jeder Erdschicht, die er abtrug, kamen mehr und mehr Münzen zum Vorschein. Das ganze Loch war voll davon. Inzwischen hatte er zudem ein Stück des Eisenkessels freigelegt, in dem sich die Münzen befanden.

Allem Anschein nach hatte ein römischer Bewohner des Landguts diesen Kessel auf der Flucht vor den herannahenden Alamannen hier versteckt. Hatte wohl gemerkt, dass er mit der schweren Last nicht schnell genug vorankam. Bestimmt hatte er vorgehabt, zu einem späteren Zeitpunkt zurückzukommen, um den Kessel wieder auszugraben. Aber er war nicht wiedergekommen. Irgendetwas war schiefgegangen. Vielleicht war der Flüchtende von den Alamannen ermordet worden. Und der Schatz wurde nie entdeckt. Bis auf heute.

Ein Glücksgefühl durchströmte ihn. Er hatte den Schatz gefunden. Und da er im weitesten Sinne ein Nachfahre der Alamannen war, stand ihm der Kessel im Grunde genommen rechtmäßig zu. Als Kriegsbeute sozusagen.

Gut möglich, dass obendrein noch Schmuck in dem Kessel steckte. Er ließ seine Finger etwas tiefer gleiten und zog tatsächlich einen silbernen Armreif hervor, der mit zwei Widderköpfen verziert war. Ein schönes Stück.

»Ha, da gugsch na, der Mahler«, raunte eine tiefe Stimme.

Er fuhr herum. Hinter ihm stand ein Mann mit einem weiten Umhang, die Arme in die Hüften gestemmt.

Mahler japste und sprang auf die Füße. Als er sich aufrichtete, erkannte er, wer der kleine, dicke Mann mit dem runden Gesicht und den struppigen Haaren war.

»Karle! Verdammt noch mal! Hast du mich erschreckt!«, stieß er hervor.

Karle setzte ein breites Grinsen auf und meinte:

»Hasch a schlechtes Gwisse?«

Mahler stellte sich so vor das Erdloch, dass es halbwegs durch seine Beine verdeckt wurde.

»Was versteckelscht denn da hinte?«, fragte Karle und reckte den Hals, um einen Blick auf das Loch werfen zu können.

»Nix was dich angeht«, grunzte Mahler.

Karle ignorierte die Abfuhr.

»Heidenei!«, sagte er leichthin und nickte anerkennend. »Hasch ’n Römerschatz gfunde?«

Er machte unvermittelt einen Schritt zur Seite, doch Mahler reagierte schnell und verstellte ihm erneut den Blick. Karle rieb sich den Nacken und räusperte sich.

»I wusst gar it, dass du so archäologisch interessiert bischt. Du weischt aber scho, dass du des it behalte darfscht.«

»Das hier ist allein meine Sache«, sagte Mahler barsch.

Karle grinste noch etwas breiter.

»Des war mal allein deine Sache. Bevor du den abartige Krach gmacht hasch. Bischt über den Zementmischer gfloge?« Er lachte. »Des hasch bis Hechinge ghört.«

Mahler lachte nicht. Er postierte sich betont breitbeinig und sah Karle eine Weile nur an. Still und drohend. Dann beugte er sich zu ihm hinab und hauchte ihm ins Ohr:

»Ich sag’s dir jetzt noch ein Mal im Guten: Wenn du keinen Ärger kriegen willst, dann verschwindest du jetzt. Aber ganz schnell!«

Karles Miene verfinsterte sich. Er wich zurück und wischte sich mit der Hand über die feuchte Ohrmuschel.

»Ha, du bisch doch ’n jesesmäßiger Seggl! Glaubsch du im Ernscht, dass i jetzt einfach so wieder gang?«

Er hatte nicht vor, sich von Mahlers Imponiergehabe einschüchtern zu lassen. Bevor dieser etwas entgegnen konnte, sagte er rasch:

»Also, wenn du mir a bissle was abgibscht, dann halt i mei Maul. Dann hab i nix gsehe und nix ghört.«

Mahlers Blick wanderte zum Spaten, der vor seinen Füßen lag.

»Willst du mich erpressen?«, zischte er, baute sich vor Karle auf und sah ihm herausfordernd in die Augen.

Karle hielt dem stechenden Blick stand und versuchte, nicht zu blinzeln. Ein intensiver Schweißgeruch stieg ihm in die Nase. Für einige Sekunden verharrten die beiden Männer in dieser Stellung, doch dann wandte sich der Kleinere ab und zuckte mit den Schultern.

»Wer schwätzt denn was von erpresse? I will dir ja nur helfe!« Er strich sich über das Kinn. »I helf dir beim Grabe. Und für meine Hilfe gibsch du mir die Hälfte.«

Mahler runzelte die Stirn und blickte zum Horizont. Ein hellblauer Streifen kündigte die bevorstehende Morgendämmerung an. Er hatte nicht mehr viel Zeit.

»Also gut. Du bekommst deinen Anteil. Sagen wir zehn Prozent.«

»Zehn Prozent?«, sagte Karle und lachte gekünstelt. »I glaub du bischt net ganz bache! Mei letschtes Angebot: Zweidrittel für dich, ein Drittel für mich. Weil du mein Kumpel bisch.«

Er streckte Mahler die Hand entgegen. Der schlug allerdings nicht ein. Widerwillig betrachtete er die ausgestreckte Hand, als ob Karle die Pest hätte. Am liebsten hätte er ihm den Spaten auf den Kopf gehauen. Dann wäre ihm das Grinsen vergangen.

»Himmel, Arsch und Zwirn! Du bischt ein granatemäßiger Enteklemmer«, brummte Karle, immer noch mit ausgestreckter Hand.

Mahler griff zum Spaten und drückte ihn Karle in die Hand.

»Grab den Kessel aus. Dann kann ich dir sagen, wie viel du bekommst.« Wenn du überhaupt etwas bekommst, dachte er grimmig.

Karle wirkte einen Moment lang perplex. Als er jedoch das gefährliche Aufblitzen in Mahlers Augen bemerkte, fing er tatsächlich an zu graben. Mahler stellte sich daneben und überwachte die Ausgrabung.

»Wie hasch du den Kessel überhaupt gfunde?«

»Ich hab vor einiger Zeit bei den Grabungen mitgeholfen. Hab ein bisschen rumgebuddelt und durch Zufall eine Münze gefunden«, erklärte Mahler widerwillig.

»Aha. Und wieso hasch du da mitgholfe?«

»Weil ich im Förderverein bin.«

»Und des hat keiner gsehe, dass du die Münz gfunde hasch?«, wunderte sich Karle.

»Nein. In der Mittagspause war ich allein auf dem Gelände. Ich hab den Fundort natürlich gleich wieder zugeschaufelt.«

»Und woher hascht du gwusst, dass da no mehr Münze sind?«

»Ich hab es nicht gewusst. War nur so ein Gefühl.«

»Ein Gefühl«, äffte ihn Karle nach. »Da wärscht du ja der perfekte Archäologe. Mit deinem Gefühl könntescht du ruckzuck die gröschten Schätze finden!« Er trocknete sich mit einem Zipfel seines Umhangs den Schweiß vom Gesicht. »Du bischt wahrscheinlich besser als der beschte Metalldetektor!«

»Halts Maul und grab«, murrte Mahler und versuchte, sich nicht anmerken zu lassen, dass ihm das Herz bis zum Hals schlug.

Der Kessel war größer, als er gedacht hatte. Und so wie es aussah, war er bis zum Rand mit Silbermünzen und Schmuck gefüllt.

Nun war das Gefäß fast freigelegt. Nur noch der untere Teil steckte im Boden.

Karle legte eine Verschnaufpause ein. Mahler registrierte mit Unbehagen die zunehmende Gier in seinen Augen.

»Weißt du, dass du mit dem Mantel wie ein fetter Hobbit aussiehst?«, sagte Mahler beiläufig und in der Hoffnung, Karles Aufmerksamkeit von dem Kessel abzulenken.

»Schämscht dich eigentlich net, dass du des Zeug klauscht?«, fragte Karle zurück. »Des isch bestimmt ein Kulturgut der Menschheit.« Er legte den Kopf schief. »Genau gnomme isch des ja a mordsmäßige Sauerei, was du da treibscht.«

»Was wir da treiben«, berichtigte ihn Mahler ungehalten. »Glaubst du, dass der Besitzer des Kessels damals Wert darauf gelegt hätte, dass sein Geld 2000 Jahre später in einem Museum ausgestellt wird? Der wollte nur nicht, dass es die Alamannen in die Finger kriegen. Und nun hab ich es eben gefunden. Im Grunde sollte generell derjenige das Zeug bekommen, der es findet.«

»Dann wäre die Archäologe die reichschte Leut auf der Welt. Noi, noi, Mahler. Des glaubsch ja selber net, was du da schwätscht. Und eins isch au klar: Manche Leut isch's scho für weit weniger wertvolle Sache an de Krage gange. Zum Beispiel weil se Maultasche klaut han.«

»Was wirst du denn mit deinem Anteil machen? Für wohltätige Zwecke spenden?«, fragte Mahler zynisch.

Karle wackelte mit dem Kopf.

»Bin i der Krösus? I han an Berg Schulde. Aber des woiß keiner. It amol mei Weib. Wenn meine Gläubiger zfriede sind, dann isch des im Grund auch ein wohltätiger Zweck.« Er kratzte sich am Kopf. »Jetzt han i aber noch eine ganz andere Frage: Wo verkauft man des Zeug denn am beschte?«

»Darknet.«

»Darknet. Mensch Mahler, lass dir doch net alles aus der Nas ziehe. Was heißt da Darknet? Hasch du eine bestimmte Adresse?«

»Komm, wir versuchen, den Kessel mal vorsichtig anzuheben. Aber gib acht, dass er nicht auseinanderbricht.«

»Der isch aus Eise. Da passiert scho nix«, widersprach Karle, ging aber dennoch äußerst sachte vor, als er die Hände unter den Kesselboden schob.

»Puh! Ist der schwer!«, keuchte Mahler.

»Isch gut, wenn er schwer isch«, meinte Karle begeistert. »Des heißt, dass viel drin isch!«

Auch Mahler war erfreut, als er den ungefähr 40 Zentimeter hohen Eisenkessel vor sich stehen sah. Ich habe es gewusst, jubilierte er innerlich. Womöglich war dies der wertvollste Fund, den das römische Landgut überhaupt zu bieten hatte. Und er war der Glückspilz, der den silbernen Schatz entdeckt hatte! Er warf einen abschätzigen Blick auf seinen Kompagnon. Wenn er nicht allzu viel davon an ihn verlieren wollte, musste er sich schnell etwas Schlaues einfallen lassen.

»Wie wäre es, wenn du den ganzen Schmuck bekommst und ich nehme dafür die Silbermünzen«, versuchte er es.

»Ah wa! Schmuck isch was für Weiber.«

Karle nahm eine Handvoll Münzen, betrachtete sie zufrieden und warf sie wieder zurück auf den Haufen.

Als sie den Kessel umkippten, kullerten jede Menge Münzen und Schmuckstücke auf den Boden. Mahler fuhr mit der Hand durch die klimpernden Münzen und lächelte selig. Mein Schatz, dachte er und musste sogleich an den armen Gollum aus Tolkiens »Der Herr der Ringe« denken, der durch seinen Schatz, den sagenumwobenen

Ring, wahnsinnig geworden war. Ja, so ein Schatz konnte schon die Gier und so manchen wüsten Gedanken in einem wecken.

»So! Das …«, er fuhr mit der Hand in den Haufen und schob resolut einen kleinen Teil zur Seite, »… ist deins.«

Karle schwieg. In Mahlers Stimme schwang derart viel Aggressivität mit, dass es riskant, wenn nicht gar lebensgefährlich gewesen wäre, mit ihm in diesem Gemütszustand nochmals zu verhandeln. So wie Mahler gerade dreinschaute, war ihm alles zuzutrauen. Und hier würde ihn mit größter Wahrscheinlichkeit keiner hören, falls Mahler durchdrehte und ihm an die Gurgel ging. Er musste sich vorerst damit zufriedengeben. Zu einem späteren Zeitpunkt konnte er immer noch einen Nachschlag fordern. Ohne weiteren Kommentar breitete Karle seinen Umhang auf dem Boden aus, schaufelte seinen Anteil darauf und faltete den Stoff zu einem Säckel zusammen.

»Was machsch jetzt mit dem Rescht?«, wagte er zu fragen, während er sein Säckel über die Schulter warf. »Des kannscht du allein bestimmt gar net trage.«

»Hau ab!«, sagte Mahler mit eisiger Miene.

Karle zog den Kopf ein und verschwand ohne ein weiteres Wort in der Dunkelheit.

Die Alblandschaft präsentierte sich im sanften Morgenlicht von ihrer lieblichen Seite. Hatte man die Ortschaft Onstmettingen erst einmal hinter sich gelassen, führte die Straße durch ein weites grünes Tal. Linkerhand lag eine steil abfallende Wiese, die im Winter als Schlittenhang diente.

Rechterhand erstreckte sich auf einem Hügel die albtypische Wacholderheide, die von manchen Romantikern dank ihrer zypressenähnlichen Büsche auch liebevoll als schwäbische Toskana bezeichnet wurde. Uschi erinnerten die vereinzelt wachsenden Wacholderbüsche mit ihren bizarren Wuchsformen gleichwohl mehr an Weihnachtsbäume denn an Zypressen. Eigentlich wirkte die Landschaft mit den geschwungenen Kieswegen beinahe wie ein weitläufiger Park. Die unterschiedlichsten Grüntöne verschmolzen ineinander und schufen ein Bild ländlicher Idylle, durchsetzt von weißen Farbtupfern, die sich äußerst gemächlich fortbewegten und leise vor sich hin blökten.

Schäfchen zur Rechten, mit dem Glück musst du fechten, dachte Uschi beim Anblick der grasenden Schafe. Macht nichts. Auf dem Rückweg verkehrt sich die negative Prognose ins Positive: Schäfchen zur Linken, das Glück wird dir winken. So einfach ist das. Alles nur eine Sache der Perspektive.

Abba. Sie drehte die Musik lauter und sang voller Inbrunst gegen den Lärm des Motors an:

»Gimme, gimme, gimme a man after midnight…«

Der Fahrtwind blies ihr ins Gesicht und verstrubbelte einzelne Haarsträhnen, die sich aus ihrer Hochsteckfrisur gelöst hatten.

Hach, an solchen Tagen liebte sie ihr Cabrio!

Als sie am Wanderparkplatz vorbeikam, drosselte sie das Tempo. Ganz schön viele Autos für diese frühe Uhrzeit. Tübingen, Stuttgart, Reutlingen, Sigmaringen, nochmals Stuttgart. Oh, da war sogar jemand aus der Schweiz angereist. Freiburg und Ulm. Hamburg? Und selbstverständlich jede Menge Fahrzeuge mit Balingen- oder Hechingen-Kennzeichen.

An den Wochenenden überrannten Heerscharen von Touristen die Gegend. Wie die Heuschrecken fielen sie am Samstagmorgen ein, um die viel gepriesenen prämierten Premiumwanderwege der Alb zu erkunden. Am Sonntagabend waren sie dann wieder verschwunden und es kehrte Ruhe ein. *Früher war sie Stausteherin, heute ist sie Traufgängerin*, stand auf einem Plakat am Straßenrand. Mit solchen flotten Werbesprüchen wollte man die Vorzüge des Kleinstadtlebens hervorheben und frustrierte Großstädter dazu verführen, sich in Schwäbisch-Sibirien dauerhaft niederzulassen. Uschi sah die zunehmende Beliebtheit ihrer Heimat überwiegend positiv, da der Tourismus die Stadt belebte. Sie war stolz darauf, da zu wohnen, wo andere Urlaub machten.

Trotzdem war sie froh, dass sie gerade keinen Ausflügler vor sich hatte. Manche waren von der Landschaft dermaßen entzückt, dass sie das Gaspedal nicht mehr fanden. Als Ortskundige kannte sie die kurvenreiche Stichstraße, die von Albstadt nach Thanheim hinabführte, genau und wusste, wann sie beschleunigen konnte und vor den Haarnadelkurven besser vom Gas ging. Sie befand sich gerade im Scheitelpunkt einer lang gezogenen Rechtskurve, als ihr ein Motorradfahrer frontal entgegengeschossen kam.

»Oh Gott!«

Bevor Uschi auch nur einen Gedanken fassen konnte, hatte sie bereits reagiert. Intuitiv. Sie war auf die Gegenfahrbahn ausgewichen. Es war die einzige Möglichkeit gewesen, die Kollision mit dem Motorrad zu verhindern. Erst nachdem sie auf ihre eigene Fahrbahnseite zurückgelenkt hatte, blickte sie in den Rückspiegel.

Sie zog geräuschvoll die Luft ein. Erstarrte. Den Motorradfahrer hatte es soeben aus der Kurve getragen!

Das Herz pochte so laut und wild in ihrer Brust, dass ihr Verstand für einen Moment aussetzte.

Sie war nur noch Herzschlag. Angsterfüllt. Panisch.

Ihre Finger krallten sich am Lenkrad fest. Auf der verzweifelten Suche nach Halt.

Weg! Nur weg!

Sie trat aufs Gas.

Weg?

Nein! Was machst du da? Du musst zurück! Du musst Erste Hilfe leisten. Sofort! Dreh um. Sofort!

Aber wo?

Es gab keine Parkbucht, nirgends eine Möglichkeit zum Wenden.

Sie fuhr weiter.

Endlich! Ein Wanderparkplatz. Uschi bremste scharf ab, stoppte. Dann stellte sie die Warnblinklichtanlage an.

Und was nun? Sie zögerte. Denk nach, Uschi. Ein Notarzt. Du musst zuallererst einen Notarzt rufen. Es kommt auf jede Sekunde an! Erst den Arzt rufen, dann zurückfahren und Erste Hilfe leisten.

Wo, verflixt noch mal, war das Handy?

Sie wühlte in ihrer Handtasche. Hier musste es doch irgendwo … Da! Da war es. Was muss ich wählen? 110? 112? Sie klappte das Handy auf. Oh nein! Der Akku war leer! Wie so oft. Doch jetzt bedeutete dies eine Katastrophe! Sie hätte sich für ihre Nachlässigkeit ohrfeigen können. Es blieb ihr nichts anderes übrig, als sich gut sichtbar an die Straße zu stellen und das nächstbeste Fahrzeug anzuhalten.

Kaum hatte sie sich am Straßenrand positioniert, kam bereits ein Auto um die Kurve gefahren. Sie riss die Arme hoch und winkte hektisch. Das Auto verlangsamte das

Tempo. Hinter dem Steuer saß eine junge Frau, die kurz mit Uschi Blickkontakt aufnahm, dann aber abrupt den Kopf abwandte und einen Gang höher schaltete. Uschi schaute dem Auto verblüfft nach. Die fuhr einfach weiter!

Doch bevor sie sich darüber aufregen konnte, kam schon das nächste Fahrzeug angefahren. Uschi schwenkte beide Arme über dem Kopf und machte einen Schritt in die Fahrbahn hinein. Der Fahrer gab vor, sie nicht zu sehen, und fuhr unbeirrt weiter. Uschis Lippen bebten. Das war ungeheuerlich!

Vollends aus dem Konzept brachte sie aber, dass das nachfolgende Auto, ein Sportwagen, aus Richtung Onstmettingen kam. Der muss doch an der Unfallstelle vorbeigekommen sein, dachte Uschi verwirrt. Hatte er den verunglückten Motorradfahrer einfach liegen lassen? Das konnte sie sich nicht vorstellen.

Plötzlich wurde sie unsicher. Hatte sie sich den Unfall womöglich nur eingebildet? Aber nein! Sie hatte ihn im Rückspiegel doch genau gesehen!

Sie startete das Auto, wendete mit quietschenden Reifen und raste, immer noch mit eingeschaltetem Warnblinklicht, an die Unfallstelle zurück.

Ihre Gedanken überschlugen sich. Was erwartet mich da? Ist er tot? Oder schwer verletzt? Vielleicht sieht er grauenvoll aus und ist blutüberströmt. Vor ihrem inneren Auge erschienen schreckliche Bilder von Unfällen.

Eine Welle von Übelkeit stieg in ihr auf. Was würde sie gleich zu sehen bekommen? Würde sie das verkraften? Konnte sie angemessen Hilfe leisten?

Du musst, sagte sie sich und presste die Zähne aufeinander. Du musst.

Um sich zu beruhigen, rief sie sich den Rat ins Gedächtnis, den man ihr im Erste-Hilfe-Kurs gegeben hatte: Du kannst nichts falsch machen. Es ist generell besser, überhaupt etwas zu tun, als aus Angst nichts zu tun.

Noch eine Kurve. Am liebsten hätte sie angehalten, um sich zu übergeben. Gleich würde sie das Ausmaß des Unglücks sehen. Gleich.

Ein lang gezogener, durchdringender Schrei zerriss die Stille. Der Augur zuckte zusammen und blickte auf. Im selben Moment entdeckte er ihn, den Unheilbringer. Der Falke schoss über das tiefblaue Firmament hinweg, stieß nochmals einen Schrei aus und kreiste dann majestätisch über dem Areal der Villa Rustica. Das Gesicht des Auguren verfinsterte sich. Der Vogel war aus Westen gekommen. Der Himmelsrichtung des Todes und der Dunkelheit. Der Vogelseher ließ die erhobenen Arme sinken und wischte sich unwirsch die Schweißtropfen mit dem Ärmel seiner Toga von der Stirn. Das Zeichen war eindeutig: Die Götter waren missgestimmt. Er richtete nochmals den Blick himmelwärts, um sich zu vergewissern, dass er sich nicht getäuscht hatte. Doch der Falke zog nach wie vor über ihren Köpfen seine unheilvollen Kreise. Ein anschwellendes Gemurmel drang an sein Ohr. Die Zuschauer wurden ungeduldig. Zudem war ihnen der plötzliche Gemütswandel des weiß gekleideten Priesters nicht entgangen. Was hatte dies zu bedeuten?

Der Augur schloss die Augen, spreizte die Finger und im selben Augenblick, als sein Arm emporschnellte, stieß er heiser die Worte »Alio die« hervor. Das Fest durfte nicht stattfinden. Nicht heute. Ein anderer Tag musste gewählt werden.

Der Museumsleiter trat an den Augur heran und wisperte:

»Salvatore, was ist los?«

Der Augur streifte seine Kapuze ab und murmelte:

»Die Götter haben ein schlechtes Omen gesandt.«

Der Museumsleiter blinzelte irritiert und wartete auf eine Erläuterung. Als Salvatore nichts hinzufügte, raunte er:

»Und?«

»Porca miseria! Es tut mir leid, Arthuro. Du musst das Fest absagen!«

Arthur stutzte kurz, lachte dann jedoch auf und klopfte dem Augur locker auf die Schulter.

»Ach was, Salvatore! Du machst Witze! Es ist ein traumhafter Morgen. Da lacht das Götterherz bestimmt!«

Salvatore sah ihn streng an.

»Ich mache keine Witze. Hast du den Falken gesehen? Er ist aus Westen gekommen.«

»Es ist mir egal, aus welcher Richtung der Vogel gekommen ist. Wir können doch nicht wegen diesem Vieh das Fest absagen!«, zischte Arthur.

»Mamma mia, wir müssen! Es bringt Unglück, den Willen der Götter zu missachten!«, beharrte Salvatore. Als er Arthurs bohrenden Blick bemerkte, schob er rasch ein »Leider« nach.

Der Museumsleiter schnappte nach Luft. Er musste sich beherrschen, nicht lautstark zu fluchen.

»Das kommt gar nicht in Frage! Vogel hin oder her. Schau mal, um uns herum warten jede Menge Besucher, die Eintritt für dieses Fest bezahlt haben. Und vor diesem

Tor«, er deutete auf das Holztor des Eingangsportals, »stehen 200 Akteure und fragen sich, wann sie endlich reingelassen werden! Die Leute denken, wir ticken nicht mehr ganz richtig, wenn wir das Fest ohne Grund absagen.«

Der Augur heftete den Blick eine Weile unentschlossen auf das rote Holztor. Dann drehte er sich langsam um und betrachtete stirnrunzelnd das Feuer, das vor ihm in einer großen gusseisernen Schale loderte.

»Wir können es versuchen«, murmelte er.

»Wie? Was meinst du?«, fragte Arthur und linste nervös zum Eingangsportal.

»Wir können es versuchen«, sagte Salvatore erneut, dieses Mal bestimmter. »Vielleicht lassen sich die Götter durch ein Opfer gnädig stimmen.«

Das Motorrad lag im Gras, ein ganzes Stück weit von der Straße entfernt. Es war vollkommen demoliert.

Doch der Motorradfahrer stand bereits schon wieder auf den Beinen. Er lehnte an der Leitplanke – und rauchte!

Uschi schluckte trocken. Einerseits war sie unendlich erleichtert, dass der Mann noch lebte und allem Anschein nach unverletzt war. Andererseits konnte sie kaum glauben, was sie da sah. Seit dem Unfall waren nur wenige Minuten vergangen.

War er gestürzt, aufgestanden und hatte sich dann postwendend eine Zigarette angezündet? Uschi starrte den jungen Mann mit den langen Haaren, der schwarzen Ledermontur und den Westernstiefeln konsterniert an. Er starrte zurück und zog schweigend an seiner Zigarette. Sie war so verwirrt, dass sie gar nicht mehr wusste, was sie nun denken sollte. Irgendwie stand sie völlig neben sich. Als sie ihre Sprache wiedergefunden hatte, fragte sie:

»Geht es Ihnen gut?«

Er nickte.

Jetzt erst bemerkte Uschi, dass seine Hände zitterten.

»Sie sind mir auf meiner Fahrbahn entgegengekommen«, stellte sie fest.

Der junge Mann sagte nichts und drehte sich stirnrunzelnd zu seinem Motorrad um.

Uschi wartete. Hatte er gehört, was sie gesagt hatte? Das Leder seiner Hose hing in Fetzen herunter. Auch wenn kein Blut zu sehen war, wirkte er gleichwohl wacklig auf den Beinen.

»Haben Sie schon Ihre Beine kontrolliert?«, fragte Uschi etwas lauter.

Der Motorradfahrer schaute an sich herunter.

»Alles okay«, sagte er leise.

Es wäre ein Wunder, wenn nach diesem Sturz alles okay wäre, dachte Uschi. Der Mann hatte Glück gehabt. Exakt an der Stelle, wo es ihn aus der Kurve getragen hatte, befand sich ein Waldweg. Er war über den Kiesweg geschlittert und rechtzeitig zum Halten gekommen. Ein paar Meter weiter wäre er gegen einen Baum geprallt.

Uschi war unentschlossen. Sollte sie vorsorglich einen Krankenwagen rufen? In diesem Moment stoppte ein Geländewagen. Ein Mann mittleren Alters stieg aus.

»Was ist passiert?«, fragte er und zog ein Smartphone aus seiner Hosentasche.

»Er ist gestürzt«, erklärte Uschi. »Ich denke, er braucht einen Krankenwagen.«

Der Mann nickte und wandte sich ab, um zu telefonieren.

Uschi betrachtete prüfend den Motorradfahrer, der inzwischen schon nicht mehr ganz so sicher auf den Beinen stand. Das Zittern seiner Gliedmaßen war in ein Schlottern übergegangen. Die Leitplanke benötigte er jetzt als Stütze.

»Sie müssen die Kleider ausziehen«, versuchte es Uschi erneut.

Keine Reaktion.

Der Ersthelfer kam zurück.

»Die Polizei ist unterwegs«, sagte er.

»Und der Krankenwagen?«, wollte Uschi wissen.

»Weiß nicht. Ich habe bei der Polizei angerufen und gemeldet, dass es einen Unfall gab. Die werden sich schon um alles kümmern.«

Nach einer halben Stunde war die Polizei immer noch nicht da.

»Was haben die denn am Telefon gesagt?«, fragte Uschi nach. »Die müssten doch schon längst hier sein!«

Der Ersthelfer zuckte mit den Schultern.

»Es hieß, sie würden jemanden vorbeischicken«, meinte er lapidar.

Vorbeischicken? Uschi wunderte sich über diese Ausdrucksweise. Es handelte sich hier schließlich nicht um einen kleinen Blechschaden. Wenn sich der Motorradfahrer ernsthaft verletzt hätte, wäre er inzwischen wohl verblutet!

Die beiden Männer inspizierten derweil das Motorrad.

»Deine Reifen sind extrem abgefahren«, raunte der Ersthelfer. »Sollen wir das Ding nicht besser anzünden?«

Uschi dachte sich verhört zu haben. Wollten die beiden

Männer allen Ernstes Beweise vernichten? In ihrem Beisein?

Bislang hatte sie sich nur um den Motorradfahrer gesorgt, doch so langsam war sie wieder imstande, ihre wirren Gedanken zu ordnen. Und je mehr sie die Situation reflektierte, desto ärgerlicher wurde sie. Genau genommen war sie selbst ja das Opfer! Der Motorradfahrer war mit überhöhter Geschwindigkeit in die Kurve gefahren und hatte deshalb die Kontrolle über seine Maschine verloren. Er war dabei auf ihre Fahrbahnseite geraten. In der Kurve. Und wenn sie selbst nicht so besonnen reagiert hätte, wären sie nun beide schwer verletzt. Oder tot. In dem offenen Cabrio hätte sie so gut wie keinen Schutz gehabt. Nicht auszudenken, was passiert wäre, wenn ihr beim Ausweichen ein Auto entgegengekommen wäre!

Dieser Typ mit seiner Zigarette und den schmierigen Haaren hatte sie massiv gefährdet. Und hatte es bislang nicht für nötig gehalten, sich bei ihr zu entschuldigen. Gut, er stand unter Schock. Aber selbst wer unter Schock stand, konnte ein Minimum an Anstand bewahren, oder nicht?

In diesem Augenblick traf die Polizei ein. Ohne Blaulicht.

Als die Beamten näher kamen, staunte Uschi nicht schlecht. In einem der beiden Polizisten erkannte sie den Buckenmaier vom Polizeirevier Hechingen, mit dem sie im vergangenen Jahr mehrfach das Vergnügen gehabt hatte. Den untersetzten Kollegen an seiner Seite hatte Uschi indessen noch nie gesehen.

»Frau Lämmle!«, rief Buckenmaier prompt. »Na, so was! Was machen Sie denn hier?« Er musterte Uschi mit hochgezogenen Augenbrauen und fügte mit einem süffisanten Grinsen hinzu: »Hätte Sie fast gar nicht wiedererkannt …«

Erst jetzt wurde sich Uschi bewusst, dass ihre Aufmachung durchaus Anlass gab, sie zu belächeln. Sie trug die bodenlange Tunika einer römischen Kaiserin. Dies wäre zur Faschingszeit womöglich noch nachvollziehbar gewesen. Nicht hingegen mitten im August. Dergestalt war sie ein gefundenes Fressen für Buckenmaier. Sie konnte im Grunde noch froh sein, dass er sich auf ein Grinsen beschränkte. Trotzdem empfand Uschi sein Feixen angesichts der ernsten Situation, in der sie sich befanden, als absolut deplatziert. Aber so war Buckenmaier eben. Keinerlei Taktgefühl!

Sie hätte natürlich erklären können, dass sie auf dem Weg zu einem Römerfest war. Aber sie hatte keine Lust, sich zu rechtfertigen. Deshalb beschränkte sie sich darauf, ihn böse anzufunkeln. Dies sollte Warnung genug sein.

Buckenmaier setzte zu einem Kommentar an, überlegte es sich dann jedoch anders und konzentrierte sich stattdessen auf den Motorradfahrer. Das Grinsen verschwand jäh aus seinem Gesicht und er schaute so streng drein, wie nur Polizisten oder Lehrer dreinblicken konnten.

»Sind Sie verletzt?«, erkundigte er sich. »Brauchen Sie einen Krankenwagen?«

Der Motorradfahrer schüttelte den Kopf und murmelte:

»Ich will nach Hause.«

Uschi trat an Buckenmaier heran und flüsterte:

»Ich glaube schon, dass er verletzt ist. Er kann sich inzwischen ja kaum noch auf den Beinen halten.«

»Der wird spätestens morgen von ganz alleine ins Krankenhaus gehen. Glauben Sie mir. Wenn der Schock nachlässt und die Schmerzen kommen …«

Uschi sah Buckenmaier ungläubig an. War er denn nicht verpflichtet, einen Krankenwagen zu rufen? Er konnte den verletzten Mann doch nicht einfach so nach Hause gehen lassen!

»Totalschaden«, stellte sein Kollege fest, der das demolierte Fahrzeug begutachtet hatte. »Die Reifen sind extrem abgefahren. Und dieser Helm ist gar nicht zugelassen.«

Er wandte sich Uschi zu, stellte sich knapp mit dem Namen »Raff« vor und raunte dann:

»Wenn er auf das Verkehrsschild gefahren wäre, hätte er sich das Genick brechen können. Wir haben schon die schlimmsten Verletzungen gesehen. Es kann sogar passieren, dass der Kopf abgetrennt wird!«

Uschi verzog angewidert das Gesicht und fragte sich insgeheim, was er mit diesen Horrorgeschichten bei ihr bezwecken wollte. Musste das sein?

»Darf ich mal fragen, weshalb das so lange gedauert hat, bis Sie gekommen sind?«, hakte sie nach und schürzte die Lippen.

»Mit so einer Situation haben wir gar nicht gerechnet!«, sagte Buckenmaier kopfschüttelnd. »Uns sagte man, es würde sich um einen Blechschaden handeln. Aber jetzt sieht die Sachlage ja ganz anders aus.«

»Der Motorradfahrer kam mir auf meiner Fahrbahn entgegen«, beschwerte sich Uschi. »Er ist viel zu schnell gefahren und hat die Kurve nicht mehr gekriegt. Ich konnte in letzter Sekunde noch ausweichen.«

»Wollen Sie damit sagen, dass er Sie gefährdet hat? Möchten Sie das zur Anzeige bringen?«, wollte Buckenmaier wissen und kratzte sich am Kinn.

Uschi überlegte. Wollte sie dieses arme zitternde Würstchen wirklich anzeigen? Der Kerl war nicht viel älter als

20. Welche Konsequenzen würde diese Anzeige mit sich bringen? Andererseits hatte er sie fast umgebracht. Und er hatte in all dieser Zeit keine entschuldigenden Worte gefunden. Das nagte an ihr.

»Ja«, sagte sie mit neuer Entschlossenheit. »Natürlich hat er mich gefährdet. Und ja, ich möchte dies zur Anzeige bringen!«

Buckenmaier nickte und machte sich eine Notiz.

»Sie haben hervorragend reagiert!«, lobte Raff.

»Kann ich den jungen Mann nach Hause fahren?«, fragte der Ersthelfer. »Er hat mich darum gebeten.«

»Sobald wir alle Daten von dem Herrn aufgenommen haben, können Sie gehen«, sagte Raff und nickte.

Und dann war die Sache innerhalb weniger Minuten erledigt. Der Ersthelfer bedankte sich und fuhr mit dem Motorradfahrer davon.

Uschi hatte ein ungutes Gefühl. Sie war gottlob noch nie in einen Unfall verwickelt gewesen, aber irgendwie hatte sie sich die Unfallaufnahme anders vorgestellt. Weshalb wurde der Motorradfahrer eigentlich nicht auf Alkohol oder sonstige Drogen hin überprüft? War schließlich gut möglich, dass er total benebelt oder volltrunken war. Doch Buckenmaier ließ ihn einfach so laufen. Auch das Engagement dieses Ersthelfers kam ihr komisch vor. Vielleicht kannten sich die beiden in Wirklichkeit.

Egal, sie hatte weder Zeit noch Lust, sich weiter mit dieser Sache auseinanderzusetzen. Sie würde eh schon zu spät kommen. Und da ihr Akku leer war, konnte sie ihren Freundinnen nicht mal Bescheid geben. Mist!

»Ich muss auch gehen«, sagte sie bestimmt.

»Denken Sie denn, dass Sie in Ihrem Zustand fahren können?«, fragte Buckenmaiers Kollege.

Uschi sah ihn verwundert an. Was meinte er mit »in Ihrem Zustand«?

»Natürlich«, sagte sie schnell. »Mir geht es gut.«

Sie konnte in der Tat fahren. Aber erst als sie fuhr, bemerkte sie, dass ihre Beine zitterten und ihr Herz viel zu heftig klopfte. Sie versuchte, sich gut zuzureden. Nichtsdestotrotz bekam sie bei jeder Kurve unbändiges Herzrasen, da sie fürchtete, ihr könnte abermals ein Motorradfahrer auf ihrer Fahrbahn entgegenkommen. Auch konnte sie kaum die Tränen unterdrücken, die sich nun, da sie allein war, in ihren Augenwinkeln sammelten.

Du meine Güte! Sie war völlig von der Rolle! Ihr Mund fühlte sich staubtrocken an. Mit einem Schniefen atmete sie tief ein, machte dann das Radio an, hörte ein paar Takte Musik und schaltete es sofort wieder aus. Sie ertrug jetzt keine Musik. Wenn sie daran dachte, wie nah sie dem Tod gerade gewesen war, bekam sie ein ganz flaues Gefühl im Magen. Sie musste einen Schutzengel gehabt haben… oder großes Glück. Wie dem auch sei – sie durfte weiterleben.

Gewissermaßen begann ihr Leben gerade neu. Sie versuchte, sich auf den Verkehr zu konzentrieren. Aber vor ihrem inneren Auge sah sie fortwährend diesen Motorradfahrer auf sich zukommen. Gleichzeitig erinnerte sie sich an das, was sie im Moment der Todesgefahr geflüstert hatte. Das wären also meine letzten Worte gewesen, dachte sie ergriffen.

»Oh Gott!«

Arthur seufzte erleichtert auf. Ein Opfer!

»Super! So machen wir das! Eine Opferzeremonie war eh vorgesehen.« Er sah nervös auf seine Uhr. »Wir sind spät dran. Hast du alles, was du brauchst?«

Salvatore nickte.

»Na, dann leg los!«

Arthur trat einen Schritt zurück und schenkte dem Publikum ein strahlendes Lächeln. Mit seiner aufrechten Haltung, der drahtigen Gestalt und den markanten Gesichtszügen ähnelte er auf verblüffende Weise dem berühmten Kaiser Cäsar. Die kurze Toga und der rote Mantel verstärkten den Eindruck noch. Es fehlte nur der Lorbeerkranz.

Salvatore verhüllte seinen Kopf mit der Toga und konzentrierte sich einige Sekunden ausschließlich auf das Feuer. Dann riss er seinen Krummstab mit dem silbernen Schlangenkopf empor und rief:

»Salve Jupiter, Optimus, Maximus! Ich bitte dich, nimm dieses Opfer aus meinen Händen an. Sei gnädig. Ich bitte dich um das gute Gelingen dieser Feier.«

Eine leichte Brise kam auf und trieb Salvatore den beißenden Rauch ins Gesicht. Er wandte den Kopf ab und kniff die tränenden Augen zusammen. Doch dann fuhr er unbeirrt mit der Opferzeremonie fort, die mit Trommeln- und Flötenklängen untermalt wurde.

Feierlich hielt er eine kleine Karaffe mit Rotwein in die Höhe und goss ihn mit dem Ausruf »Vinum« in die zuckenden Flammen. Dem Wein folgte Olivenöl und zum Schluss »Panem«. Als Salvatore das Brötchen in die Glut warf, stieg schwarzer Rauch auf. Ein Raunen ging durch die Menge. Der Augur zog die Kapuze etwas tiefer ins Gesicht, wischte sich eine Träne aus dem Augenwinkel und sah zu, wie das Brötchen ringsum verkohlte und letztlich nur noch als kleiner schwarzer Klumpen in der knisternden Glut zu erkennen war.

Arthur trat neben ihn.

»Und? Können wir beginnen?«

Salvatore legte den Kopf schief und lauschte dem schnarrenden Flötenspiel des Tibiaspielers. Erst als sich Arthur räusperte, riss er seinen Blick vom Feuer los und meinte mit einem Achselzucken:

»Es wäre besser gewesen, das Fest zu verschieben. Es ist eine Beleidigung der Götter, wenn ihre Zeichen ignoriert werden. Ich kann nicht mit Gewissheit sagen, ob die Götter das Opfer tatsächlich angenommen haben.«

Arthur tätschelte dem Augur den Rücken.

»Ach, Salvatore. Du hast Jupiter gerade meinen besten Wein geopfert. Ich finde, wir haben ihn genug bestochen. Lass gut sein mit der Schwarzseherei.«

»Come? Schwarzseherei? Ich kann genauso wenig in die Zukunft sehen wie du. Ich verkünde nur den Willen der Götter.«

Arthur hatte die letzten Worte nicht mehr gehört. Er hatte sich bereits zum Gehen abgewandt.

»Können wir das Tor jetzt öffnen?«

Salvatore zuckte mit den Achseln und brummte:

»Fac quod vis! Tu was du nicht lassen kannst!«

Knarrend öffnete sich das rote Holztor des weiß getünchten Portals. Ein Trompetenspieler blies lautstark zum Einmarsch, woraufhin sich die Akteure eilig gruppierten und in Bewegung setzten. Trommeln, Leiern und Flöten begleiteten den Zug und schufen einen feierlichen Rahmen.

Vorneweg tänzelte eine Schar sich windender Schlangenfrauen mit einer Medusa in ihrer Mitte durchs Tor, die sogleich vom Publikum unter heftigem Applaus in Empfang genommen wurde. Die silbergrünen Kleider der Tänzerinnen glitzerten verführerisch und zogen alle Blicke auf sich, insbesondere diejenigen der Männer. Danach marschierte das Volk der Alamannen ein, die mit Stolz erhobenem Haupt die jeweiligen Stämme repräsentierten und mit ihren verschiedenfarbigen Tuniken, den Fellmänteln, Kettenhemden und Lederschuhen mächtig Eindruck machten. Den Alamannen folgten die Keltenstämme mit ihren charakteristischen karierten Mänteln und Hosen. Da sowohl die Alamannen als auch die Kelten eine große Zahl an Kindern mitgebracht hatten, erweckte der Einzug der Familien die Assoziation einer kleinen Völkerwanderung. Sogar der eine oder andere Hund trottete im Pulk mit. Viele der germanischen Männer trugen zerzauste Bärte und lange offene Haare, in die sie kleine Zöpfchen geflochten hatten. Die Frauen und Mädchen wirkten im Gegensatz zu den Männern weit weniger wild und beeindruckten mit teils aufwendigen Flechtfrisuren.

Dunkel und dröhnend erklang auf einmal die Tuba, das blecherne Signalinstrument des römischen Heeres, und kündigte die Soldaten an, die daraufhin im Gleichschritt einmarschierten. Die Spitze der Legion bildeten die hoch angesehenen Träger des Feldzeichens, Aquilifer und Signifer genannt. So manches Kind schlupfte ängstlich hinter seine Mutter, als die finster dreinblickenden Männer mit den Tierfellen auf dem Kopf vorüberschritten.

Mittels eines Lautsprechers wurde den Zuschauern erklärt, dass nur die erfahrensten und mutigsten Soldaten als Feldzeichenträger ausgewählt wurden. Auf den ersten Blick ähnelte der Signifer einem indianischen Medizinmann. Auf seinem Helm thronte der präparierte Kopf eines Leoparden, die Vorderpfoten des Tieres waren über seiner Brust verknotet und der Rest des Fells bedeckte seinen Rücken. Der Signifer, der die Stange mit den scheibenförmigen Auszeichnungen der Einheit trug, stellte im Schlachtengetümmel den wichtigsten Orientierungspunkt für die römischen Soldaten dar und durfte niemals fallen. Das bedeutendste und am meisten verehrte Feldzeichen war jedoch der Legionsadler Aquila, der vom Aquilifer, dem ranghöchsten Feldzeichenträger, getragen wurde. Verlor die Legion beim Kampf den Legionsadler, so war dies eine große Schande. Den Aquilifer erkannte man schon von Weitem an dem imposanten Bärenfell auf seinem Helm und über seiner Rüstung.

Während die römische Legion durch das Eingangsportal stapfte, stimmte sie im Rhythmus der Trommel einen Sprechgesang an. Der Gleichschritt wurde diszipliniert eingehalten, selbst wenn der Zug sich gelegentlich staute. Notfalls machten die Soldaten kleinere Schritte oder marschierten auf der Stelle, um im Rhythmus zu bleiben. Die Legionäre trugen Lanzen und rechteckige Holzschilde, die mit den rot-gelben Symbolen der Einheit bemalt waren und in der Mitte einen eisernen Schildbuckel aufwiesen. Die Brustpanzer und Helme aus Gold- und Silberblech glänzten in der Sonne und so manche der Zuschauerinnen erfreute sich an den muskulösen Beinen der Soldaten, die durch die Kürze der Tuniken besonders gut zur Geltung kamen. Die Römerinnen präsentierten sich dagegen in bodenlangen Gewändern, die durch ihren kunstvollen Faltenwurf an Eleganz nicht zu überbieten waren. Den Abschluss bildeten zwei römische Soldaten auf schwarzen Pferden, die unter den staunenden Blicken der Zuschauer durch das Tor ritten.

Uschi befand sich in der Gruppe der Römerinnen. Dank des verspäteten Beginns hatte sie es wider Erwarten doch noch geschafft, beim Einzug der Akteure dabei zu sein. Allerdings waren sämtliche Parkplätze in der Nähe des Freilichtmuseums schon besetzt gewesen, sodass sie gezwungen war, auf einer gemähten Wiese im Tal zu parken. Der Weg zum Museum führte zwar weitgehend durch den Wald, aber da es stets bergauf ging, war sie ziemlich ins Schwitzen gekommen. Da half es auch nicht, dass sie sich mit dem Museumsprospekt immer dann, wenn sie das Gefühl hatte, unbeobachtet zu sein, Luft in den Ausschnitt fächelte.

Zumindest würde sie zwischen all diesen fröhlichen Leuten schnell auf andere Gedanken kommen. Sie hatte sich vorgenommen, den Vorfall mit dem Motorradfahrer so gut es ging zu verdrängen. Gleichwohl saß ihr der Schreck nach wie vor in den Gliedern.

Uschi lächelte den Zuschauern, die links und rechts des Eingangs Spalier standen, huldvoll zu und bemühte sich, nicht über den Saum ihrer Tunika zu stolpern. Eigentlich sollte die Tunika knapp bodenlang sein, um noch gehen zu können. Da Uschi mit ihren 1,65 Metern indes nicht gerade die Größte war, schleifte ihr Kleid aber auf dem

Boden. Sie hatte ihr Römerinnen-Outfit kurzfristig bei einem Kostümversand im Internet bestellt, und da es leider erst am Vortag eingetroffen war, hatte sie keine Zeit mehr gehabt, es ändern zu lassen. Letztlich war sie froh gewesen, es überhaupt noch rechtzeitig für das Römerfest erhalten zu haben.

Die weiße Tunika, für die sie nur einen erstaunlich niedrigen Preis zahlen musste, wirkte keineswegs billig und wies hübsche Details auf. Am Saum und an den Schultern war der Stoff mit goldenen Bordüren bestickt und ein Unterbrustband aus rotem Samtstoff mit goldenen Ranken zauberte ein überaus vorteilhaftes Dekolleté. Am besten gefielen Uschi indes die Schulterschärpen aus rotem Chiffon, die locker über ihre Arme fielen und bei jedem Schritt wunderschön flatterten. Zufrieden hatte sie festgestellt, dass das zarte Tuch zudem die Narbe an ihrem linken Oberarm kaschierte, die sie sich letzten Sommer bei einer unerfreulichen Begegnung auf der Burg Hohenzollern zugezogen hatte.

Die Tunika war schnell übergestreift gewesen, doch die Frisur hatte sie umso mehr Zeit und Mühe gekostet. Statt ihrer üblichen Hochsteckfrisur hatte sie ihre Haare für diesen Auftritt am Oberkopf zu einem Knoten geflochten und diesen anschließend mit einem goldenen Netz umschlungen. Dazu trug sie den passenden Goldschmuck: Armreifen, Ohrclips und Halskette funkelten um die Wette. Auf den goldenen Lorbeerkranz, der zum Kostüm dazugehörte, musste sie freilich verzichten. Eine Kaiserin hatte in der Villa Rustica nun wirklich nichts verloren.

Nach einer Stunde intensiven Stylens hatte Uschi in den Spiegel gesehen und zufrieden festgestellt, dass ihr wahrhaftig eine stolze Römerin der gehobenen Schicht entgegenblickte.

Die Welt der Römer hatte sie bereits in jungen Jahren im Lateinunterricht fasziniert, und wenn sie damals eine Zeitmaschine gehabt hätte, dann wäre sie gewiss als Allererstes in die Zeit der Römer gereist. Zu gerne wäre sie einmal in die Rolle einer wohlhabenden Römerin geschlüpft. Einer wohlhabenden Römerin wohlgemerkt, denn wer in der Römerzeit arm war, hätte sich garantiert eine Zeitmaschine gewünscht, um in die moderne Welt zu reisen.

Im Lauf der Jahre hatte sie viele römische Ausgrabungen im In- und Ausland besichtigt und war jedes Mal wieder aufs Neue von der Fortschrittlichkeit der Römer beeindruckt gewesen. Auch das Freilichtmuseum in Hechingen-Stein rund um die entdeckten Mauerreste der Villa Rustica hatte sie schon des Öfteren besucht. Sei es bei Festen wie dem großen Römerfest oder wegen Projekte, die sie im Fach Geschichte mit ihren Schülern durchgeführt hatte.

Deshalb hatte sie auch nicht lange gezögert, als ihre Freundinnen Kathrin und Nina sie gebeten hatten, beim diesjährigen Römerfest auszuhelfen. Die beiden waren engagierte Mitglieder im Förderverein des Römermuseums, der dieses Fest im zweijährigen Rhythmus im August veranstaltete. Als Uschi ihnen kürzlich erzählt hatte, dass sie früher Geschichtslehrerin am Gymnasium gewesen war und sich seit ihrer Pensionierung als Burgführerin auf der Burg Hohenzollern etwas hinzuverdiente, waren sie hellhörig geworden und hatten Uschi überredet, an dem Wochenende im August die eine oder andere Führung in der Villa zu übernehmen.

Und deshalb war sie nun hier, inmitten all dieser Akteure, die offenbar für die Zeit der Antike genauso brannten wie sie. Viele dieser Leute hatten sich in Vereinen zusammengeschlossen und betrieben ihr Hobby mit großem Enthusiasmus. Insbesondere die keltischen und alamannischen Männer trugen ihre lange Haar- und Barttracht das ganze Jahr über. Vermutlich flochten sie sich keine Zöpfe, wenn sie ins Büro gingen. Wobei sich Uschi eigentlich nicht vorstellen konnte, dass diese Männer einen Schreibtischjob hatten oder einen Anzug trugen. Aber wer wusste das schon? Bei den römischen Soldaten, die extra aus Italien angereist waren, ging der Eifer sogar so weit, dass sie ihr Hobby zum Beruf gemacht hatten. Die Männer fuhren von Römerfest zu Römerfest und demonstrierten auf professionelle Weise die Kampfkunst im alten Rom. Kein Wunder, dass sie so authentisch wirkten.

Eine männliche Stimme klärte das Publikum darüber auf, dass dieses Zusammentreffen von Römern, Alamannen und Kelten auf dem Römerfest durchaus seine Berechtigung habe, da die verschiedenen Volksgruppen zu Zeiten der Römer meist friedlich nebeneinanderher gelebt und kriegerische Auseinandersetzungen nur in Ausnahmefällen stattgefunden hätten.

»Die bäuerliche Urbevölkerung in dieser Region ist keltischen Ursprungs gewesen und war selbst nach der Eroberung durch die Römer zahlenmäßig dominant«, erklärte der Sprecher. »Im Laufe des dritten Jahrhunderts nach Christus wurde die römische Provinz jedoch endgültig von den Alamannen erobert. Sie vertrieben die Römer und zogen mordend und plündernd durch das römische Hinterland. Auch die Villa Rustica in Stein blieb nicht verschont und wurde niedergebrannt. Um die Mitte des dritten Jahrhunderts nach Christus verließen die Bewohner das Landgut im Zuge der alamannischen Übergriffe.«

Nach der Erläuterung der Charakteristika der einzelnen Volksgruppen bezogen die Akteure ihre Lager. Da das Römerfest über das gesamte Wochenende gefeiert wurde und viele der Akteure von weither angereist kamen, nächtigten sie innerhalb der römischen Anlage. Mit den auf dem gesamten Areal aufgestellten Zelten der Darsteller glich das Freilichtmuseum einem Pfadfinderlager. Die weißen Zelte ähnelten sich vom Stil her, was darüber hinwegtäuschte, dass es separate Lager für die Römer, Alamannen und Kelten gab, die jeweils ein Stück weit voneinander entfernt eigene Gemeinschaften bildeten.

Uschi war dankbar, dass sie in der kommenden Nacht in Ninas Zelt schlafen durfte. Sie besaß kein Zelt, und wenn sie sich recht erinnerte, waren wohl mindestens um die 40 Jahre ins Land gegangen, seitdem sie das letzte Mal gezeltet hatte. Nina war am Vorabend angereist und hatte bereits eine Nacht auf dem Gelände des Freilichtmuseums verbracht. Die junge Frau hatte beim Römerfest gleich zwei Rollen inne. Zum einen gehörte sie der römischen Tanzgruppe um die Medusa an, zum anderen spielte sie erstmalig die schöne römische Domina der Villa. Die diesjährige Inszenierung sah einen Streit zwischen zwei rivalisierenden Alamannenfürsten vor, die beide im Zuge der Völkerverständigung um die Hand der Hausherrin anhalten wollten. Die römische Truppe war für den reibungslosen Ablauf der Hochzeit verantwortlich und musste den abgewiesenen Alamannenfürsten samt seinem Stamm davon abhalten, auf das Gelände einzudringen.

Uschi staunte nicht schlecht, als sie Ninas Refugium betrat. Man merkte sofort, dass sie Erfahrung mit dem Römercamping hatte. Das Zelt glich einem Beduinenzelt aus 1001 Nacht. Ninas Schlafplatz bestand aus einer bequemen Matratze, mehreren bunten Wolldecken, Kissen und einem kuscheligen Schaffell. An der mittleren Zeltstange hatte sie eine kupferne Öllampe und einen kleinen Spiegel aufgehängt. Da sie sämtliche Utensilien und Kleider in einer hölzernen Truhe untergebracht hatte, wirkte der Raum aufgeräumt und lauschig zugleich.

»Wie gemütlich!«, rief Uschi aus.

»Ja, nicht?«, sagte Nina, ließ sich in den Kissenberg sinken und räkelte sich. »Wir wollen uns ja in unserer Behausung wohlfühlen. Schau mal, du kannst dich hier einrichten.« Sie deutete auf den freien Platz neben ihrer Matratze.

Das Einrichten war schnell erledigt. Uschi stellte ihre kleine Reisetasche, die sie während des Einzugs der Gruppen beim Kiosk auf dem Gelände deponiert hatte, in die Ecke, rollte die aufblasbare Isomatte auseinander und breitete ihren Schlafsack darauf aus. Fertig! Kritisch betrachte sie ihren Schlafplatz, der in diesem Ambiente leider wenig stimmig und wie ein Fremdkörper aus einer futuristischen Welt wirkte. Nina dachte wohl dasselbe. Flugs warf sie eine Fransendecke über den Schlafsack und arrangierte zwei Kissen obenauf. Sie nickte zufrieden.

»So gefällt mir das schon besser!«

Uschi lächelte. Sie hatte Nina bei einem Bauchtanzkurs kennengelernt und der arabische Einrichtungsstil passte perfekt zu ihrer Vorliebe für Glitzerbustier und mit Pailletten bestickte Hüftgürtel. Niemand tanzte den

Schleiertanz so hingebungsvoll wie sie. Das mochte damit zu tun haben, dass Nina von Beruf Hebamme war. Sie hatte Uschi unlängst darüber aufgeklärt, dass der Bauchtanz ursprünglich ein Gebärtanz gewesen sei, bei dem die Hebamme zur Unterstützung der Gebärenden ihr Becken kreisen ließ. Deshalb fühlte sie sich für diesen Tanz geradezu berufen, auch wenn sie aus keinem arabischen Land stammte.

Uschi nahm ihr Handy aus der Tasche.

»Der Akku ist leer. Hast du eine Ahnung, wo ich das Ding laden kann?«

»Ich kann das für dich erledigen«, bot sich Nina an. »In der Villa gibt es genügend Steckdosen.« Sie nahm das Handy an sich und zog sogleich amüsiert eine Augenbraue hoch. »Stammt das auch noch aus der Antike?«

»Meine Nichte will mir zu Weihnachten ein Smartphone schenken«, verteidigte sich Uschi. »Bis dahin genügt mir das Retro-Modell.«

Nina fischte aus ihrer ledernen Umhängetasche ihr Smartphone und warf einen raschen Blick darauf.

»Wir sind spät dran. Nach der Programmplanung müsste in einer halben Stunde schon der erste Schaukampf beginnen. Wenn wir die Alamannen noch besuchen wollen, müssen wir uns beeilen.«

»Warum hat sich denn der Einlass überhaupt so verzögert?«, wollte Uschi wissen.

»Es gab offenbar Probleme bei der Opferzeremonie. Dem Augur gefiel das Geschrei der Vögel nicht.« Sie lachte hell auf. »Wenn du mich fragst, ist der Typ selbst ein schräger Vogel. Der wollte allen Ernstes unser Fest abblasen. Wegen eines Vogels. Stell dir das mal vor!«

»Zumindest scheint der Mann seine Aufgabe ernst zu

nehmen«, verteidigte Uschi ihn. »In der Römerzeit waren die Auguren mächtige Männer. Sie hatten großen Einfluss auf die Herrscher und bestimmten sogar mit, ob Kriege geführt wurden oder nicht.«

»Mag sein«, meinte Nina. »Aber wir leben nun mal in der Neuzeit. Den Arthur hat bestimmt der Schlag getroffen, als der Augur das Fest absagen wollte. Schließlich bereiten wir uns jetzt schon seit Monaten auf dieses Wochenende vor!«

»So lange schon?«, staunte Uschi.

»Klar. Bei so einer großen Veranstaltung gibt es enorm viel zu organisieren. Das schüttelt man nicht so einfach aus dem Ärmel.«

»Lohnt sich der ganze Aufwand denn?«

»Nun ja. Das ist unterschiedlich. Es hängt oftmals vom Wetter ab, wie viele Besucher letztlich kommen. Das Römerfest ist auf alle Fälle die wichtigste Einnahmequelle für uns. Mit dem Geld können wir wieder die nächsten beiden Jahre der Museumsarbeit finanzieren.«

»Bekommt das Museum denn sonst keine Gelder von anderer Seite?«

»Doch schon. Schließlich zählt die Anlage zu den wichtigsten archäologischen Forschungsprojekten im Land. Aber die Gelder vom Landesdenkmalamt reichen nicht aus. Unser nächstes Projekt ist die Restaurierung des Tempelbezirks. Das kostet eine ganze Stange Geld«, sagte Nina und rieb die Finger aneinander. »Deshalb können wir auch keine Rücksicht auf irgendwelche verstimmten Götter nehmen. Wir brauchen die Kohle. Basta!«

»Klar, das verstehe ich«, sagte Uschi, warf einen letzten Kontrollblick in den Spiegel und schlüpfte dann aus dem Zelt.

Draußen herrschte bereits das bunte Treiben von Römern, Kelten und Alamannen, die unter den neugierigen Blicken der Besucher ihr Handwerk demonstrierten und Fragen beantworteten. Einige römische Soldaten, die wie Nina am Freitagabend angereist waren, standen beisammen und besprachen ihre Kampftaktik.

»Ohne die ehrenamtliche Arbeit der Vereinsmitglieder wären die aufwendigen Arbeiten in der Villa gar nicht machbar. Da steckt viel Eigenleistung dahinter«, knüpfte Nina an das vorherige Gesprächsthema an.

»Toll, dass es solche Leute wie dich gibt«, lobte Uschi.

»Du engagierst dich doch auch. Bist du denn schon aufgeregt wegen der Führungen?«

»Nein, eigentlich nicht besonders. Ich hatte ja genügend Zeit, um mich darauf vorzubereiten. Dass man mir aber so kurzfristig die Betreuung des Kräutergartens aufs Auge gedrückt hat, finde ich ehrlich gesagt nicht so toll!«

»Ach, der Kräutergarten ist überschaubar. Ich glaube, es geht mehr darum, dass du die Pflanzen bei der Hitze hin und wieder gießt und aufpasst, dass die Leute die Kräuter nicht ernten.«

»Na, ein bisschen mehr wird da schon von mir verlangt. Arthur will, dass ich den Leuten erkläre, wofür man die Pflanzen früher verwendet hat. Dabei weiß ich noch nicht einmal, was in dem Kräutergarten überhaupt angepflanzt worden ist.« Sie seufzte. »Ich hasse so spontane Aktionen!«

»Du musst das sportlich sehen«, meinte Nina und lächelte Uschi aufmunternd zu. »Spontan ist oftmals viel besser als lange geplant. Wirst sehen. Nimm's locker, dann klappt das schon.«

Uschi setzte ein schräges Lächeln auf. Sie war nun mal

nicht so leger drauf wie Nina. Vermutlich eine Frage des Alters. Ob ihre junge Freundin in 30 Jahren immer noch so ungezwungen daherkommen würde, musste sich erst zeigen. Ihrer Erfahrung nach war eine gewissenhafte Vorbereitung das A und O für souveränes Auftreten. Und was den Kräutergarten anging, fühlte sie sich alles andere als souverän.

Sie passierten das Lager der Kelten. Zahlenmäßig stellten die Kelten auf dem Fest die größte Bevölkerungsgruppe dar, gegliedert in verschiedene Sippen. Uschi las beim Vorübergehen die hölzernen Schildchen an den Ständen, die Name und Herkunft der Sippe verrieten: Neben den Tigurini-Keltoi aus dem Neckarland und den Schlamauni aus Tirol gab es so wohlklingende Namen wie Scaliesus Cambiare, Teutates oder Druwis Olloudius. Eine Keltengruppe, die erst heute Morgen angereist war, dekorierte noch ihren Verkaufsstand und befestigte an den weißen Sonnensegeln allerlei Krimskrams wie getrocknete Kräuter, Laternen, Lederbänder und Kochgeschirr.

»Hast du dein Kleid eigentlich auch spontan gekauft?«, witzelte Nina. »Es ist wunderschön, aber ein klein wenig zu lang für dich, wenn ich das so sagen darf.«

Uschi zog eine Grimasse.

»Ja, es wurde erst gestern Abend geliefert.«

»Hättest du es nicht mit ein paar Stichen hochnähen können?«, wunderte sich Nina.

»Ach, ich hab zwei linke Hände, was Handarbeiten angeht.«

»Sieht jedenfalls sehr graziös aus, wenn du die Tunika beim Laufen so manierlich anhebst«, meinte Nina und kicherte.

»Ach, du Schreck! Was ist das denn?«, entfuhr es Uschi.

Vor dem Eingang eines keltischen Zeltes glotzte ihnen ein abgehackter Kopf entgegen, der die Spitze eines Holzpfahls zierte.

»Bäh, wie ekelhaft!«

Nina betrachtete hingegen fasziniert das schmerzverzerrte Gesicht mit den hervortretenden Augen und dem bluttriefenden Hals und fing an, die Maske genauer unter die Lupe zu nehmen.

»Ist das Plastik oder Gummi?«

Uschi beobachtete sie mit Entsetzen. Wie konnte sie dieses grausige Ding nur anfassen!

»Plastik!«, konstatierte Nina. »Sieht total echt aus. Cool!«

»Na ja, für meinen Geschmack ist das üble Effekthascherei. Die Kelten waren doch ein Bauernvolk und keine Schrumpfkopfjäger!«

»Ach was! Das wird schon einen historischen Hintergrund haben. Und keine Sorge – heutzutage schockt das niemanden mehr. Selbst die Kinder sehen im Fernsehen weit ekelhaftere Dinge. Die lachen wahrscheinlich nur über diesen Kopf.«

Uschi sah ihre junge Freundin konsterniert an. Nina sagte das so leichthin. Sie selbst war da ganz anderer Meinung und wusste nicht, was sie schlimmer finden sollte: die zunehmende Verrohung und Abgestumpftheit der Gesellschaft oder diesen widerwärtigen Plastikkopf.

Kathrins Zelt stand in der hintersten Reihe des Alamannenlagers. Das Sonnendach vor dem Eingang hatte sie liebevoll dekoriert. Um das Holzgestänge wanden sich bunte Blumengirlanden aus Papier und an den Seiten hingen rote Chiffontücher herunter.

Schon von Weitem hörten sie, dass ihre Freundin gerade eine Schimpftirade losließ, die vermutlich ihrem Mann galt. Uschi zögerte. Konnte man da stören? Doch Nina zuckte nur mit den Achseln und nickte ermutigend.

»Hallo! Klopf, klopf, ist jemand da?«, rief Uschi und strich mit den Fingern über die Eisenstäbe eines Windspiels, das als Glocke diente. Eine harmonische Tonfolge ertönte.

Kathrin verstummte. Nach einer kurzen Phase des Schweigens folgte ein helles, lang gezogenes »Jaaa, einen Augenblick!«

Einen Moment später öffnete sich die Zeltplane und Kathrin streckte ihren karottenroten Lockenkopf heraus.

»Kommt rein!«, rief sie betont fröhlich.

Sie trug eine ockerfarbene Tunika, die ihre mollige Figur auf elegante Weise verhüllte und zugleich ihre Weiblichkeit betonte. Das erdige Ocker harmonierte perfekt mit ihren roten Haaren, den nussbraunen Augen und der goldenen Kette, die sie um den Hals trug.

»Gut siehst du aus«, stellte Uschi fest und umarmte ihre Freundin.

Im Inneren des Alamannenzelts war die dicke Luft geradezu greifbar. Kathrins Mann saß vornübergebeugt auf einem Feldbett und schnürte sich gerade mit mürrischem Gesicht die Lederschuhe. Uschi kannte ihn aus den Erzählungen ihrer Freundin, hatte ihn bislang aber noch nie zu Gesicht bekommen. Er war ein Musterbild von Alamanne: groß und kräftig gebaut, lange blonde Haare, die ihm bis zum Rücken reichten, und ein zotteliger Vollbart, in den zwei kleine Zöpfchen eingeflochten waren. Zur schwarz-weiß karierten Hose trug er ein olivgrünes Hemd, das durch einen braunen Ledergürtel unterteilt wurde. Als er den Kopf hob und Nina erblickte, hellte sich seine Miene augenblicklich auf. Seine schlechte Laune war wie weggeblasen.

»Oh, hallo! Haben wir Besuch?«

Er erhob sich mit gebeugtem Kopf und richtete sich erst zu seiner vollen Größe auf, als er in der Mitte des Zeltes stand. Selbst an dieser Stelle streifte er beinahe die Decke. Wie ein Bär tappte er mit ausgebreiteten Armen auf Nina zu und umarmte sie herzlich. Nina verschwand in seinen Pranken.

»Hallo Frank!«, sagte sie vergnügt und tätschelte ihm den Rücken.

Er trat einen Schritt zurück und beäugte sie.

»Wow«, stieß er aus, »also dieses Schlangenoutfit gefällt mir noch besser als das Apollokleid vom letzten Mal.« Er nickte anerkennend. »Ganz schön sexy! Da pass nur mal auf mit diesen Italienern …«

Nina grinste, riss dann die Augen weit auf, fuhr sich züngelnd über die Lippen und gab ein lang gezogenes Zischen von sich. Dann drehte sie sich wirbelnd um ihre eigene Achse, ließ ihre Hüften kreisen und schlängelte gekonnt die Arme, so dass die daran befestigten silbernen Schleier effektvoll flatterten. Alle lachten, doch Uschi entging nicht, dass Kathrins Lachen etwas schrill klang und sie unmerklich am Ausschnitt ihrer ockerfarbenen Tunika herumzupfte.

Nachdem Nina ihre kurze Showeinlage beendet hatte, wandte sich Kathrins Gatte an Uschi, um sie mit einem äußerst festen, ja beinahe schmerzhaften Händedruck zu begrüßen.

»Hallo, ich bin der Frank.«

»Freut mich!«, sagte Uschi und versuchte unauffällig ihre gequetschten Finger zu lockern. »Uschi Lämmle. Aber sag einfach Uschi zu mir.«

»Schön«, sagte Frank und machte eine einladende Geste. »Willkommen im Lager der Alamannen!«

Das sechseckige Zelt war relativ geräumig und bot für zwei Personen ausreichend Platz. Kathrin hatte die Möbel geschickt arrangiert und neben der Schlafstätte auch noch Tischchen, Stühle und eine Truhe untergebracht. Die dunklen Holzmöbel und die Tierhautlaterne, die an einer der Zeltstangen hing, wirkten ausgesprochen stilecht. Am auffälligsten aber war eine überdimensional große Patchworkdecke, die Kathrin über den beiden zusammengeschobenen Matratzen ausgebreitet hatte und die Uschi mit ihren leuchtend bunten Farben sofort ins Auge stach.

»Oh, das ist ja ein Prachtstück!«, rief sie entzückt aus. »Wo hast du die denn her?«

»Aus Guatemala!«, sagte Kathrin und strahlte. »Ist schon Ewigkeiten her. Ich war dort als Studentin mit dem Rucksack unterwegs. Die Decke hab ich auf einem Markt erstanden. Das Riesending hat natürlich allein schon meinen halben Rucksack ausgefüllt.« Sie lachte bei dem Gedanken daran. »Ich habe sie durch ganz Guatemala und Mexiko geschleppt! Unglaublich!« Liebevoll strich sie mit der Hand über den Stoff.

»Für so eine Handarbeit würdest du bei uns ein Vermögen bezahlen!«, sagte Uschi und nickte. »Ich muss schon sagen, ihr habt es hier richtig heimelig. Gibt es einen bestimmten Grund, weshalb ihr so ein Luxuszelt habt?«

Auf Kathrins Gesicht stahl sich ein stolzes Lächeln.

»Nun ja, Frank ist schließlich ein Alamannenfürst.«

»Sag bloß«, entfuhr es Uschi. »Dann bist du der Alamannenfürst, den Nina heiraten wird?«

Prompt sanken Kathrins Mundwinkel herab und Uschi hätte sich am liebsten auf die Zunge gebissen.

Frank winkte ab.

»Nein. Ich muss leider die Rolle des abgewiesenen Fürsten spielen. Dabei wären wir das absolute Traumpaar gewesen. Nicht wahr, Nina?«

Er grinste anzüglich. Uschi hatte das dringende Gefühl, etwas zur Ehrenrettung von Kathrin sagen zu müssen. Doch Frank kam ihr zuvor und nahm seine Frau in den Arm.

»Aber ich habe ja schon eine wunderschöne Alamannenfrau an meiner Seite«, sagte er wohlwollend. »Was will man mehr?«

Kathrin lächelte kurz, rückte dann allerdings ein Stück weit von ihm ab.

»Na ja, dein Konkurrent ist schließlich auch um einiges jünger als du«, sagte sie keck. »Der passt allein vom Alter her schon besser zu Nina. Mal ganz abgesehen davon, dass er verdammt gut aussieht.«

»Ach was!«, widersprach Frank und fasste Kathrin etwas enger in der Taille. »Ihr Weiber steht doch auf reife Männer. Was wollt ihr denn mit so einem unerfahrenen Grünschnabel?«

»Also am attraktivsten sind meiner Meinung nach sowieso die Gladiatoren!«, hielt Nina dagegen. »Ich sag euch Mädels, die sind vielleicht knackig! Allein schon diese muskulösen Oberarme …« Sie schaute versonnen drein und genoss es offenbar, Frank mit ihrer Schwärmerei ein wenig zu ärgern. »Ich hab da einen gesehen«, fügte sie mit den Augen rollend hinzu, »eine absolute Sahneschnitte! Also den Gladiatorenkampf dürfen wir uns auf keinen Fall entgehen lassen.«

In diesem Moment öffnete sich die Zeltplane einen Spaltbreit und ein Alamanne mit roter Mütze lugte herein.

»Hallo Jörg!«, begrüßte ihn Kathrin freundlich. »Komm doch rein.«

»Ist lieb von dir, Kathrin. Aber ich wollte nur Frank Bescheid geben, dass es losgeht. Wie sieht es aus, Frank? Bist du so weit?«

Frank hob ächzend sein Schwert vom Boden auf und steckte es in den Gürtel. Unvermittelt war seine schlechte Laune zurückgekehrt.

»Klar. Ich komme ja schon!«, sagte er lustlos. Er warf Kathrin einen verdrießlichen Blick zu. »Ja, ja. Ich muss mich in dieser Elendshitze rumprügeln, während Madame im Schatten hockt und den knackigen Gladiatoren zuschaut.«

Er streifte sich ein Haargummi vom Handgelenk, zwirbelte seine Haare zu einem Strang und formte daraus in Sekundenschnelle den typisch germanischen Suebenknoten, den er kunstvoll am Oberkopf mit dem Gummi fixierte.

»Und deine Kopfschmerztablette hat übrigens bisher kein bisschen geholfen!«

»Du schaffst das schon«, sagte Kathrin verlegen. »Hast du deinen Tee ausgetrunken?«

Frank griff nach der Emailletasse, die auf dem kleinen

Holztischchen stand, und trank den Rest des Tees in einem Zug aus.

»Hab ich ihm extra nach meinem Geheimrezept gekocht«, sagte Kathrin zu ihren Freundinnen. Mit einem Augenzwinkern fügte sie hinzu: »Hilft gegen Kopfschmerzen – und Übellaunigkeit.«

»Was sind denn da für besondere Zutaten drin?«, wollte Nina wissen.

Kathrin tat geheimnisvoll.

»Nur die besten Kräuter!«

»Aber hoffentlich nicht aus meinem Kräutergarten!«, platzte Uschi heraus.

»Jetzt hab dich mal nicht so mit deinem Kräutergarten«, wies Kathrin sie zurecht und kräuselte die Nase. »Nur weil du für ein Wochenende die Patenschaft übernommen hast, musst du es mit der Fürsorge nicht gleich übertreiben. Aber wenn es dich beruhigt – die meisten Kräuter habe ich von zu Hause mitgebracht. In Form eines Teebeutels!«

»Ich muss dann. Also, tschüss!«, sagte Jörg, nickte den Frauen zu und verschwand nach draußen.

»Hals und Beinbruch!«, rief Kathrin ihm beflissen nach.

Frank verließ grußlos das Zelt, ohne Kathrin nochmals eines Blickes zu würdigen. Als er außer Hörweite war, fragte Nina:

»Oje! Was ist denn mit dem heute los? So kenne ich ihn ja gar nicht!«

»Ach, er hat schlecht geschlafen«, erklärte Kathrin. »Den ganzen Morgen jammert er schon rum. Er hat Kopfweh und fühlt sich schlapp. Meine Güte! Wenn die Männer mal ein Wehwehchen haben, dann zergehen sie in Selbstmitleid und alle müssen darunter leiden. Er ist unausstehlich. Nicht auszuhalten!« Sie verdrehte die Augen.

»Ich habe heute auch leichte Kopfschmerzen«, meinte Uschi und rieb sich die Stirn. »Muss wohl am Wetter liegen. Ich frage mich, wie heiß es erst heute Mittag werden wird, wenn die Hitze jetzt schon kaum auszuhalten ist.«

»Die Wiese vor der Villa liegt leider in der prallen Sonne. Da hätte ich ehrlich gesagt auch keinen Bock zu kämpfen«, meinte Nina.

»Ach was, der soll sich nicht so anstellen«, sagte Kathrin streng. »Bislang hat er sich immer auf diese Kämpfchen gegen die Italiener gefreut. Ich glaube, ihm fehlt im Grunde gar nichts. Der hat nur keine Lust, dieses Jahr mit mir gemeinsam hier zu sein.« Sie griff nach der Thermoskanne. »Wollt ihr eigentlich einen Tee?«

Nina und Uschi lehnten dankend ab. Tee bei dieser Hitze musste nun wirklich nicht sein.

»Wie meinst du das?«, hakte Uschi nach. »Ihr seid doch immer gemeinsam hier.«

»Nein. Beim letzten Römerfest war ich krank. Seine Kumpels haben mir verraten, dass er ganz schön einen draufgemacht hat. Er muss sturzbesoffen gewesen sein.« Kathrin schüttelte verärgert den Kopf. »Hat sich sogar geprügelt. Meine Güte! Wie so ein Jugendlicher.«

»Vielleicht ist er in der Midlifekrise und muss sich noch mal was beweisen«, mutmaßte Nina.

Kathrin zuckte mit den Achseln.

»Mag sein. Jedenfalls nervt es ihn sicher, dass ich dieses Mal wieder mit dabei bin und ihm auf die Finger schaue.«

Sie ging in die Hocke und hob die schwarz lackierte Holzplatte eines Tischchens an. Darunter befand sich ein Fach, in dem sie verschiedenen Krimskrams aufbewahrte.

Sie zog einen silbernen Handspiegel heraus, überprüfte damit ihr Make-up und legte schließlich noch einen rostroten Lippenstift auf.

»Der ist aber schön!«, sagte Uschi entzückt und strich mit dem Finger über die kunstvolle Einlegearbeit aus Perlmutt auf der Rückseite des Spiegels.

»Erbstück von meiner Oma«, sagte Kathrin und verstaute ihn wieder unter der Tischplatte. »So! Es kann losgehen. Bin schon gespannt auf die Sahneschnitte!«

Die Fliege saß kopfüber an der Decke und putzte sich. Nachdem sie ihre dünnen Vorderbeine zur Genüge gesäubert hatte, drehte sie brummend eine Runde durchs Zelt.

Er nahm weder das Brummen noch das Stimmengewirr der Passanten wahr. Tief versunken betrachtete er das Schwert, das vor ihm auf dem Boden lag. Sein rechtes Auge zuckte nervös.

Die Fliege setzte sich auf seinen Oberarm, angelockt vom Geruch seiner Ausdunstung. Mit einer raschen Handbewegung scheuchte er sie fort, erhob sich dann schwerfällig und begann sich anzukleiden.

Als Erstes zog er den mit Metallplättchen besetzten Gürtel von der Stuhllehne, schloss ihn über der Tunika und befestigte den Dolch daran. Dann band er den Schurz aus metallbeschlagenen Lederstreifen um, legte mit geübten Griffen die Beinschienen an und schlüpfte in die Sandalen. Zum Schluss zog er das Kettenhemd über den Kopf, befestigte die Armstulpen und setzte den Helm auf, dessen Wangenklappen ihm fast bis zur Schulter reichten.

Er schnaufte. Das Kettenhemd fühlte sich steif an und lag so schwer auf seinen Schultern, dass er das Gefühl hatte, in einem eisernen Korsett zu stecken. Dennoch wollte er nicht darauf verzichten.

Er hatte noch nie ernsthaft gekämpft. Ob das Kettenhemd ihm ausreichend Schutz bieten konnte? Gegen Schnitte ja, aber was war, wenn er ein Schwert in den Bauch gerammt bekam?

Vorsichtig fuhr er mit dem Daumen über die Klinge des Langschwerts. Na! Er riss die Hand zurück. Obwohl er das Metall kaum berührt hatte, zerschnitt ihm die Klinge sofort das Fleisch und hinterließ einen feinen Schnitt, aus dem nun Blut hervorquoll.

Er wollte es nicht tun. Es widersprach all seinen Prinzipien.

Es war allerdings die einzige Möglichkeit, um endlich wieder Frieden zu finden. Manchmal gab es keine Lösung, keine richtige Entscheidung. Alles fühlte sich falsch an. Man musste abwägen und Dinge tun, die mit dem Gewissen nicht zu vereinbaren waren. Aber zeigte sich nicht gerade darin Stärke und Charakter? Nichts mehr würde so sein wie vorher. Doch er hatte nicht vor, deshalb seinen Mut zu verlieren. Entschlossen befestigte er das Schwert an dem ledernen Schulterriemen.

Die Fliege landete auf seinem Arm, verweilte kurz, flog dann hektisch auf, um sich auf seiner Hand niederzulassen. Nach wenigen Sekunden flog sie erneut mit Gebrumm auf und setzte sich nunmehr auf seinen nackten Oberschenkel.

Langsam, ganz langsam bewegte er seine hohle Hand auf die Fliege zu, verharrte lauernd eine Sekunde lang über ihr, um dann überraschend eine Abwärtsbewegung anzudeuten. Das Tier spürte den Lufthauch und schoss senkrecht nach oben. Direkt in seine geöffnete Hand hinein. Blitzschnell schloss er die Hand zur Faust.

Gefangen! Die Fliege brummte empört, strampelte mit den Beinen, versuchte zu entkommen und schlug dabei die zarten Flügel aber und abermals gegen die Finger, die sie umschlossen.

Er spürte ihre Verzweiflung. Wie sie panisch zappelte und um ihr kleines Leben kämpfte. Er drückte die Faust etwas fester zu. Jetzt zappelte sie nicht mehr. Sie war völlig ruhig. Harrte ihrem Ende entgegen.

Gemächlich verließ er das Zelt, öffnete dann seine Faust und beobachtete, wie die Fliege taumelnd davonflog.

Du musst vorausschauend sein. Und schnell.

Die drei Frauen hatten tatsächlich ein schattiges Plätzchen unter einem Apfelbaum in der Nähe der Villa gefunden, von wo aus sie den Schaukampf hervorragend mitverfolgen konnten. Die Kämpfe waren seit Jahren ein Publikumsmagnet des Römerfestes, dementsprechend säumten viele Leute auch heute den Rand der großen Wiese unterhalb der Villa, wo sich Römer und Alamannen bereits in Position gebracht hatten.

Uschi ließ ihren Blick über die Südfassade der Villa schweifen. Obwohl das Gebäude nicht vollständig rekonstruiert worden war, wirkte die Frontseite mit dem hervortretenden hohen Eckbau, der Pfeilerhalle und der daran angrenzenden breiten Treppe äußerst imposant.

»Aus dieser Perspektive sieht sie am eindrucksvollsten

aus. Nicht?«, sagte Nina, die Uschis Blick richtig interpretiert hatte. »Wusstest du eigentlich, dass unsere Villa sogar in einem Asterix-Heft vorkommt?«

»Wirklich? Hast du das Heft?«

»Ja, muss ich dir unbedingt mal zeigen. ›Der Papyrus des Cäsar‹ heißt der Band.«

Uschi konnte gut nachvollziehen, dass der Illustrator sich ausgerechnet für diese Villa entschieden hatte. Nicht nur die Architektur der Pfeilerhalle mit den Bogenfenstern war interessant, auch die Farbgebung wirkte ansprechend: Das Erdgeschoss war gemauert, das obere Stockwerk weiß getüncht. Rote Bänder trennten die beiden Etagen. Das Rot des Ziegeldachs und das Braun der Fensterläden harmonierten ausgezeichnet mit dem Weiß der Fassade und dem Grün des Weinlaubs, das an der Mauer emporrankte.

»Hoffentlich gibt es heute keine Verletzten«, sagte Nina und steckte sich eine Zigarette an.

»Verletzte?«, fragte Uschi überrascht. »Ich dachte, die Schläge werden nur angedeutet.«

»Ja, schon. Aber trotzdem gibt es oftmals kleinere Blessuren«, klärte Kathrin sie auf. »Passiert natürlich unabsichtlich.«

»Aha, ist also nicht ganz ungefährlich, da mitzukämpfen«, konstatierte Uschi.

Nina drehte den Kopf seitlich und ließ den Rauch langsam aus ihrem Mund entweichen. Sie wusste, dass Uschi zu asthmatischen Problemen neigte, und bemühte sich deshalb, den Rauch so gut es ging von ihr fernzuhalten.

»Hm. Manchmal gab es sogar schon gebrochene Nasen oder Knochenbrüche, wenn jemand ungeschickt gefallen ist.«

»Na, wirklich fair erscheint mir dieser Kampf allerdings nicht zu sein«, monierte Uschi. »Die Römer sind viel besser ausgerüstet. Guck dir das mal an. Die Alamannen haben keine Helme, keine Kettenhemden und einige stehen sogar mit nacktem Oberkörper da. Die haben doch gar keine Chance gegen die Römer in ihren Rüstungen!«

»Du wirst dich noch wundern!«, konterte Kathrin. »Immerhin haben die Alamannen damals die Römer in die Flucht geschlagen.«

»Ich weiß. Aber vermutlich haben sie das nicht allein mit Holzschwertern und Holzspeeren erreicht. Ich verstehe nicht, weshalb die meisten eurer Männer nicht einmal ein Eisenschwert haben.«

»Die Alamannen kämpften erst einmal aus der Distanz«, erklärte Kathrin. »Wenn der Speer mit der Spitze im Schild feststeckte, konnte der Römer sein Schild nicht mehr gebrauchen.«

»Na ja, aber der Speer war dann auch nicht mehr zu gebrauchen«, gab Uschi zu bedenken.

»Die Alamannen hatten sowieso eine ganz andere Kampftaktik als die Römer«, fuhr Kathrin fort, ohne auf Uschis Einwurf weiter einzugehen. »Sie bewaffneten sich mit Holzkeulen und kämpften bei Nacht. Mit geschwärzten Gesichtern und dunkler Kleidung waren sie in der Dunkelheit fast unsichtbar. Dann hat man nur noch das Weiße in ihren Augen gesehen.«

»Pech, dass der Kampf heute bei Tag stattfindet!«, spottete Nina.

»Das macht nichts«, entgegnete Kathrin spitz. »Es gibt ja auch noch die Strategie, den Feind zu überraschen. Unsere Männer werden sich bestimmt gleich im Wald verstecken.«

»Und dann stürmen sie plötzlich hinter den Bäumen hervor und fallen über die Römer her«, schlussfolgerte Nina. »Ganz schön clever!«

»Ja.« Kathrin nickte. »Und dabei brüllen sie wie verrückt. Früher haben sie dann den Römern mit ihren Holzkeulen die Köpfe eingeschlagen. Die waren völlig in Rage.«

»Barbaren«, merkte Uschi an.

»Wie?«, fragte Nina.

»Na, kein Wunder, dass die Römer sie Barbaren genannt haben.« Uschi zuckte mit den Schultern. »Die Alamannen führten sich so wild auf, dass die Römer vor Schreck davonliefen. Die konnten mit dieser Art zu kämpfen ja absolut nichts anfangen.«

»So was nennt man psychologische Kriegsführung«, belehrte sie Kathrin. »Sie wollten Angst und Schrecken verbreiten. Das war ihre Taktik.«

»Aha. Dann bin ich mal gespannt, ob sie es schaffen, die Römer tatsächlich in Schrecken zu versetzen«, meinte Nina mit einem spöttischen Grinsen.

Controllate la linea!«, herrschte der Zenturio die römischen Soldaten an, die rasch Haltung annahmen und ihre Aufstellung perfektionierten. Mit seinem blauen Mantel, dem querstehenden Kamm aus rot gefärbtem Pferdehaar auf dem goldverzierten Helm und den silbernen Rangabzeichen auf der Brust machte der Hauptmann mächtig Eindruck beim Publikum.

Was für ein aufgeblasener Gockel, dachte Frank und grinste abfällig. Er lehnte am Stamm einer Buche, kaute auf einem Grashalm herum und beobachtete, wie die Römer eine lange Linie bildeten und im Gleichschritt näherrückten.

Die Wand aus roten Schilden kam ihnen in erstaunlich schnellem Tempo entgegen. Die Körper der Soldaten waren gänzlich hinter den Schutzschilden verborgen, nur das eine oder andere Schwert blitzte gefährlich in der Sonne auf. Von den Gesichtern der Soldaten war unter den silbernen Helmen nicht viel zu erkennen. Dennoch strahlten die Männer eine Unerschrockenheit aus, die eine beängstigende Wirkung hatte und keinen Zweifel daran ließ, dass man es mit außergewöhnlich tapferen Kriegern zu tun hatte. Im Takt ihrer Schritte hatten sie einen Sprechgesang angestimmt, der nicht nur Einigkeit demonstrierte, sondern auch eiserne Entschlossenheit. Dieser ganze Aufmarsch diente nur einem Zweck: Sie wollten die Alamannen einschüchtern.

Wenn er seine Männer so ansah, hatten sie ihr Ziel bereits erreicht. Die Angst hatte viele Gesichter. Jörg scharrte mit den Füßen, Heiner kaute auf seiner Unterlippe herum und sein jüngster Mann in der Truppe stand da wie vom Donner gerührt. Frank spuckte den Grashalm aus, ging zu dem jungen Mann und legte ihm seine Hand beruhigend auf die Schulter.

»He, Ralf! Nur keine Sorge«, sagte er leise. »Die schauen immer so grimmig drein, wenn sie kämpfen. Das ist nichts als Show. Es soll für die Zuschauer möglichst realistisch aussehen.«

»Klar«, sagte Ralf mit belegter Stimme und rückte seinen Gürtel zurecht. Er hielt seine Wurflanze so fest umschlossen, dass seine Knöchel weiß hervortraten.

»Heute Abend setzen wir uns dann alle zusammen und

trinken gemeinsam Wein«, sagte Frank und führte ein imaginäres Glas zum Mund. »Musst dich ja nicht gleich ins größte Getümmel stürzen. Halt dich ein wenig weiter hinten.« Er grinste seinen Neuzugang aufmunternd an und ging dann wieder auf seine Position zurück.

Er liebte dieses Spiel. Sein modernes Leben war regelrecht eintönig im Vergleich zu dem aufregenden Leben eines Alamannenfürsten. Gut, sicher verklärte er da die historische Realität ein wenig. Aber wenn es möglich gewesen wäre, hätte er ohne zu zögern sein wahres Leben gegen diese historische Identität eingetauscht.

Noch waren seine Männer im Schatten der Bäume verborgen, aber viel Zeit würde ihnen nicht mehr bleiben, bis sie ihre Deckung verlassen mussten, um den Kampf gegen die römische Legion auf dem offenen Feld aufzunehmen. Vor 2000 Jahren hätten die Alamannen selbstverständlich einen Teufel getan, ihre Deckung im Wald zu verlassen und auf ihren strategischen Vorteil aus freien Stücken zu verzichten. Sie hätten erst einmal ihre Speere, Wurfäxte und Steinschleudern verwendet und die Römer gezwungen, ihre Formation aufzulösen und im Wald Mann gegen Mann zu kämpfen. Aber letztlich war dies hier ein Schaukampf und die Zuschauer wollten etwas sehen. Somit waren sie gezwungen, den Römern auf dem offenen Feld ins Messer zu laufen.

Der Schattenplatz war inzwischen von zwei kinderreichen Familien erobert worden. Uschi, Kathrin und Nina hatten mehr oder weniger freiwillig dem Nachwuchs ihre

Stehplätze überlassen und wurden in den sonnigen Bereich abgedrängt.

Uschi kniff die Augen zusammen. Meine Güte, das würde Falten geben! Gut, dass sie in weiser Voraussicht erst gar keine Sonnenbrille eingepackt hatte. Ansonsten hätte sie sich nun wohl kaum zurückhalten können, diese aufzusetzen. Dabei trugen gerade die Details dazu bei, ein stimmiges Gesamtbild zu schaffen. Und eine Römerin mit Sonnenbrille – das ging gar nicht.

»Jetzt geht's los!«, rief Kathrin in freudiger Erwartung und spielte vor Aufregung an ihrer Kette herum.

Uschi nickte und lächelte ihr zu. Insgeheim wusste sie nicht so recht, was sie von diesen Schaukämpfen halten sollte. Die ausgeprägte Leidenschaft mancher Männer für Waffen und Kampfsport hatte sie schon immer irritiert. Lag es in den Genen, dass bereits kleinste Buben jedes Stöckchen als Schusswaffe verwendeten und das fehlende Schussgeräusch mit der Stimme zu imitieren wussten? Warum hatte sich seit Jahrzehnten nichts daran geändert, dass Jungen sich beim Fasching am liebsten als Cowboy, Indianer oder Polizist verkleideten? Diese Begeisterung für Kampf und Krieg hörte im Jugendalter keineswegs auf. Im Gegenteil. Stundenlang konnten sich die Jugendlichen am Computer mit wüsten Ballerspielen beschäftigen, die an Brutalität nur noch durch Actionfilme übertroffen wurden, die im Kino erstaunlicherweise oftmals schon ab zwölf Jahren freigegeben waren. Wen wunderte es da, dass diese Kampfbegeisterung selbst bei erwachsenen Männern nicht abebbte, sondern beim Sportschießen, Fechten oder bei einer der vielen Kampfsportarten ausgelebt wurde.

Die experimentellen Archäologen, die in die Rolle römischer Soldaten oder Gladiatoren schlüpften, »spielten«

ebenfalls Krieg. Da sie wissenschaftlich geprägte Ambitionen hatten, waren sie allerdings mit großer Ernsthaftigkeit bei der Sache. Das oberste Ziel war Authentizität. Schließlich widmete sich die experimentelle Archäologie der Beantwortung archäologischer Fragestellungen mit Hilfe wissenschaftlicher Experimente, die genauestens dokumentiert wurden. Uschi fragte sich dennoch, was ein echter römischer Soldat zu diesen Schaukämpfen gesagt hätte.

Noch fraglicher als die Darstellung der Römer war indes das Gebaren der Alamannen. Denn bei den einzigen schriftlichen Belegen über deren Kampfführung handelte es sich um Berichte, die von Römern aus deren Perspektive verfasst worden waren. Die Alamannen selbst hatten keinerlei schriftlichen Zeugnisse hinterlassen. Ob diese Beschreibungen der Römer immer so wahrheitsgemäß und objektiv gewesen waren, durfte man bezweifeln.

Deshalb war Uschi, was die Schaukämpfe anging, in ihrer Meinung gespalten. Einerseits fand sie es grundsätzlich toll, wenn Leute für eine Sache so brannten wie hier auf dem Römerfest. Die Begeisterung für die Antike war ihnen anzusehen und sie betrieben einen hohen Aufwand, um die Geschichte lebendig werden zu lassen. Dieses Engagement verdiente zweifelsohne Respekt. Andererseits fiel es ihr schwer, ihren Argwohn zu verhehlen. Zu sehr erinnerten sie die Männer in ihren Rüstungen da unten an die kleinen Jungs mit ihren Schwertern beim Schulfasching.

Kathrin war jedoch deutlich anzusehen, wie stolz sie auf ihren Mann in der Rolle des Alamannenfürsten war. Deshalb behielt Uschi ihre kritischen Gedanken lieber für sich.

Die zunehmende Nervosität seiner Männer gefiel ihm gar nicht. Auch wenn er ihre Anspannung nachvollziehen konnte. Sie waren nun mal keine ausgebildeten Kämpfer und ihre Kampfstrategie beschränkte sich weitgehend auf »Hau-drauf«-Parolen. Die Italiener hatten sich dagegen intensiv mit der römischen Kampfkunst beschäftigt und konnten ihre Kenntnisse regelmäßig bei ihren Auftritten erproben.

Klar, im Grunde ging es hier um nichts. Es handelte sich nur um einen Schaukampf. Ein Spiel. Aber insgeheim ging es eben doch um etwas. Nämlich um nichts weniger als ihre männliche Ehre. Sie wollten sich keinesfalls vor Tausenden von Zuschauern blamieren und womöglich am Ende als dilettantische Witzfiguren dastehen. Außerdem brauchten die Legionäre einen ebenbürtigen Gegner, der sie ernsthaft herausforderte. Schließlich sollten die Kämpfe so realistisch wie möglich ablaufen. Auf einem ganz anderen Blatt stand, dass es bei diesen Schaukämpfen trotz aller Umsicht immer wieder zu Verletzungen kam. Frank umschloss mit den Fingern den Griff seines Holzschwerts. Vielleicht wäre sein Eisenschwert die bessere Wahl gewesen.

Er wischte sich die feuchten Handflächen an der Hose ab. Ach was, bei der Hitze würden die Italiener sicherlich auch nicht alles geben. Außerdem hatte er ja auch noch seinen Speer. Im Grunde, so sagte er sich, ähnelte diese Situation den wahren Gegebenheiten, mit denen die Alamannen damals in noch viel stärkerem Maße konfrontiert worden waren. Die meisten alamannischen Kämpfer waren Bauern und keine Berufssoldaten gewesen. Sie waren einer ausgebildeten Legion gegenübergestanden, die eine perfekte Kampfstrategie vorzuweisen hatte. Zudem war die Ausrüstung der römischen Gegner schon damals ungleich besser gewesen. Und trotz all dieser Widrigkeiten hatten es die furchtlosen Alamannen geschafft, die Römer letztendlich zu besiegen. Und wie hatten sie dies geschafft? Indem sie dem Feind eine Mordsangst eingejagt hatten!

»Männer! Schaut euch das mal an. Die Feiglinge in ihren Miniröckchen verstecken sich hinter ihren Schilden und trippeln rum wie die Hühner. Es wird Zeit, dass wir diesen Memmen mal zeigen, wie richtige Männer kämpfen!«

Frank ließ seinen Arm mit dem Schwert nach oben schnellen und hielt einige Sekunden in dieser Siegerpose inne. Als alle Augen auf ihn gerichtet waren, schrie er:

»Echte Männer brauchen keine Helme. Wir zeigen stolz unser Haupt und können ungehindert in alle Richtungen schauen. Nein, wir brauchen kein Blech am Kopf. Denn wir sind viel mutiger!«

Er schlug mit seinem Holzschwert auf sein Schild und schüttelte seinen Kopf so heftig, dass sich sein Suebenknoten löste und die langen Haare wild umherflogen. Seine Männer nickten zustimmend und schlugen synchron gegen die Schilde.

»Haben wir es nötig, uns hinter Rüstungen zu verstecken? Nein! Denn wir sind stärker!«, grölte Frank aufs Neue, streifte das Hemd ab und straffte stolz wie ein Indianer seine nackte Brust.

»Müssen wir im Gleichschritt marschieren und Befehle befolgen? Nein! Denn wir sind freie Männer und entschlossen zu kämpfen!«

Wieder ließ er sein Schwert krachend auf das Schild knallen.

»Los, wir geben den Römern jetzt kräftig eins aufs

Maul! Wetten, dass die eine Scheißangst kriegen, wenn wir gleich mit Geschrei auf sie losstürmen? Damit rechnen die nämlich nicht!«

Frank machte einen Sprung hinaus aufs freie Feld. Das gleißende Sonnenlicht blendete ihn so sehr, dass er im ersten Moment gar nichts mehr sehen konnte. Aber den Italienern erging es nicht besser. Im Gegenteil. Weil sie Richtung Süden marschierten, mussten sie direkt in die Sonne schauen.

Er holte tief Luft, drehte sich mit erhobenem Schwert zu seinen Männern um und schrie so laut, dass sich seine Stimme überschlug:

»Auf sie mit Gebrüll!«

Sein gellender Schrei war weithin zu hören und fuhr den römischen Soldaten durch Mark und Bein. Mit weit aufgerissenen Augen und gefletschten Zähnen stürmte Frank los, der stampfenden Wand entgegen.

»Auf sie mit Gebrüll!«, echoten seine Männer und schwangen ihre Speere über dem Kopf.

Dann preschten sie wie ein wild gewordener Wespenschwarm aus dem Wald heraus, um ihre Gegner zu attackieren. Die Speere zischten durch die Luft und prallten gegen die Schilde der Römer. Als sie nahe genug herangekommen waren, durchbrachen sie die Wand aus Schilden und drängten in die entstehenden Lücken. Nun begann der Kampf Mann gegen Mann.

Frank riss sein Schwert in die Höhe, zielte auf den Hals des nächstbesten Römers und deutete einen Hieb an. Sein Gegner befolgte die Spielregel und ließ sich ins Gras fallen.

Frank hatte sich kaum umgedreht, da rammte ihm jemand das Schild gegen die Hüfte. Der Stoß traf ihn so überraschend, dass er das Gleichgewicht verlor und taumelnd zu Boden fiel. Der Angreifer warf sein Schild zur Seite und ließ sich auf ihn fallen.

Als Frank sah, wer das Schwergewicht war, konnte er es kaum glauben. Es war kein Römer, der ihn da gerade plattmachte, sondern einer seiner eigenen Leute.

»Karle!«, keuchte er. »Bist du noch ganz dicht?«

Der stieß ihm zur Antwort das Knie gegen den Oberschenkel.

Frank fluchte, schlang dann voller Wut seine Arme um Karle und riss ihn herum. Die beiden Männer rollten ein Stück weit ineinander verkeilt über die Wiese und kamen zu Füßen eines Römers zum Halten, der amüsiert auf die sich balgenden Alamannen herabsah.

Frank errang nach einigem Hin und Her schließlich die obere Position. Das war allerdings nur ein scheinbarer Vorteil, denn dafür hatte er nun einen Dolch an der Kehle, den Karle urplötzlich aus seinem Gürtel hervorgezogen hatte.

»Wo isch der Kessel?«, krächzte Karle.

Frank war sich sicher, dass Karle ihm gewiss nicht in aller Öffentlichkeit die Kehle durchschneiden würde. Er bluffte nur.

»Kessel?«, schnaubte er. »Ich weiß nicht, wovon du redest.« Noch während er sprach, packte er Karles Handgelenk und entwand ihm den Dolch. »Wenn du mich weiter nervst, erzähl ich deiner Frau von den Schulden.«

Um seinen Worten Nachdruck zu verleihen, richtete er die Spitze des Dolchs auf Karles Stirn. Dieser riss verängstigt die Augen auf und stammelte:

»Isch … gut. Hab's verstande.«

Frank wälzte sich von ihm herab und brummte:

»Mit dir fetter Zecke werde ich ja wohl noch fertig!«

Dann stand er auf, spuckte neben Karle verächtlich auf den Boden und stürzte sich ins Kampfgetümmel.

Schon war ein Römer zur Stelle, der ausholte und sein Schwert in Franks Schild bohrte. Ralf kam ihm zur Hilfe und drängte den Soldaten mit dem Schwert ab. Leider übersah er dabei den Römer, der aus der anderen Richtung heranstürmte und ihm den vermeintlichen Todesstoß verpasste.

»Pass auf, dass keiner über dich stolpert«, rief Frank.

Ralf tat wie geheißen und brachte sich durchs Gras robbend in Sicherheit. Frank beeilte sich derweil, einem Kameraden zu helfen, der von zwei Römern gleichzeitig angegriffen wurde. Er holte gerade erneut aus, da traf ihn ein donnernder Schlag in den Rücken. Er fuhr herum. Welcher Idiot griff ihn denn da von hinten an? War das etwa schon wieder der Karle?

Mitnichten! Der Mann, der ihm gegenüberstand, war äußerst muskulös und trug eine römische Rüstung. Sein Helm bedeckte das Gesicht fast vollständig. Lediglich die Partie um die Augen herum war frei. Als Frank den hasserfüllten Blick des Mannes wahrnahm, schnellte er erschrocken zurück. Verflucht noch mal! Warum war dieser Mann denn so in Rage? Das war nicht gespielt. Der meinte es ernst! Er sah so wütend aus, als wolle er ihm beim nächsten Atemzug den Schädel spalten.

»Was soll das?«, schrie er. »Idiota!«

Der römische Soldat ignorierte sein Geschrei. Er knurrte etwas und setzte dann blitzartig zum Sprung auf ihn an. Die Wucht des Aufpralls warf Frank kurzerhand um. Er lag eingeklemmt unter seinem Schild begraben und wusste gar nicht, wie ihm geschah. Doch bevor er sich wieder aufrappeln konnte, saß der Angreifer bereits auf ihm und drückte ihn mit der ganzen Schwere seines Gewichts nieder. Frank japste nach Luft. Er lag eingequetscht da und war in dieser Position vollkommen hilflos. Endlich bekam er einen Arm frei, ruderte mit dem Schwert umher, strampelte mit den Beinen und versuchte gleichzeitig den Mann, der immer noch auf ihm hockte, hochzustemmen. Da der Mann damit beschäftigt war, ihn niederzudrücken, konnte er wenigstens nicht gleichzeitig mit seinem Schwert zustechen. Frank ließ sein Schild los und versuchte stattdessen, mit der freien Hand an seinen Dolch heranzukommen, den er am Gürtel befestigt hatte. Da das Schild durch das Gewicht des Mannes auf seinen Bauch gepresst wurde, kam er allerdings nicht an den Gürtel heran. Er musste diesen Typen irgendwie loswerden.

Doch gerade als Frank erneut mit aller Kraft gegen seine Last andrückte, rollte sich der Römer überraschend von ihm herunter und holte im selben Augenblick mit dem Schwert zum Schlag aus. Ein brennender Schmerz ließ Frank laut aufheulen. Die Klinge hatte die Haut an seinem Oberarm aufgeschlitzt. Er ließ sein Schwert fallen und wollte gerade die Hand auf die klaffende Wunde drücken, als er die Schwertspitze über sich aufblitzen sah. Da wusste er, dass es aus war.

Muss das so sein?«, fragte Uschi zweifelnd, als sie sah, wie sehr der römische Soldat Frank zusetzte.

Ein Blick auf Kathrin genügte. Es war ganz und gar nicht in Ordnung, was da gerade ablief. Sie hatte die Hand vor den Mund geschlagen, die Augen weit aufgerissen.

»Um Gottes willen!«, presste sie hervor. »Er hat ihn verletzt! Er blutet!«

»Es sieht vielleicht schlimmer aus, als es ist«, versuchte Uschi zu beschwichtigen. Gleichzeitig dachte sie aber, hoffentlich ist es nicht schlimmer, als es aussieht.

»Was … was macht der denn da?«, stammelte Kathrin und beugte den Oberkörper vor, um besser sehen zu können.

Uschi begriff sofort, was ihre Freundin meinte. Der römische Soldat hatte sich neben Frank gekniet und hielt das Schwert mit der Spitze nach unten gerichtet direkt über dessen Kopf.

»No, no, nooo!«, erklang die schrille Stimme einer italienischen Frau über den Kampflärm hinweg.

Uschi stockte der Atem. Der Römer schien jeden Moment die Klinge in Franks Kopf jagen zu wollen. War der Mann völlig durchgedreht? Oder gehörte das noch zum Spiel? Sie schaute Nina an, doch die sonst stets so gefasste Freundin stand mit offenem Mund da und starrte verdattert zu den Kämpfenden hinunter.

Nein. Dies war kein Spiel. Es war blutiger Ernst.

Frank presste die Augen zusammen und wartete auf den Schmerz. Eine endlos lange Sekunde verging.

Der Schmerz blieb aus. Dafür hörte er über sich Gebrüll.

Durch die halb geöffneten Augen nahm er ein Handgemenge wahr. Drei seiner Männer packten den in Raserei verfallenen Römer und zogen ihn weg. Als die Gefahr gebannt war, stieß er einen tiefen Seufzer aus. Er war so erleichtert, dass er noch lebte!

In dem Maße wie der Schock ihm aus den Gliedern wich, suchte ihn nun der Wundschmerz heim. Die Schnittverletzung war so tief, dass das Blut an seinem Arm herunterrann und das Gras benetzte. Rasch presste er seine Hand auf die Wunde und sah sich nach Hilfe um. Wo waren diese verdammten Sanitäter?

In diesem Moment kam Jörg angerannt.

»Frank! Ist alles okay?«, fragte er außer Atem.

»Nein! Nichts ist okay«, fuhr er ihn an. »Der Idiot hat mich verletzt! Ich sag dir, den zeig ich an!«

Sein Kumpel schwieg verlegen, dann räusperte er sich und meinte:

»Wir wissen leider nicht, wer das war.«

»Was soll das heißen?«, fragte Frank zornig. Er biss die Zähne zusammen und setzte sich auf. »Ihr habt ihn doch geschnappt.«

»Ja, aber er hat sich losgerissen und ist davongerannt. Er hat sich zwischen die anderen Römer geflüchtet – und dann war er irgendwie weg.«

»Was heißt hier weg?«, ereiferte sich Frank.

»Keine Ahnung. Abgehauen, untergetaucht. Wird schwer sein, ihn zu finden. Diese Typen sehen in ihren Rüstungen doch alle gleich aus!«

Ich glaub's nicht!«, schimpfte Frank lautstark. »Die hatten den Typen und haben ihn dann laufen lassen. Blöder geht's gar nicht!« Er schlug mit der Faust so fest auf den Tisch, dass der Verbandskasten einen Satz machte.

»Jetzt halt mal still«, beschwerte sich Kathrin, die nun

schon zum zweiten Mal ansetzte, ihm den Arm zu verbinden. »So wird das nichts! Und schrei nicht so rum. Es muss dich nicht das ganze Lager hören!«

»Dieser Irre wollte mich umbringen!«, sagte Frank aufgebracht und verzog das Gesicht, als Kathrin die Mullbinde an seinem Oberarm festzog.

»Ich versteh ja, dass du wütend bist«, sagte Kathrin besänftigend. »Der ist wirklich wie ein Gestörter über dich hergefallen. Aber umbringen? Der wollte dich doch nicht ernsthaft umbringen!«

»Natürlich wollte er das!«, ereiferte sich Frank. »Ich hab's in seinen Augen gesehen. Das war der reine Hass. Glaub mir!«

Kathrin wusste, dass sie sich auf gefährliches Eis begab, wenn sie ihm nochmals widersprach. Er war im Beisein der Zuschauer und seiner Kumpel gedemütigt worden. Er war sogar verletzt worden. Und er hatte Todesangst ausgestanden. Sie konnte seine Empörung durchaus nachvollziehen. Trotzdem glaubte sie nicht, dass dieser Römer Frank tatsächlich hatte töten wollen. Welchen Grund sollte er denn dafür gehabt haben? Er kannte Frank schließlich gar nicht! Nun gut, vielleicht war der Kerl einfach durchgeknallt. Ein Verrückter, der sich so sehr mit seinem Römerspiel identifizierte, dass er Schauspiel und Realität nicht mehr auseinanderhalten konnte. Aber dann wäre dieser Mann den anderen Italienern bestimmt schon längst bei einem ihrer früheren Kämpfe aufgefallen und sie hätten ihn aus dem Verein ausgeschlossen. So einen Spinner duldete man ganz gewiss nicht in den eigenen Reihen. Es war viel wahrscheinlicher, dass es der erste Vorfall dieser Art gewesen war.

»Die Italiener haben sich jedenfalls in aller Ausführlichkeit bei dir entschuldigt. Es tat ihnen wirklich leid, was passiert ist. Aber im Nachhinein konnte keiner mehr sagen, wer sich da wohl so danebenbenommen hat.«

»Danebenbenommen?«, bellte Frank. »Der wollte mich ...«

»Umbringen. Ich weiß.« Sie richtete die Augen genervt zur Decke. »Auf jeden Fall haben deine Männer versprochen, dass sie dich beim nächsten Kampf besser im Blick behalten und absichern werden. Vielleicht hat sich der Typ deswegen so auf dich eingeschossen, weil er wusste, dass du der Anführer bist.«

»Quatsch«, fuhr Frank sie an. »Das hatte gar nichts damit zu tun. Was weiß denn ich, was dieses Rindvieh geritten hat!«

Er zündete sich eine Zigarette an, starrte schweigend ins Leere und blies den Rauch an die Zeltdecke. Kathrin hätte ihn im Normalfall zum Rauchen nach draußen geschickt. Aber so geladen wie Frank war, ließ sie ihn nun besser gewähren. Sie unterdrückte ein Seufzen. Manchmal hatte sie es bei Gott nicht leicht mit diesem Mann.

»Ich werde heute Nacht abreisen«, sagte er plötzlich.

Kathrin dachte, sie hätte sich verhört.

»Wie, du wirst heute Nacht abreisen? Was meinst du damit?«

»Ich hab die Schnauze voll. Ich mache den nächsten Schaukampf noch mit und dann hau ich ab. Du kannst ja sagen, dass ich krank geworden bin.«

»Du kannst doch nicht einfach so gehen!«, beklagte sich Kathrin. »Ich will hier nicht alleine bleiben. Ich brauche dich! Und deine Leute brauchen dich! Schließlich bist du der Anführer.«

»Ach was! Die kommen gut ohne mich zurecht.«

Kathrin war kurz davor zu explodieren. Wütend packte sie Frank am Ärmel und zeterte:

»Sie kommen nicht ohne dich zurecht. Und das weißt du ganz genau. Du warst doch so scharf darauf, Alamannenfürst zu sein.« Es war ihr inzwischen egal, ob man sie draußen hören konnte. Sollten es eben alle hören. »Dann tu jetzt auch, was man von dir erwartet!«

»Lass mich in Ruhe!«, knurrte Frank.

»Nein, ich lass dich eben nicht in Ruhe!«, konterte Kathrin. »Reiß dich endlich zusammen und übernimm Verantwortung. Du kannst nicht einfach abhauen!«

Frank funkelte sie böse an und drückte den Zigarettenstummel im Aschenbecher aus.

»Du hast doch keine Ahnung ...!«

Kathrin hielt seinem Blick stand. Nachdem sie sich eine ganze Weile angeschwiegen hatten, räusperte sie sich.

»Frank, dann erkläre es mir. Ich weiß nicht, was dein Problem ist und was hinter diesem ganzen Theater steckt. Ich versteh dich einfach nicht.«

Verstohlen wischte sie sich eine Träne aus dem Gesicht, die langsam über ihre Wange rollte. Dann setzte sie sich auf einen Klappstuhl, stützte den Kopf in die Hände und fing an zu schluchzen.

Frank seufzte, ging vor ihr in die Hocke und zog ihr die Hände behutsam vom Gesicht.

»Jetzt heul doch nicht, Kathrin«, sagte er versöhnlich. »Es hat nichts mit dir zu tun. Ich will einfach nicht mehr bleiben. Das musst du nun halt akzeptieren.«

»Und warum willst du mitten in der Nacht abhauen?«, schniefte Kathrin.

»Ich hab keine Lust, allen zu erklären, weshalb ich früher abreise.«

»Meinst du, ich habe Lust, morgen früh allen zu erklären, weshalb du nicht mehr da bist?«

»Mensch, Kathrin. Jetzt mach's mir nicht so schwer. Immerhin nehme ich heute noch den ganzen Tag am Programm teil. Und du kannst dir morgen ja auch mit Uschi und Nina die Zeit vertreiben.«

»Ich finde es bescheuert«, sagte Kathrin leise. »Aber ich kann dich natürlich nicht zwingen hierzubleiben.«

»Wenn wir wieder zu Hause sind, reden wir noch mal in Ruhe darüber. Okay? Ich bin mir sicher, dass du mich dann besser verstehen wirst. Aber für den Augenblick musst du meine Entscheidung einfach akzeptieren.«

Er zündete sich eine weitere Zigarette an und ging nach draußen.

Das Becken der Medusa zitterte und ihr Busen bebte. Sie rollte mit den schwarz umrandeten Augen, hielt für einen Moment inne, nur um danach mit umso kraftvolleren Bewegungen ihr Becken erst in die eine, dann in die andere Richtung kreisen zu lassen. Grünlich schimmernde Schuppen bedeckten ihre emporgestreckten Arme, die sie schlängelnd durch die Luft gleiten ließ.

Ihre Dienerinnen bildeten einen Kreis, wanden sich in Schlangengebar, spreizten die Finger und stampften mit den Füßen zum Rhythmus der Trommeln. Die kleinen silbernen Glöckchen, die sie sich um die Fußgelenke gebunden hatten, schepperten im Takt dazu. Um ihre Hüften hatten sie silberne Schärpen mit einem Schlangenmuster geschlungen, die in der Sonne verführerisch glitzerten und mit den dunkelgrünen Kleidern und den nackten Schultern reizvoll kontrastierten. Silbern geschminkte Gesichter sowie ein Haarschmuck aus Schlangenköpfen und goldenen Lorbeerblättern perfektionierten das Tänzerinnenkostüm.

Die Schlangenfrauen drehten sich zum Klang der Tibiaflöten so grazil, dass das Publikum vor Faszination verstummte. Auch Nina war unter den Tänzerinnen und Uschi staunte, wie anmutig sie die Hüften wiegte und dazu den Oberkörper vor- und zurückschob. Ihre Bauchtanzlehrerin wäre stolz auf sie gewesen! Sie wirkte mit ihren langen schwarzen Haaren, die sie zu einem hoch angesetzten Pferdeschwanz gebunden hatte, ausgesprochen südländisch. Kein Mensch wäre auf den Gedanken gekommen, dass diese rassige Schönheit in Wahrheit eine Nordländerin war.

Als die Musik schneller wurde, drehten sich die Schlangenfrauen wirbelnd im Kreis, krümmten ihre Körper und wedelten der zentral positionierten Medusa mit einer Auf- und Abwärtsbewegung der Arme huldvoll zu. Es folgte ein graziler Sprung nach vorn und schon schwebte die zarte Schönheit in die Höhe. Während die Medusa ihre Arme himmelwärts reckte und sich zuckend mit der Zunge über die Lippen leckte, drehten sich ihre Trägerinnen. Auf diese Weise konnte sie ihre gefürchteten Blicke in alle Richtungen werfen.

Der griechischen Mythologie zufolge hatte die Medusa Schlangenhaare besessen und jeder, der sich nicht vorsah und ihr in die Augen blickte, wurde augenblicklich zu Stein verwandelt. Die Medusa war so mächtig, dass ihr Kopf selbst dann noch seine unheilvolle Wirkung entfaltete, als Perseus ihr das Haupt abschlug. Das war ihm natürlich nur durch einen raffinierten Trick gelungen. Er hatte sich der Medusa mittels eines Spiegels genähert und sie nie direkt angesehen.

Als Uschi die Zuschauer betrachtete, stellte sie fest, dass der Zauber der Medusa auch nach Tausenden von Jahren nichts von seiner Wirkung eingebüßt hatte. Vor allem die Männer konnten ihre Blicke von den Schlangenfrauen gar nicht mehr losreißen. Wie versteinert standen sie da, betört von dem Blick der schönen Medusa, die sich verführerisch vor ihnen wand und schlängelte. Der eine oder andere erhielt deshalb zeitweilig von seiner Ehefrau einen Stoß mit dem Ellbogen in die Rippen, um ihn von dem Bann wieder zu erlösen.

Der Kräutergarten lag hinter der Mauer des Säulengangs, der das Hauptgebäude mit dem Badegebäude verband. Uschi blieb abrupt stehen, als sie zwischen zwei Säulen in der Ferne die Burg Hohenzollern erblickte. Da die Säulen auf einer Mauer standen und oben mit einem Querbalken verbunden waren, wirkte diese Aussicht wie ein gerahmtes romantisches Aquarellgemälde. Uschi war entzückt. Was für eine fantastische Perspektive auf ihre Burg. Ja, ihre Burg. Seit sie das Privileg innehatte, dort als Burgführerin arbeiten zu dürfen, fühlte sie sich dem Stammsitz der Hohenzollern und Preußen ganz besonders verbunden. Sie nahm sich fest vor, bei ihrem nächsten Aufenthalt auf der Burg nach dem römischen Freilichtmuseum in Hechingen-Stein Ausschau zu halten. Die große Wiese, die sich südlich der Villa erstreckte, war ein guter Orientierungspunkt.

So, und dies hier war also der Kräutergarten, für den sie an diesem Wochenende die Patenschaft übernommen hatte. Uschi ließ ihren Blick kritisch über das Gärtchen schweifen. Gut, mit den Kräutergärten, die sie aus Klosteranlagen oder bäuerlichen Freilichtmuseen kannte, konnte dieser nicht mithalten. Nichtsdestotrotz sah man, dass er mit Liebe angelegt worden war, und vor 2000 Jahren hätte er zweifelsohne seinen Zweck erfüllt. Es war eben weniger ein Ziergarten als ein Nutzgarten und vermutlich kam das dem historischen Vorbild durchaus nahe. Jede Pflanze hatte ein eigenes rechteckiges Beet erhalten und konnte sich auf gut zwei Quadratmetern ausreichend ausbreiten. In jedem Beet lag ein Stück Tonziegel, das sowohl mit dem lateinischen als auch mit dem deutschen Namen der Pflanze beschriftet worden war.

Uschi schritt mit der Gießkanne durch die Reihen und wässerte ihre Schützlinge. Welche Pflanzen wuchsen denn da? Lavendel! Sie strich mit der Hand über die violetten Blütenstängel und schnüffelte dann an ihren Fingern. Hm. Es gab keinen wohltuenderen Duft als Lavendel! Liebstöckel, Frauenmantel, Zitronenmelisse, Kümmel, Lorbeer, Majoran, Baldrian und Wermut. Prima! Das waren alles nützliche Küchenkräuter. Leider gab es nur wenig Blühendes in dem Gärtchen, das einen optischen Reiz geboten hätte. Lediglich die violett blühenden Schwertlilien und der blau blühende Eisenhut fielen Uschi als bunte Tupfer in den grün bepflanzten Beeten auf.

Als sie mit ihrer Tunika an einer Pflanze entlangstreifte, stieg Uschi ein bekannter Duft in die Nase. Das roch nach – sie beugte sich etwas tiefer und schnupperte – Minze! Sie konnte dem Drang nicht widerstehen, ein Blättchen abzureißen. In freudiger Erwartung zerrieb sie das zarte Blatt zwischen den Fingern und atmete den Duft der Minze tief ein. Ah, herrlich! Sie ging ein paar Schritte weiter und schleuderte das duftende Kügelchen rasch unter einen Busch. Genau so soll man es nicht machen, schimpfte sie sich. Wie zerrupft würden die Pflanzen aussehen, wenn jeder Besucher beim Vorübergehen nach Belieben Blätter abreißen würde?

Unsicher blickte sie sich um und fühlte sich sofort ertappt, als sie in die Augen eines Römers sah, der zwischen den Säulen stand und sie wohl schon längere Zeit beobachtet hatte. Da es nun zu spät war, ihn zu ignorieren, nickte sie ihm freundlich zu, was er sofort als Aufforderung zu einem Plausch interpretierte.

»Salve! Mögen Sie auch so gerne den Geruch der Minze?«, fragte er mit einem italienischen Akzent.

»Ja, ich liebe ihn«, gestand Uschi und lächelte.

Sie musterte ihn verstohlen. Der Mann wirkte, als sei er gerade einer Zeitmaschine entsprungen. Der Stoff seiner Toga und die Sandalen machten einen so hochwertigen Eindruck, dass es völlig abwegig erschien, das Gewand könne, so wie ihr eigenes, aus einem Kostümversand stammen. Seine sonnengegerbte Haut, die kantigen Gesichtszüge und die spitz zulaufende Nase verstärkten den römischen Typus noch. Nur die Sonnenbrille, die er soeben aufgesetzt hatte, ein Retromodell mit verspiegelten Gläsern, passte leider gar nicht ins Bild und machte die Perfektion zunichte.

»Was würden wir nur ohne dieses Gottesgeschenk tun, eh?« Er wies mit einer weiträumige Geste über den Garten hinweg. »Kräuter sind unser Lebenselixier! In der Küche unentbehrlich. Und für die Heilung von vielen Krankheiten geeignet. Kennen Sie den Spruch? Deine Nahrung soll deine Medizin sein!«

»Sie sprechen aber gut Deutsch«, sagte Uschi bewundernd.

»Für einen Römer meinen Sie?«, fragte er mit einem süffisanten Grinsen. »Das Kompliment kann ich zurückgeben. Sie sprechen für eine Römerin ebenfalls gut Deutsch.«

Uschi lachte verlegen und zupfte ein wenig an den Falten ihres Kleides herum.

»Ego sum, qui sum«, sagte er und wackelte mit dem Kopf.

»Ich bin der …, der ich bin?«, übersetzte Uschi und hob fragend die Augenbraue.

»Oh, sind Sie der lateinischen Sprache mächtig?«, fragte er überrascht.

»Ich hatte Latein in der Schule«, antwortete Uschi und nickte. »Aber das meiste habe ich leider vergessen. Nur der eine oder andere Spruch ist mir im Gedächtnis geblieben.«

»Ach ja? Ich habe ein Faible für lateinische Redensarten. Welchen Ausspruch mögen Sie denn am liebsten?«

Uschi dachte kurz nach.

»Carpe diem. Das steht sogar auf meiner Fußmatte. Immer, wenn ich das Haus verlasse, erinnern mich diese Worte daran, dass ich den Tag bewusst genießen sollte.«

»Sehr schön. Immer weniger Menschen beherrschen die lateinische Sprache. Irgendwann kann keiner mehr die Inschriften an den Wänden der Kirchen und historischen Monumente verstehen.«

»Sie sind aus Italien?«, wechselte Uschi das Thema.

»Si, certo. Ich komme aus Verona, der Stadt der Liebe!«

»Ich dachte, Paris sei die Stadt der Liebe«, entgegnete Uschi mit einem kecken Grinsen.

»No, no! Verona ist die Stadt der wahren Liebe. Paris, eh« – er verzog verächtlich das Gesicht – »das ist Moulin Rouge und schnelle Liebe.« Er wedelte mit der Hand, als wolle er eine lästige Fliege verscheuchen. »Verona dagegen«, sagte er und rollte das R in Verona extra lange, »ist die Liebe von Romeo und Julia. Tragische Liebe. Ewige Liebe!« Er warf ihr einen schwärmerischen Blick zu. »Bella, waren Sie schon einmal in Verona?«

Uschi schüttelte lachend den Kopf.

»Ecco! Dann müssen Sie mich unbedingt einmal besuchen kommen!«

»Sind Sie immer so stürmisch?«, fragte Uschi. »Wir kennen uns doch gar nicht.«

Er schaute sie mit gespieltem Entsetzen an.

»Santa Maria, entschuldigen Sie vielmals! Wie konnte ich nur so unhöflich sein?« Er schlug sich mit der flachen Hand gegen die Stirn. Dann verbeugte er sich und stellte sich vor: »Mein Name ist Salvatore. Salvatore Bibione.«

»Freut mich!«, sagte Uschi. »Mein Name ist Uschi. Uschi Lämmle.«

»Uschi!«, rief er begeistert aus. »Uschi Lämmle! Che bello! Was für ein schöner Name.« Dann stutzte er. »Uschi? Ursula?«

»Nein, einfach Uschi, nicht Ursula«, korrigierte sie ihn.

»Uschi! Fantastico! Ich freue mich, dich kennenzulernen, Uschi!«

Er strahlte sie an. Und schon sind wir beim Du angelangt, stellte Uschi schmunzelnd fest.

»Jetzt hast du mir aber noch nicht verraten, weshalb du so gut Deutsch sprichst«, erinnerte ihn Uschi.

»Das hat verschiedene Gründe.« Er lächelte. »Ich war Zeit meines Lebens von deutschen Frauen umgeben!

Meine Mutter war Deutsche. Und meine Frau war Deutsche. Außerdem habe ich in jungen Jahren Deutsch und Geschichte studiert. Ich wollte Lehrer werden. Um Geld für mein Studium zu verdienen, habe ich im Tourismus gearbeitet. Tja, und da bin ich irgendwie hängen geblieben. Seitdem arbeite ich als Reiseführer und führe deutsche Gruppen durch Verona.«

»Ach ja? Was für ein Zufall! Dann haben wir einen ganz ähnlichen Lebenslauf. Ich war Lehrerin für Geschichte und Spanisch. Und inzwischen führe ich spanische Touristen durch die Burg Hohenzollern.«

»Il castello? Burg Hohenzollern? Bellissimo! Wunderschön! Romantico!«

Uschi nickte stolz. Dann erinnerte sie sich jedoch wieder an ihre Pflichten. Unauffällig schielte sie auf ihre Armbanduhr.

»Oh je! Ich muss mich beeilen. In einer Viertelstunde beginnt meine Führung durch die Villa.«

»Keine Sorge, du machst das sicher wunderbar!«

»Hast du hier auch eine… Funktion?«, wollte Uschi wissen.

»Ja, ich bin der Haussklave«, sagte Salvatore und zog eine traurige Grimasse.

»Im Ernst?«, fragte Uschi erstaunt. »Du siehst gar nicht wie ein Sklave aus.«

»Wie sieht denn ein Sklave deiner Meinung nach aus?«, fragte Salvatore und griente.

Uschi lachte verlegen.

»Ich weiß nicht. Jünger?«

»Du brichst mir das Herz, cara mia«, erwiderte er und legte den Kopf schief. »Willst du damit sagen, ich bin alt?« Er genoss sichtlich ihre zunehmende Verlegenheit.

»So habe ich das nicht gemeint«, entschuldigte sich Uschi.

Salvatore tätschelte ihr versöhnlich die Schulter.

»Keine Sorge, ich habe überhaupt kein Problem damit, alt zu sein. Für meine Rolle benötigt man sogar eine gewisse Reife.« Er zwinkerte ihr zu. »Ich bin der Augur.«

»Der Augur?«, wiederholte Uschi verblüfft. »Stimmt es, dass du das Fest absagen wolltest?«

Salvatore wurde ernst.

»Es hat sich bewährt, auf den Willen der Götter zu hören.«

»Du scheinst deine Rolle sehr ernst zu nehmen«, sagte sie vorsichtig.

Auch wenn er hier den Augur spielte – ein so gebildeter Mensch konnte doch in der heutigen Zeit nicht an antike Gottheiten glauben!

Salvatore erriet ihre Gedanken.

»Du denkst, dass ich ein bisschen verrückt bin, nicht wahr?« Er tippte sich an die Stirn. Bevor Uschi erröten konnte, fuhr er fort: »Weißt du, ich bin wie die meisten Italiener katholisch. Ich bin stolz auf unseren Papst und ich bin überzeugter Christ. Aber was mir beim Christentum nicht gefällt, ist eine gewisse Intoleranz anderen Glaubensrichtungen gegenüber.« Er lächelte. »Aber darüber können wir uns ein anderes Mal unterhalten – falls es dich interessiert.«

»Gerne. Ich freue mich jedenfalls, dass das Fest trotzdem stattfinden kann. Sonst hätten wir uns vermutlich nicht kennengelernt.«

»Das stimmt. Und das wäre sehr schade gewesen. Aber trotzdem bleibe ich dabei. Das Zeichen war eindeutig. Der Falke kam aus Westen. Und das bedeutet Tod.«

Uschi sah ihn entgeistert an.

Salvatore zuckte mit den Schultern.

»Ich hoffe, dass es mir durch das Opfer gelungen ist, die Götter gnädig zu stimmen. Wenn nicht, haben wir ein handfestes Problem.« Er betrachtete nachdenklich den Kräutergarten und murmelte: »Contra vim mortis non est medicamen in hortis.«

Uschi verstand nur, dass der Spruch etwas mit Tod und Pflanzen zu tun hatte. Nachdem sie es schließlich mit Salvatores Hilfe geschafft hatte, das lateinische Sprichwort von Salerno ins Deutsche zu übersetzen, überkam sie trotz der Hitze ein Frösteln.

Gegen den Tod ist kein Kraut gewachsen.

Meine Damen und Herren! Im ersten Jahrhundert nach Christus eroberten die Römer die von den Kelten besiedelten Gebiete in Südwestdeutschland und errichteten nicht nur Kastelle und Städte, sondern auch eine Vielzahl von römischen Gutshöfen, die man Villae rusticae nannte. Diese landwirtschaftlichen Gutshöfe hatten die Aufgabe, die Versorgung der Bevölkerung und der Truppen in der römischen Provinz sicherzustellen. Die Römer sahen das ruhige Landleben als ideale Lebensform an. Deshalb lebte auch die Masse der Bevölkerung auf dem Land. In jener Zeit wurde Hechingen Teil des Römischen Reiches. Man nimmt an, dass der Gutshof hier Ende des ersten Jahrhunderts erbaut worden ist und bis zum dritten Jahrhundert bewohnt wurde. Nach heutigen Erkenntnissen zu urteilen, umfasste das Landgut circa 1600 Quadratmeter

Wohnfläche. Es gab 15 Versorgungsgebäude, darunter eine Ziegelei, eine Töpferei, ein Backhaus, eine Mühle, eine Gerberei, eine Schmiede, Stallungen und zwei Badehäuser. In erster Linie bauten die Römer damals Getreide, Obst und Gemüse an und hielten Vieh. Da inzwischen aber ein außergewöhnlich großer Tempelbereich entdeckt worden ist, vermuten Historiker und Denkmalschützer, dass die Villa Rustica in Stein über die landwirtschaftliche Nutzung hinaus eine herausragende Bedeutung gehabt haben muss.«

Uschi führte die Besuchergruppe durch den Säulengang ins Hauptgebäude hinein. Als sich die Leute erneut um sie gruppiert hatten, setzte sie ihren Vortrag fort:

»Als die römische Herrschaft im dritten Jahrhundert nach Christus in Südwestdeutschland im Zuge der alamannischen Übergriffe zu Ende ging, verließen auch die letzten Bewohner den Gutshof in Stein. Die Villa Rustica geriet in Vergessenheit und wurde vom Wald überwachsen. Erst 1971 entdeckte der damalige Bürgermeister von Stein durch Zufall die Mauerreste im Wald und ließ diese daraufhin mit Unterstützung des Landesdenkmalamts ausgraben. Das rekonstruierte Gebäude, das Sie hier sehen, wurde auf den originalen Mauerresten nach historischen Vorlagen neu aufgebaut. Um die gesamte Funktion und die Größe der Anlage in Stein zu klären, sind freilich noch weitere Ausgrabungen notwendig.«

Uschi merkte, dass die ersten Zuhörer bereits nach diesem kurzen Vortrag gedanklich abschweiften. Die Aufmerksamkeit der anwesenden Kinder hatte sie wohl schon nach dem zweiten Satz verloren. Gut, allen konnte man es nie recht machen. Die einen würden am liebsten gerne jedes Detail erfahren, den anderen waren bereits die grundlegenden Informationen zu viel. Sie nahm sich vor, ihren Vortrag so kurz wie möglich zu halten und geschichtliche Daten weitgehend auszusparen. Dafür würde sie bei jeder Führung einen anderen Schwerpunkt setzen. Sie wollte sich auf die spektakulären Fakten konzentrieren. Doch was war spektakulär? Einen Schaukampf wie den, welchen die Besucher gerade eben erlebt hatten, konnte sie hier nicht bieten. Aber vielleicht konnte sie ja die Fantasie der Leute ein wenig anregen und sie auf diese Weise zu einer gedanklichen Zeitreise inspirieren. Bei ihrer ersten Führung wollte sie den Schwerpunkt auf die römischen Götter und das Alltagsleben legen.

Ein hagerer älterer Mann mit Brille trat an ihre Seite und fragte leise:

»Sie haben vorhin von den alamannischen Übergriffen erzählt. Müsste das nicht ›alemannisch‹ heißen?«

»Das ist ein bisschen kompliziert«, holte Uschi aus, erfreut über das Interesse des Mannes. »Das Volk der Alamannen bestand aus verschiedenen germanischen Stämmen und Sippen. Die römischen Chronisten bezeichneten die Alamannen als ›Suebi‹, was ›Herumwandernde‹ bedeutet. Später bezeichneten sich die Alamannen sogar selbst als ›Suebi‹. Und aus der Bezeichnung ›Sueben‹ entwickelte sich später das Wort ›Schwaben‹.«

»Und die Alemannen?«, hakte der Mann nach.

»Der Begriff ›alemannisch‹ wurde erst im 19. Jahrhundert wiederentdeckt und von da an für die Dialekte und das Brauchtum am Hoch- und Oberrhein verwendet.«

Der Mann nickte anerkennend.

»Aha. So ist das also. Sie kennen sich aber gut aus!«

Uschi lächelte geschmeichelt und führte die Gäste an der Küche vorbei in den oberen Stock, wo man die

Wohnräume rekonstruiert hatte. Das Wohnzimmer wirkte durch die rot gestrichenen Wände, die blau-grünen Glasfenster und die Felle auf dem Boden richtiggehend gemütlich. Ein Mann fragte:

»Woher wissen Sie denn, dass es damals so ausgesehen hat?«

»Es gibt entsprechende Funde, die dort drüben ausgestellt sind«, antwortete Uschi und deutete auf die Glasvitrinen an der Wand.

Sofort drängten sich die Besucher um eine Vitrine, um die grünstichigen Glasstücke und die rot bemalten Mauerfunde zu bewundern.

In der Mitte des Raumes saß eine weibliche Puppe mit brünettem Haar in einem Korbflechtsessel. Sie war mit einer blauen Tunika bekleidet und betrachtete ihr Gesicht in einem Handspiegel.

»Hier sehen Sie unsere Hausherrin, die Domina. Sie überprüft wohl gerade ihr Make-up.« Uschi lächelte in die Runde. »Ja, auch die Römerinnen trugen bereits Make-up. Allerdings hatte die Schönheit ihren Preis. Da die römische Gesellschaft helle Haut für erstrebenswert hielt, grundierten die Frauen ihren Teint mit der giftigen Substanz Bleiweiß.« Uschi wartete ab, bis das nun aufkommende Tuscheln der Leute verebbt war, dann erzählte sie weiter: »Die Lider wurden mit zerstoßenen Halbedelsteinen geschminkt. Für die Farbe Blau nahm man Lapislazuli, für grünen Lidschatten wählte man Malachit. Der Lidstrich wurde mit Kohle gezogen. Das brannte den Damen allerdings ganz schön in den Augen.«

»Gab es damals schon Lippenstifte?«, wollte ein junges Mädchen wissen.

Offenbar schminkte es sich selbst gerne, denn seine

Lippen glänzten in einem auffallenden Pink unter einer dicken Schicht Lipgloss.

»Ja, natürlich«, sagte Uschi und nickte. »Die Lippenfarbe wurde mit Bienenwachs aufgetragen.« Sie ging an die Puppe heran und wies auf deren Haare. »Unsere Hausherrin entspricht übrigens, was ihre Haarfarbe angeht, nicht dem römischen Ideal. In Rom war blondes Haar beliebt. Entweder färbte sich die modebewusste Römerin blond oder sie ließ sich eine Perücke aus blondem Echthaar anfertigen, das von Germaninnen stammte.«

Uschi fiel auf, dass die eine oder andere blonde Frau unter den Zuhörern verlegen lächelte. An diesem Schönheitsideal hatte sich im Lauf der Jahrtausende nicht viel geändert. Auch hier im Raum waren einige Blondinen von Natur aus eigentlich brünett.

»Bemerkenswert finde ich, dass die Römerinnen damals schon Enthaarungssalben benutzten«, ergänzte Uschi. »Mir ist ja schon die Chemie in unseren heutigen Salben nicht ganz geheuer. Aber damals waren die Inhaltsstoffe dieser Salben richtig gesundheitsschädlich. Sie enthielten nämlich Arsensulfide.«

Ein Raunen ging durch die Gruppe, einige Besucher schüttelten entrüstet die Köpfe. Uschi wartete, bis das Gemurmel abebbte, und wechselte dann das Thema.

»Wie sah nun der Tagesablauf eines Römers eigentlich aus? Ganz einfach – bei Sonnenaufgang stand man auf und bei Sonnenuntergang ging man zu Bett. Wussten Sie eigentlich, dass unsere heutigen Bezeichnungen der Wochentage auf die Namen der antiken Götter zurückgehen? Der Dienstag wurde zum Beispiel nach dem Kriegsgott Mars benannt. Im Deutschen kann man das nicht nachvollziehen, aber auf Spanisch heißt Dienstag ›martes‹, da hört man den Namen Mars noch heraus. Einen Sonntag als freien Tag in der Woche kannten die Römer übrigens nicht. Es gab keinen regelmäßigen freien Tag wie bei uns heute. Aber keine Sorge – dafür gab es unzählige Festtage zu Ehren der Götter und Kaiser, an denen nicht gearbeitet werden musste.«

Als nächstes führte Uschi die Besucher in einen Raum, in dem die neueren Funde aus dem Tempelbereich ausgestellt waren.

»Da die Villa Rustica an einer wichtigen Römerstraße lag, gehen die Historiker davon aus, dass die Bewohner des Landguts regen Handel betrieben haben. Deshalb hatte der Gott Merkur einen ganz besonderen Stellenwert. Er ist nämlich der Gott des Handels.«

Nachdem Uschi ihrer Gruppe die Fundstücke der Jupitergigantensäule gezeigt hatte, schlenderte sie auf die andere Seite des Raumes zu einem großen Bild an der Wand.

»Auf einer Bodenplatte aus Stubensandstein, die zu einer Statue gehörte, ist das Relief einer Doppelflöte gefunden worden.« Sie deutete auf das Fundstück in einer Vitrine. »Das Bild, das Sie hier sehen, erzählt eine tragische Geschichte aus der Götterwelt, die mit dieser Doppelflöte zusammenhängt.«

Als die Besucher näher kamen, um das Bild besser in Augenschein nehmen zu können, begann sie zu erzählen:

»Eines Tages spielte die Göttin Athene voller Freude auf ihrem neuen Instrument, einer Doppelflöte. Als sie an einen See kam, betrachtete sie sich beim Spielen im Wasser. Ihr Spiegelbild gefiel ihr dann leider aber gar nicht! Sie empfand sich mit den aufgeblasenen Backen als äußerst hässlich. Gekränkt warf sie die Flöte von sich. Das beobachtete der Satyr Marsyas, ein niederer Gott, und nahm die Flöte an sich. Dumm wie er war, forderte er den mächtigen Gott Apollo zu einem Wettkampf auf Leben und Tod heraus. Er behauptete, auf der neuen Doppelflöte schöner spielen zu können als Apollo auf seiner althergebrachten Kithara, einer Leier. Allerdings hatte der Satyr nicht mit dieser Jury gerechnet! Sie bestand aus neun Musen, die allesamt Apollos ständige Begleiterinnen waren!«

Die Zuhörer grinsten bereits.

»Ja, Sie können sich schon vorstellen, dass die Jury etwas befangen war und das Urteil unter diesen Umständen nicht gerecht ausfallen konnte«, merkte Uschi an. »Apollo spielte nicht nur die Leier, sondern sang auch noch dazu. Dadurch verlor der arme Satyr die Wette und musste seine Unverfrorenheit bitter büßen. Die Götter waren nicht zimperlich mit ihren Bestrafungen und ich sage Ihnen – Satyr erhielt eine äußerst brutale Strafe! Zart besaitete Gäste und Kinder sollten nun vielleicht besser weghören …« Uschi machte eine bedeutungsvolle Pause und fuhr im Flüsterton fort: »Sie hängten den Armen an einer Fichte auf und häuteten ihn bei lebendigem Leib. Hier auf dem Bild ist zu sehen, wie er an der Fichte hängt.«

Die Zuhörer schauten betroffen drein, rückten aber noch etwas näher an das Bild heran, um die Details besser erkennen zu können. Uschi sagte eine Weile nichts, damit die Besucher den gruseligen Effekt der Geschichte voll auskosten konnten, und rief dann betont fröhlich:

»So, und zum Abschluss unserer Führung zeige ich Ihnen noch etwas, das wieder etwas erbaulicher ist und gewöhnlich zur Erheiterung beiträgt: die Toiletten!«

Wie erwartet amüsierten sich die Gäste köstlich darüber,

dass die Römer damals wie die Hühner auf der Stange nebeneinander auf ihren Plumpsklos gesessen hatten und sich die Zeit ihrer Sitzung mit Klatsch und Tratsch vertrieben, während ihre Hinterlassenschaften durch einen Abwasserkanal unter ihrem Allerwertesten entsorgt wurden. Uschi erklärte den Gästen noch, wo sie die modernen Toiletten mit etwas mehr Privatsphäre finden konnten, und erhielt zum Abschluss einen ausgiebigen Applaus.

Danach war sie nassgeschwitzt. Die erste Führung war stets die anstrengendste. Das würde sich wohl nie ändern. Gut, dass ihre Tunika so luftig war und sich unter ihren Achseln keine Schweißränder bilden konnten. Auch die römische Mode beweist, dass die Römer viele Alltagssituationen gut gelöst haben, dachte Uschi, während ein Lächeln über ihr Gesicht huschte.

Rund um die mit Rosenranken geschmückte Bühne hatten sich bereits unzählige Zuschauer eingefunden, um die Hochzeitszeremonie zwischen dem Alamannenfürsten Tagolf und der Hausherrin der Villa mitzuerleben. Nachdem die römischen Soldaten den Störenfried Truchtolf, verkörpert durch Frank, und dessen Männer erfolgreich vertrieben hatten, stand nun einem harmonischen Hochzeitsfest nichts mehr im Wege.

Uschi staunte, wie Nina es geschafft hatte, sich in der Kürze der Zeit aus einer silbern geschminkten Schlangenfrau in eine römische Braut zu verwandeln. Ach, sie sah einfach wunderschön aus! Nina trug eine bestickte weiße Tunika, die an den Schultern von zwei goldenen

Bügelfibeln gehalten wurde. Ihre Flechtfrisur entsprach der traditionellen römischen Hochzeitsfrisur, welche die Jungfräulichkeit symbolisieren sollte. Dazu wurden die Haare in sechs Zöpfe geteilt, mit einem Wollfaden umwickelt und zu einem Haarknoten aufgesteckt. Über die Haare hatte sie die Palla gelegt, einen zarten rotgelben Schleier. Ihr zukünftiger Gatte trug ein kurzes, weißes Gewand, dazu einen passenden Schal und Schuhe, die bis zu den Waden geschnürt waren.

»Nina macht einen glücklichen Eindruck«, meinte Kathrin. »Und das, obwohl sie ja genau genommen aus politischen Gründen verbandelt wird.«

»Ach, arrangierte Ehen waren in der römischen Oberschicht völlig normal«, entgegnete Uschi. »Außerdem – wenn man sich die heutigen Scheidungsraten unserer Liebesehen so anschaut… vielleicht waren diese Vernunftehen damals gar nicht schlecht. Zumindest bleibt man bei Streit gelassener, wenn weniger Gefühl dabei ist.«

»Da könntest du recht haben«, stimmte Kathrin zu.

»Allerdings ist Nina für römische Verhältnisse eine ziemlich alte Braut«, raunte Uschi ihrer Freundin ins Ohr. »Aber sag ihr ja nicht, dass ich das gesagt habe!«

»Wieso alt? Nina ist gerade mal Mitte 20! Heutzutage heiraten die meisten doch erst mit 30.«

»Ja, heutzutage. Aber damals wurden die Mädchen bereits mit neun Jahren verlobt. Und mit zwölf Jahren konnten sie dann verheiratet werden. Unter Augustus wurden Frauen, die mit 20 noch ledig waren, sogar bestraft. Männer mussten spätestens im Alter von 25 verheiratet sein.«

»Das ist ja schrecklich!«, rief Kathrin aus und schüttelte empört den Kopf. »Mit zwölf Jahren! Das waren doch noch Kinder!«

»Psst! Es geht los!«, sagte Uschi und deutete zur Bühne.

Der Priester umwickelte die aufeinandergelegten Hände des Brautpaars mit einem weißen Band. Dazu ertönten Flöten- und Harfenklänge. Nina schenkte Tagolf ihr schönstes Lächeln, woraufhin sich seine Wangen augenblicklich vor Freude röteten.

»Wie süß!«, gluckste Uschi. »Wenn du mich fragst, dann hat Amors Pfeil unseren Tagolf mitten ins Herz getroffen!«

»Das scheint auf Gegenseitigkeit zu beruhen«, meinte Kathrin. »Guck mal, wie Nina ihn anschmachtet. Mein lieber Scholli, bei denen hat es aber gewaltig gefunkt!«

Nina nahm das Mikrofon in die Hand und sprach die traditionelle lateinische Trauformel: »Ubi tu gaius ego gaia.« Dann reichte sie das Mikrofon an den Moderator weiter, der dem Publikum sofort die deutsche Übersetzung bot: »Wo du Gaius bist, bin ich Gaia.«

Nach der Zeremonie ging das Brautpaar zur Villa hinüber. Tagolf hob seine Braut empor, um sie über die Schwelle der Eingangspforte zu tragen.

»Die Braut hat vorweg die Türpfosten mit Fett bestrichen und mit Wollbinden umwickelt«, erklärte der Moderator dem Publikum. »Das soll Glück bringen. Der Ehegatte darf aber auf keinen Fall über die Schwelle stolpern. Wenn er stolpert, ist das ein böses Vorzeichen.«

Alle Augen waren nun auf Tagolf gerichtet. Uschi tat der junge Mann fast ein bisschen leid. Bestimmt hatte er vor Aufregung weiche Knie. Und Nina war aufgrund ihrer Körpergröße keine leichte Feder, auch wenn sie schlank war. Tagolf erwies sich jedoch als tapferer Alamanne und ließ sich nichts anmerken. Lächelnd näherte er sich mit Nina auf den Armen der Pforte, hob das Bein und – ein Trommelwirbel ertönte – überschritt problemlos die Schwelle. Das Publikum jubelte und applaudierte. Das frischgebackene Ehepaar wurde im Atrium mit Wasser und Feuer empfangen und von der Decke regnete es Tausende Rosenblätter. Nun konnte gefeiert werden!

»Weißt du, woher dieser Hochzeitsbrauch mit den Rosenblättern kommt?«, fragte Uschi beim Anblick der wirbelnden Blütenblätter.

»Du wirst es mir bestimmt gleich verraten«, sagte Kathrin, ohne den Blick von dem Brautpaar abzuwenden.

»Von den Römern! Die haben früher einen regelrechten Rosenkult betrieben und überschütteten die Götterstatuen bei Festen mit Rosenblättern.«

»Was du alles weißt«, frotzelte Kathrin. »Bei meiner Hochzeit gab's keine Rosenblätter, sondern Reis. Kiloweise. Ich sag dir, das war vielleicht eine Schweinerei. Der Reis war überall. Sogar in meinem BH!«

Uschi lachte. Sie war froh, dass Tagolf nicht über die Schwelle gestolpert war. Ein böses Omen am Tag genügte voll und ganz. Zumindest das Brautpaar konnte nun wohlgemut in eine sorgenfreie Zukunft gehen.

Ein aromatisch-herber Duft stieg Uschi in die Nase, als sie das grüne Blatt des Oregano zwischen Daumen und Zeigefinger zerrieb. Sie reichte den kleinen Zweig der Pflanze weiter, damit die Besucher ebenfalls daran riechen konnten.

»Die Mittelmeerpflanze Oregano war schon bei den Römern eine beliebte Zutat für alle möglichen Gerichte. Der würzige Geschmack harmoniert vorzüglich mit Tomaten, Fleisch und anderem Gemüse. Oregano diente nicht nur als Gewürz, sondern hatte auch eine heilende Wirkung bei Appetitmangel und Atemwegserkrankungen.«

Nur wenige Zuhörer waren zu ihrer Kräutergartenführung erschienen. Das störte Uschi aber nicht. Sie hatte keine Zeit mehr gehabt, ihr Kräuterbuch zu studieren, und fühlte sich deshalb äußerst unsicher. Womöglich wusste mancher Teilnehmer besser über Heilpflanzen Bescheid als sie selbst. Sie war nun mal Historikerin und keine Biologin.

»Hier sehen Sie eine äußerlich unscheinbare Pflanze, die zu meinen absoluten Lieblingspflanzen gehört: der Frauenmantel. Wie der Name schon sagt, breitet diese Pflanze ihren schützenden Mantel über den Frauen aus. Sie hilft bei vielen Frauenleiden wie zum Beispiel Menstruationsbeschwerden und Zyklusunregelmäßigkeiten. Selbst wenn Sie wissen möchten, wie sich das Wetter entwickelt, kann Ihnen der Frauenmantel gute Dienste leisten.« Sie strich mit dem Finger über eines der großen weichen Blätter. »Bilden sich auf den Blättern Wassertropfen, dann wird es bald regnen. Der Frauenmantel ist also in vielerlei Hinsicht nützlich. Mal ganz davon abgesehen, dass diese Pflanze robust und pflegeleicht ist, sieht sie mit ihren gelblichen Blüten und großen Blättern auch noch schön aus. Diese Eigenschaften passen doch hervorragend zu uns Frauen, nicht wahr?«

Die weiblichen Teilnehmer nickten sogleich zustimmend.

»Was ist denn das für eine Pflanze da drüben, die so hübsche gelbe Blüten hat?«, fragte eine ältere Dame neugierig.

Uschi hielt unsicher nach der gelb blühenden Pflanze

Ausschau, die ihr bei ihrem ersten Rundgang durch den Kräutergarten gar nicht aufgefallen war. Hoffentlich wusste sie, wie die Pflanze hieß! Hm, war das Habichtskraut oder Johanniskraut? In alter Lehrermanier fühlte sie sich gezwungen, eine Antwort parat zu haben.

»Das ist Johanniskraut«, sagte sie deshalb aufs Geradewohl.

Es widersprach niemand. Uschi prüfte die Mimik der Teilnehmer. Runzelte jemand die Stirn oder verzog den Mund? Nein, die Zuhörer schauten unverändert zufrieden drein.

»Die Blüten des Johanniskrauts haben eine stimmungsaufhellende Wirkung und helfen bei depressiven Verstimmungen«, fuhr sie deshalb fort. »Allerdings sollte man während der Zeit der Einnahme die Sonne meiden. Ansonsten kann es passieren, dass sich braune Flecken auf der Haut bilden.«

Das wusste sie noch vom Beipackzettel eines Johanniskrautprodukts, das sie einmal wegen Winterdepressionen eingenommen hatte. Nach einiger Zeit hatte sie sich tatsächlich fröhlicher gefühlt.

»Zuletzt möchte ich Ihnen noch eine Pflanze vorstellen, die bei den Römern ebenfalls beliebt war: Salbei.« Uschi knipste eines der flauschigen, graugrünen Blätter ab und gab es als Duftprobe weiter. »Salbei war ein beliebtes Gewürz zu gebratenem Fleisch. Heute kennen wir vor allem den Salbeitee. Woran denken Sie spontan, wenn Sie Salbeitee hören?« Sie sah fragend in die Runde.

»An eine Erkältung«, sagte ein Mann grinsend, »und an Halsschmerzen.«

»Richtig!«, bestätigte Uschi. »Salbei ist ein hervorragendes Mittel bei Halsschmerzen, Zahnfleischbeschwerden und übermäßiger Schweißproduktion. Aber Vorsicht! Zu viel Salbeitee kann wiederum austrocknen. Es gibt einen guten Spruch in der Naturheilkunde: Die Dosis macht das Gift.«

Verpassen Sie nicht das große Spektakel zu Ehren des Brautpaars: den Kampf der Gladiatoren!«, tönte es aus den Lautsprechern.

Von allen Seiten strömten daraufhin die Besucher zur großen Wiese unterhalb der Villa. Um einen der begehrten Schattenplätze zu ergattern, musste man schnell sein. Auch Uschi und Kathrin wollten sich den Kampf nicht entgehen lassen. Ebenso wie die römischen Soldaten waren die Gladiatoren extra aus Italien angereist und genossen den Ruf, eine hervorragende Kampfshow zu bieten. Es hieß, dass ihr Trainer sogar bei dem Kinofilm »Gladiator« hinter den Kulissen mitgewirkt und die Schauspieler beim Kampf angeleitet hatte.

»Wow, schau dir diese Muskelpakete an«, sagte Kathrin bewundernd.

Uschi betrachtete die Männer. Wie konnte sich Kathrin für diese Kerle nur so begeistern? Ihr waren diese Männer nicht geheuer. Die Gesichter hatten sie unter komplett geschlossenen Metallhelmen verborgen, die mit schwarzen Federn gekrönt waren. Viel sehen konnten sie unter diesen Helmen garantiert nicht, denn es gab nur wenige Löcher im Metall, durch die sie hindurchlinsen konnten. Na, bei Nacht wollte sie so einem grobschlächtigen Typen auch nicht begegnen. Da sie lediglich mit einer Art weißem Lendenschurz und einem breiten Ledergürtel bekleidet waren, zeigten sie viel nackte Haut. Offenbar hatten sie sich vor dem Kampf eingeölt. Ihre gebräunte Haut glänzte und brachte somit ihre muskulösen Körper noch besser zur Geltung. Das linke Bein und der rechte Arm waren mit Bandagen aus Leder und Stoff gepolstert, die Schienbeine hatten sie zusätzlich noch mit Metallschienen geschützt. An einer Schulterplatte war ein Lederriemen befestigt, der das Armpolster am Kampfarm in Position hielt. Ihre weiten purpurroten Mäntel, die locker über den Rücken fielen und bis zu den Waden hinabreichten, gaben ihnen eine heldenhafte Ausstrahlung. Beinahe wie Superman, dachte Uschi amüsiert.

»Ja, so stellt man sich einen Gladiator vor«, sagte sie. »Aber mir gefallen normal gebaute Männer ehrlich gesagt besser.«

»Sie fangen an!«, zischte Kathrin und zog Uschi an der Hand mit sich. Sie hatte in der ersten Reihe noch eine Lücke entdeckt.

Die Gladiatoren betraten breitbeinig die Wiesenarena, präsentierten ihre muskulösen Arme wie Boxer in Siegerpose und drehten sich einmal um ihre eigene Achse. Zwei Gladiatoren traten hervor. Der eine hatte einen eher gedrungenen Körperbau und war mit einem Schwert bewaffnet. Der andere wirkte im Vergleich zu ihm wie ein Hüne, hatte einen Dreizack in der Hand und ein Netz über die breiten Schultern gelegt.

Die Zuschauer grölten, pfiffen und klatschten vor Begeisterung.

»Vorschusslorbeeren!«, maulte Uschi. »Dabei haben sie noch gar nichts geleistet.«

»Das Publikum feuert sie an!«, widersprach Kathrin.

Der Gladiator mit dem Dreizack wandte sich an das Publikum und schrie:

»Morituri te salutant!«

Sofort schallte die deutsche Übersetzung aus dem Lautsprecher:

»Die Todgeweihten grüßen dich!«

»Gladiatorenkämpfe hat es hier in Stein garantiert nie gegeben!«, flüsterte Uschi Kathrin zu. »Das machen die nur, um die Sensationsgier der Zuschauer zu befriedigen.«

»Jetzt kritisier mal nicht an allem herum, Uschi!«, wies Kathrin sie zurecht. »Du nimmst einem ja die ganze Freude! Ist doch egal, ob es hier in der Provinz Gladiatorenkämpfe gab oder nicht. In Rom gab es sie jedenfalls. Brot und Spiele. Das hat die Leute damals begeistert. Und warum sollte das heute anders sein?«

Weil man erwarten sollte, dass wir heute zivilisierter sind, dachte Uschi. Da sie Kathrin jedoch nicht noch mehr reizen wollte, murmelte sie:

»Ja, ja. Panem et circenses.«

Wie Raubtiere kurz vor dem Sprung umkreisten sich die beiden Gladiatoren. Ganz langsam. Die Spannung stieg mit jedem Schritt, den sie zum Klang dumpfer Trommelschläge machten. Gänzlich unerwartet schnellte der Hüne nach vorn und warf sein Fangnetz aus. Daneben. Dafür nutzte sein Kontrahent die Gelegenheit, packte das ausgeworfene Netz und zog den Netzkämpfer so nah zu sich heran, dass er es beinahe schaffte, ihm mit der anderen Hand das Schwert in den Bauch zu rammen. Aber nur beinahe. Denn der Netzkämpfer war erstaunlich wendig für seine Größe, machte blitzschnell eine Drehung und riss sich los. Er fackelte nicht lange herum, schwang seinen Dreizack wie beim Speerwerfen in die Höhe und warf sich mit einem lauten Aufschrei auf seinen Gegner.

Uschi stand ganz still, den Blick fest auf die Männer gerichtet. Es wirkte alles sehr authentisch. Beinahe zu authentisch! In der römischen Zeit durfte der Gladiator durch die Waffen nur verletzt, nicht aber getötet werden. Das wusste sie genau. Aber wusste dieser Hobbygladiator das auch?

Der stämmige Gladiator vollführte einen Ausfallschritt nach rechts und wich dem Dreizack gekonnt aus. Kurz darauf startete er eine Attacke gegen den Netzkämpfer und stemmte ihm das Schwert entgegen. Es wäre klüger gewesen, dem Hünen nicht so nahe zu kommen, denn dadurch gelang es diesem nun, ihn mit dem Netz einzufangen. Noch während der Gefangene versuchte, sich aus dem Netz zu befreien, stieß der Hüne ihn mit einem Schlag gegen die Brust zu Boden. Der Unterlegene zappelte hektisch im Netz, doch je stärker er zappelte, desto mehr verfing er sich darunter. Der Hüne ließ seinen Dreizack fallen und rammte ihm von hinten das Knie in den Rücken. Dann zog er aus dem Gürtel ein Messer, schob ihm den Arm unters Kinn und riss seinen Kopf hoch. Als die Kehle des Unterlegenen frei lag, rief er dem Publikum die berühmte Frage zu:

»Ugola o mite?«

Eine beklemmende Stille trat ein. Was wollte der Gladiator vom Publikum? Schnell klärte der Moderator die Zuschauer auf, dass mit »ugola« die Kehle, also der Todesstoß, mit »mite« jedoch die Milde und somit die Begnadigung gemeint war.

Das Publikum war in seiner Meinung gespalten. Nach einer Phase erregten Gemurmels, war vereinzelt sowohl »ugola« als auch »mite« zu hören.

»Ich finde, er hat trotz allem gut gekämpft«, sagte Uschi. »Immerhin war sein Gegner fast zwei Köpfe größer als er. Sie sollten ihn begnadigen.«

Die Mehrheit der Zuschauer wählte die spektakulärere Variante. Nachdem einige Mutige lautstark »ugola« geschrien hatten, stimmten nach und nach andere Zuschauer ein und hielten demonstrativ den Daumen nach unten. Schließlich schwoll es wie eine Woge an. Im Chor wurde das schicksalhafte Wort geschrien, das für den am Boden liegenden Mann den Tod bedeuten sollte: »Ugola!«

Der Gladiator hatte zwei Möglichkeiten. Er konnte dem Verlierer das Messer vom Schlüsselbein bis zum Herzen durchstechen, was einen schnellen Tod garantierte. Oder er schnitt ihm die Kehle durch. Der Hüne entschied sich für Letzteres.

Das Messer berührte die Kehle des Mannes natürlich nicht wirklich, sondern wurde nur imaginär unterhalb der Kehle durch die Luft geführt. Der Todgeweihte brach laut röchelnd in sich zusammen. Nun baute sich der Sieger mit stolzgeschwellter Brust über dem Toten auf und ließ sich bejubeln. Kurz darauf stand der soeben vermeintlich Exekutierte wieder auf seinen Füßen und erhielt ebenfalls seinen wohlverdienten Applaus.

Auferstanden von den Toten, dachte Uschi und klatschte höflich Beifall. In jedem guten Römerfilm gab es irgendwann eine Szene, bei der das Publikum im römischen Theater gefragt wurde, ob der unterlegene Gladiator mit dem Tod bestraft werden sollte oder ob er eine Begnadigung verdiente. Manchmal traf auch der Kaiser in der Loge die Entscheidung und hielt den Daumen hoch. Uschi wusste gleichwohl, dass dies nicht den historischen Tatsachen entsprach. Wenn der Daumen überhaupt als

Signal gedient hatte, dann war der aufgerichtete Daumen sogar eher das Signal für den Todesstoß gewesen, da der Daumen das Schwert symbolisierte.

In der Regel wurden die Gladiatoren begnadigt. Da die Spiele für die Bevölkerung kostenlos waren, mussten die Gladiatorenkämpfe grundsätzlich von privaten Sponsoren finanziert werden. Starb ein Gladiator beim Kampf, musste der Veranstalter der Spiele dem Besitzer des Kämpfers viel Geld bezahlen. Ein ausgebildeter Gladiator war damals viel wert gewesen. Uschi sah eine Parallele zu den heutigen illegalen Hunde- oder Hahnenkämpfen, bei denen die Besitzer darauf achteten, dass ihrer Tiere überlebten und somit für weitere Kämpfe zur Verfügung standen.

Uschi behielt ihr Wissen für sich. Kathrin war offenbar sowieso schon von ihrer oberlehrerhaften Art genervt. Uschi spürte das. Sie wusste ja selbst nicht, weshalb sie heute so kritisch war. Das Fest war hervorragend organisiert und sowohl bei den Kostümen als auch bei den Aufführungen war man um Authentizität bemüht – es gab also wahrhaft keinen Grund zu mosern. Uschi nahm sich vor, ihrem inneren Kritiker ab sofort einen Maulkorb zu verpassen. Schluss jetzt mit dem Genörgel!

Legionärseintopf, kleiner Gutshofteller oder römische Käseplatte? Uschi stellte sich auf die Zehenspitzen, um einen Blick auf den Teller ihres Vordermannes werfen zu können. Trauben, Käse und frisch gebackenes Brot – die römische Käseplatte sah köstlich aus! Und war gewiss viel bekömmlicher als diese roten Würste, die knusprig gebräunt auf dem Grill lagen und ihren Wohlgeruch auf so penetrante Weise verbreiteten, dass man den Speichelfluss kaum mehr kontrollieren konnte. Durch das abwechslungsreiche Programm war die Zeit wie im Flug vergangen. Doch nun war es bereits früher Nachmittag und Uschi merkte, dass ihr Magen zu rebellieren begann und das längst fällige Mittagessen mit lautem Knurren einforderte.

Auf einem Aushang wurde der Gutshofteller beschrieben, der nach dem Rezept von Marcus Gavius Apicius, dem vermeintlich berühmtesten Koch des Römischen Reiches, zubereitet worden war: Huhn in Honig-Weinsauce, gebratene Möhren mit Oregano, ein Gemüseeintopf von Gerste mit Kohl, genannt Tisane, und, gerade aus Alexandria eingetroffen, gefüllte grüne Oliven, frische Feigen und Weintrauben. Die Schlemmerei kostete 9 Sesterze. Das Festmahl klang durchaus verlockend, aber nach so einem üppigen Essen könnte sie den Gürtel garantiert nicht mehr schließen und müsste ihren vollen Bauch dann in den nächsten Stunden unter einer XXL-Tunika verstecken.

Der Eintopf aus gemahlenem Emmer, Linsen und Rindfleisch duftete ebenfalls lecker, würde bei der Hitze jedoch noch mehr einheizen. Hm, was waren denn das für feine Kügelchen? Na, die goldbraunen »Globi« aus Hartweizengrieß, Quark, Honig und Mohn musste sie unbedingt probieren. Die würde sie sich als Nachtisch schmecken lassen. Uschis Entscheidung war gefallen.

Aber was sollte sie trinken? Auch hier hatte sie die Qual der Wahl. Ein wohlbeleibter Mann hatte sich mit weißer Toga und grünem Lorbeerkranz als römischer

Weingott Bacchus verkleidet und pries seinen »erquickenden Vinum« an. Uschi war sich nicht sicher, ob der Wein auf sie tatsächlich eine belebende Wirkung haben würde. Höchstwahrscheinlich würde der Alkohol sie im Zusammenspiel mit der Hitze dermaßen ihrer Sinne berauben, dass sie den Rest des Tages nur noch flachliegen könnte. Deshalb schied leider auch das kühle Cervisia aus, das nach original provinzialrömischer Braukunst hergestellt worden war. Blieben noch die alkoholfreien Getränke. Wasser war sicherlich die beste Wahl.

Das Küchenpersonal hatte ganz andere Probleme. Um für den Andrang zur Mittagszeit gewappnet zu sein, hatten die Mitglieder des Fördervereins selbstverständlich frühzeitig mit den Vorbereitungen begonnen. Trotzdem kamen sie kaum mit der Essensausgabe hinterher und standen mit hochroten Köpfen an ihren Töpfen. Kathrin war gerade dabei, den Käse für den römischen Käseteller zuzuschneiden.

»Musst du nicht an deinem Stand stehen?«, fragte Uschi.

Kathrin warf ihr einen gehetzten Blick zu.

»Sandra vertritt mich. Sie kennt sich mit dem Schmuck genauso gut aus«, erklärte Kathrin und fuhr dann fort, den Käse in Scheiben zu schneiden. »Hier brauchen sie mich nötiger. Du siehst ja – es ist die Hölle los!«

Uschi nickte und bekam sofort ein schlechtes Gewissen. Hätte sie ihre Hilfe anbieten sollen? Andererseits befanden sich bereits so viele Helfer im Küchenbereich, dass sich die Köche in ihren kurzen roten Tuniken schon gegenseitig auf die Füße traten.

»Mir dürfe da Käs it so dick schneide, Kathrin«, rief eine brünette Frau mit hübschem runden Gesicht und geröteten Backen. Sie trat an Kathrin heran, nahm ihr das Messer aus der Hand und schnitt energisch ein schmales Stück Käse ab.

»Guck, so. Sonscht langet's it. Der Dag isch no lang!«

Kathrins Mund wurde spitz. Sie griff nach dem Messer und schnitt wie geheißen ein schmaleres Stück Käse ab. Die Küchenchefin sah ihr dabei argwöhnisch über die Schulter.

»Es dürft no a bissle schmäler sei!«, nörgelte sie.

Kathrin zog die Augenbrauen zusammen und warf ihren langen roten Zopf, der über ihrer Schulter lag, schwungvoll nach hinten.

»Also, wenn wir die Käsestücke noch schmaler machen, dann wird es langsam peinlich. Schließlich zahlen die Leute 6 Sesterze für diese Platte. Für den Preis kannst du ihnen nicht nur Brot und Trauben servieren!«

Die Küchenchefin wischte ihre Hände an der Schürze ab und guckte grimmig.

»Von mir aus kannscht da Käs schneide wie de willscht. Aber dann muscht du halt los und neue Käs kaufe, wenn's it reicht.«

Sie drehte sich auf dem Absatz um und hastete wieder an den Herd zurück, um ihren Eintopf zu rühren. Die Diskussion über den Käse hatte sie so in Wallung gebracht, dass ihre Backen nun roten Äpfelchen glichen. Mit hochgekrempelten Ärmeln rührte sie mit dem langen Holzlöffel so schwungvoll in dem Kochtopf, dass es in alle Richtungen spritzte.

»Weißt du was, Gisela?«, rief Kathrin und knallte das Messer auf das Schneidebrett. »Ich hab genug an meinem eigenen Stand zu tun! Ich glaube, ihr kommt auch ohne mich zurecht.«

Ohne die Küchenchefin eines weiteren Blickes zu würdigen, entledigte sie sich ihrer Schürze und rauschte davon.

»Da kasch Gift druf nemme!«, rief Gisela ihr hinterher.

Kopfschüttelnd, die Arme in die Hüften gestemmt schaute sie Kathrin nach und murmelte:

»Ha, da goht dr dochs Messer im Sack uf!«

»Ja?« Ein Küchenhelfer lächelte Uschi auffordernd an.

Ach, sie war ja schon an der Reihe! Der Streit der beiden Furien hatte Uschi dermaßen abgelenkt, dass sie sich durch die Frage regelrecht überrumpelt fühlte.

»Äh, ich hätte gerne eine rote Wurst und ein Bier dazu!«, sagte sie rasch.

Im Wirtschaftszelt traf sie auf Frank und Nina, die mitten im größten Trubel saßen. Die Luft war zum Schneiden. Ein Duftgemisch aus Schweiß, Parfum und Essen malträtierte Uschis Nase. Schlimmer noch als der Gestank war der Lärm. Am liebsten wäre sie sogleich wieder ins Freie geflüchtet. Aber die Vorliebe für frische Luft teilte sie mit all den anderen Leuten, die bereits die Plätze im Freien in Beschlag genommen hatten. Da half nur flach atmen und die Ohren auf Durchzug stellen. Frank schlürfte gerade seinen Eintopf, während Nina sich eine grüne Traube in den Mund steckte. Uschi quetschte sich neben Nina auf die Bank und genehmigte sich einen großen Schluck kalten Bieres. Ah, das tat gut!

»Du lässt es dir ja gutgehen!«, lachte Nina und nippte an ihrem Mineralwasser. »Ich wäre nach so einem Bier nicht mehr zu gebrauchen!«

Uschi überlegte sich gerade, wie sie ihren Alkoholkonsum rechtfertigen sollte, als Frank ihr zuvorkam.

»Also Nina! Was ist denn das für eine Einstellung? Carpe diem heißt die Devise. Das solltest du als Römerin aber wissen. Und außerdem – wie heißt es so schön in der Werbung? Bier ist bekömmlich!«

Er erhob sein Trinkhorn und prostete Uschi zu, die daraufhin ebenfalls mit Schwung ihr Glas erhob und sogleich den passenden Trinkspruch zum Besten gab.

»Nunc est bibendum – darum lasst uns trinken!«

Als Frank seinen Eintopf ausgelöffelt hatte, lehnte er sich zurück und hielt sich den Bauch.

»Mensch, dieser Eintopf hat es aber in sich!«, stöhnte er. »Ich bin so was von voll – das Zeug liegt mir wie ein Stein im Magen.« Er zog die Oberlippe hoch. »Ich hätte was Leichteres essen sollen.«

»Ach, die Käseplatte war wunderbar! Ich fühl mich angenehm gesättigt. Die Menge war genau richtig«, entgegnete Nina.

Frank verzog das Gesicht.

»Ich brauche unbedingt noch einen Espresso. Vielleicht geht's mir dann besser.« Er erhob sich, hielt sich jedoch sogleich an der Tischplatte fest. »Puh, irgendwie ist mir schlecht. Und in einer Viertelstunde findet der nächste Schaukampf statt. Ich frag mich echt, wer sich diesen Programmablauf ausgedacht hat! Der Schlaukopf bleibt bestimmt hier im Zelt hocken und genießt sein Kühles, während wir uns mit vollem Bauch die Köpfe einschlagen müssen.«

»Tröste dich, den Italienern geht's auch nicht besser«, meinte Nina. »Und die müssen auch noch ihre schweren Rüstungen bei der Hitze tragen. Du kannst ja sogar mit nacktem Oberkörper kämpfen, wenn du willst. Das ist doch ein Vorteil, oder?«

Uschi sagte nichts. Erstens kannte sie Frank nicht gut genug, um ihm Ratschläge zu geben. Zweitens trug ihr innerer Kritiker einen Maulkorb und drittens fürchtete sie, dass ihre Eloquenz nach diesem Bier gelitten haben könnte.

Frank stemmte sich mit beiden Armen auf dem Tisch ab und lehnte sich so weit zu Nina herab, dass er ihr auf Augenhöhe ins Gesicht blicken konnte.

»Ich sag dir was, Nina: Noch mal passiert mir das nicht, dass mir einer so nahe kommt. Ich werde die Typen auf Abstand halten. Und wenn mir doch einer in die Quere kommt, dann hau ich ihm dermaßen in die Fresse, dass er nicht mehr weiß, wie er heißt!« Er öffnete den Lederbeutel, der an seinem Gürtel hing, und zog eine Steinschleuder heraus. »Notfalls hab ich auch noch das da…«

»Mensch, Frank!«, fuhr Nina ihn an. »Pack bloß das Ding weg. Du weißt genau, dass die Schleuder nicht erlaubt ist! Nur weil sich da so ein Idiot einmal nicht an die Spielregeln gehalten hat, brauchst du nicht auch noch auszurasten. Bislang hattet ihr doch immer faire…«

»Ach, du schwätzt schon genauso raus wie die Kathrin«, fiel Frank ihr ins Wort. »Wo steckt das Weibsbild eigentlich?«

In diesem Moment trat ein Mann in Keltentracht an Frank heran und legte ihm seine Hand auf die Schulter.

»Hi Frank! Lange nicht gesehen!«

Frank strahlte und reichte ihm freudig die Hand.

»Rüdiger! Wie geht's? Was machen deine Bälger?«

Rüdiger lächelte gequält. Aber nicht wegen der Frage nach seinen Kindern, sondern weil Frank ihm gerade schier die Finger brach.

»Äh, uns geht's gut. Danke der Nachfrage.« Er zog seine Hand zurück und schüttelte sie unauffällig hinter seinem Rücken aus. »Du, ich muss Sandra von ihrer Schicht ablösen. Wir verkaufen Holzschwerter für Kinder. Kannst ja mal vorbeischauen.« Er nickte ihnen nochmals zu und ging weiter.

»Er hat drei Kinder«, erklärte Frank und streckte demonstrativ drei Finger in die Höhe. »Und das vierte ist gerade im Anmarsch.«

Uschi konnte es nicht lassen, auf seine Hand zu starren. Sie hatte es bereits beim ersten Händedruck gespürt. Ihm fehlte ein Finger. Ob er sich deshalb angewöhnt hatte, Hände bei der Begrüßung zu quetschen? Damit sein Gegenüber nicht merkte, dass er nur vier Finger hatte? Gewiss war der Verlust dieses Körperteils schlimm für ihn gewesen. Wenn auch nur ein kleiner Teil des Körpers fehlte, blieb ein Gefühl der Unvollkommenheit zurück.

Sie konnte das deshalb so gut nachvollziehen, da sie sich während ihrer Lehrtätigkeit einmal an einer alten Papierschneidemaschine beinahe den kleinen Finger durchtrennt hatte. Die Stellschraube war locker gewesen und es hatte keine Schutzvorrichtung gegeben. Zudem war das Schneidemesser kurz davor frisch geschliffen worden. Exakt in der Sekunde, als sie unter dem aufgestellten Messer hantiert hatte, war dieses wie ein Fallbeil heruntergestürzt. Sie hatte schnell reagiert und die Hand zurückgezogen. Dennoch hatte es ihren kleinen Finger erwischt. Beugesehne durch. Nerv durch. Obwohl ihr Finger nur teilweise durchtrennt worden war, hatte sie unter den monatelangen Einschränkungen sehr gelitten. Sie war regelrecht depressiv geworden. Und das alles wegen eines so kleinen Körperteils.

Nach diesem Vorfall war ihr erst bewusst geworden,

wie viele Menschen es gab, die einen Finger verloren hatten. Vor allem der Ringfinger war häufig betroffen, weil man mit einem Ring schnell mal irgendwo hängen blieb. Uschi verzichtete deshalb schon länger auf das Tragen von Ringen. Bei Frank fehlte ebenfalls der Ringfinger. Uschi beschloss, ihren Blick auf unverfänglichere Dinge zu lenken, und konzentrierte sich wieder auf ihr Bier.

»Trink mal deinen Espresso!«, nahm Nina wieder den Faden auf. »Das hilft bestimmt. Wir werden dich beim Kämpfen auch kräftig anfeuern. Wie die Cheerleader.« Sie wedelte mit imaginären Pom Poms durch die Luft und schrie enthusiastisch: »Alamannen an die Macht, gebt's den Römern, dass es kracht!«

Frank schnitt eine Grimasse, klopfte mit den Fingerknöcheln auf den Tisch und verabschiedete sich.

»Vermutlich lag's am Bier und nicht am Eintopf, dass ihm jetzt schlecht ist«, mutmaßte Nina, als er entschwunden war. »Und so wie ich unseren Franky kenne, war das nicht sein erstes Bier seit heute Morgen.«

»Warum kämpfen die Alamannen denn eigentlich noch ein zweites Mal gegen die Römer?«, fragte Uschi. »Die Hochzeit hat doch bereits stattgefunden.«

»Ja, schon. Aber der verschmähte Alamannenfürst ärgert sich jetzt dermaßen, dass er die Hochzeitsfeier stören möchte. Deshalb müssen die Römer erneut für Ordnung sorgen und die Alamannen vom Platz werfen. Apropos: Wenn wir den Kampf nicht verpassen wollen, sollten wir uns sputen. Weißt du, wo Kathrin steckt?«

»Ich habe sie das letzte Mal in der Küche gesehen. Sie ist mit der Küchenchefin aneinandergeraten und ist dann abgehauen. Ich glaube, sie wollte zu ihrem Verkaufsstand zurück.«

»Hat sie sich schon wieder mit der Gisela gezofft?«, fragte Nina und zündete sich eine Zigarette an.

»Die Chefin war der Meinung, dass Kathrin die Käsescheiben zu großzügig abgeschnitten hat«, sagte Uschi.

»Also meine Käseportion war nicht besonders üppig. Das kann dann nicht Kathrins Werk gewesen sein«, sagte Nina grinsend und zog an ihrer Zigarette. Nachdem sie den Rauch genüsslich ausgestoßen hatte, senkte sie die Stimme und sagte: »Bei dem Streit ging's bestimmt nicht um den Käse. Da steckt was ganz anderes dahinter.«

Sie sah sich suchend nach einem Aschenbecher um und stippte die Asche schließlich in ihren Teller. Uschi zog missbilligend die Augenbrauen hoch, hing Nina jedoch zugleich gespannt an den Lippen. Das hörte sich ja interessant an!

»Weißt du«, sagte Nina und lehnte sich vor, »Franky ist nicht gerade der treueste Ehemann. Und – na ja – irgendwann hatte er auch mal ein Techtelmechtel mit der Gisela. Ist schon lange her. War wohl nur ein One-Night-Stand, aber das spielt ja keine Rolle. Seitdem spucken die beiden Frauen jedes Mal Gift und Galle, wenn sie sich begegnen. Es wundert mich sowieso, dass sich Kathrin freiwillig unter Giselas Fuchtel begeben hat. Wahrscheinlich wusste sie nicht, dass Gisela dieses Jahr die Küche leitet.«

Uschi staunte. So einer war dieser Frank also! Na, dann hatte sie lieber keinen Ehemann als so einen Schlawiner. Kathrin war nicht zu beneiden.

Die Schläge der Schwerter dröhnten bedrohlich über das Schlachtfeld, als die Alamannen wieder und wieder die Waffen gegen ihre roten Schilde krachen ließen. Bomm – bomm – bomm! Sie schlugen im gleichen Takt und mit einer solchen Vehemenz, dass jeder einzelne Schlag einer letzten Drohgebärde gleichkam: Wir kommen! Fürchtet euch! Wir sind stark! Wir sind gefährlich! Wir kommen!

Während sie auf ihre Schilde schlugen, drangen sie bereits vorwärts. Dann wurden sie schneller und rannten, die Schwerter gezückt, dem Feind entgegen. Aus vollen Kehlen brüllten sie und stürzten sich mit wehenden Haaren und gebleckten Zähnen in den Kampf.

Die Römer taten das, was ihnen in solch einer Situation beigebracht worden war. Sie formierten sich in der Schildkrötenformation, rückten möglichst eng zusammen und schirmten sich ringsum mit ihren Schilden ab. Die Schilde formten über ihren Köpfen einen geschlossenen, undurchdringlichen Panzer. Hinter den Schilden hielten sie ihre Eisenschwerter im Anschlag. So waren sie bestmöglich geschützt und konnten dem ersten Ansturm der Alamannen standhalten. Doch die Alamannen schlugen mit solcher Kraft gegen die Schilde der Römer, dass sich die Formation nicht lange halten ließ. Der erste Römer fiel und hinterließ eine Lücke, die von den übrigen Soldaten nicht schnell genug geschlossen werden konnte. Die Alamannen schafften es schließlich, die Römer auseinanderzudrängen, und konnten nun Mann gegen Mann kämpfen.

Uschi beobachtete mit Staunen, wie Frank schreiend auf einen Römer losging und sein Schwert auf dessen Schild niederfahren ließ. Noch ehe sein Gegner reagieren konnte, fuhr er herum und wehrte den Angriff eines anderen Soldaten ab.

»Sag mal, kämpft Frank da gerade gegen zwei Römer gleichzeitig?«, fragte Uschi ungläubig. »Der Espresso scheint wahre Wunder bewirkt zu haben!«

»Ach was, der lässt lediglich seinen Frust an den Italienern aus«, sagte Kathrin erbost. Die Auseinandersetzung mit Gisela hatte wieder alte Wunden aufgerissen. Hätten Uschi und Nina sie nicht persönlich an ihrem Verkaufsstand abgeholt, wäre sie dem Schaukampf dieses Mal ferngeblieben. Sie schüttelte unwirsch den Kopf. »Er rächt sich jetzt für die Blamage beim letzten Kampf. Herrgott, ist das peinlich! Wie er sich aufführt!«

In der Tat schien es, als sei Frank völlig außer sich vor Zorn. Er war regelrecht der Raserei verfallen und attackierte jeden Römer, der sich ihm näherte. Dabei brüllte er unaufhörlich.

»Meine Güte!«, rief Nina. »Frank tobt ja wie ein Berserker. Schaut mal, er schlägt in alle Richtungen um sich. Woher nimmt er nur die Kraft? Er verausgabt sich total!«

Immerfort fielen Alamannen und Römer, die andeutungsweise von einem Schwert getroffen worden waren, verletzt zu Boden. Da Frank mehrere Römer gleichzeitig angegriffen hatte, scharten sich die Soldaten inzwischen hauptsächlich um ihn. Dies rief Franks Alamannenfreunde auf den Plan, die versprochen hatten, ihrem Anführer beizustehen. Es gab ein regelrechtes Gedränge rund um Frank, sodass zeitweilig nur noch Schilde und Helme zu sehen waren.

»Ich sehe Frank gar nicht mehr. Wo ist er denn?«, fragte Kathrin und rieb sich nervös das Dekolleté.

»Der wird da irgendwo dazwischen sein«, meinte Nina.

Uschi schüttelte den Kopf.

»Nein, er liegt am Boden.«

»Was?«, rief Kathrin empört. »Wie kann das sein? Er ist der Anführer. Der Anführer darf doch nicht fallen!«

»Er ist nicht tot«, stellte Nina richtig, die Frank inzwischen auch entdeckt hatte. »Er lebt noch. Er spielt einen Verletzten.«

Uschi schauderte bei dem Anblick, wie Frank sich auf dem Boden krümmte und unter Schmerzen zitterte. Trotz Kampflärm waren seine kläglichen Schmerzensschreie deutlich zu hören.

»Das macht er klasse!«, rief Nina aus. »Kommt total echt rüber! Ich wusste gar nicht, dass Frank so ein guter Schauspieler ist.«

Immer mehr Alamannen taten es Frank gleich, ließen sich verletzt zu Boden fallen oder stellten sich tot. Als die Römer begriffen, dass sie die Schlacht gewonnen hatten, halfen sie ihren verletzten Kameraden auf und zogen freudig grölend die steilen Steinstufen zur Villa hinauf, um mit der Hochzeitsgesellschaft ihren Sieg zu feiern.

Die überlebenden Alamannen kümmerten sich derweil um ihre Verletzten. Auch Frank lag nach wie vor zuckend am Boden, wartete auf Hilfe und stöhnte laut.

Uschi konnte Ninas Begeisterung nicht teilen. Sie fand Franks Darbietung grauenvoll. Er sah wirklich leidend aus. Ein Seitenblick auf Kathrin sagte ihr, dass es ihrer Freundin nicht anders erging. Ihr Dekolleté war inzwischen übersät von hektischen roten Flecken, da sie sich unentwegt an den Hals fasste.

In der Tat war Kathrin völlig irritiert. Sie hatte ihren Mann schon oft kämpfen sehen, aber so eine dramatische Vorstellung hatte sie noch nie erlebt. Das passte gar nicht zu ihm. Nervös trat sie von einem Fuß auf den anderen. Sie wollte jetzt einfach nur, dass Frank endlich wieder aufstand. Aber er lag unverändert in gekrümmter Haltung da und machte keine Anstalten, aus eigenem Antrieb aufzustehen.

Ralf lief über die Wiese zu Frank hinüber, beugte sich über ihn und redete auf ihn ein. Plötzlich wurden Ralfs Bewegungen hektisch. Hilfe suchend blickte er um sich. Selbst aus der Distanz konnte man die Panik in seinen Augen erkennen.

»Oh Gott!«, flüsterte Uschi.

Kathrin stand eine Schrecksekunde lang wie angewurzelt da. Ihre Lippen formten lautlos ein Wort. Dann rannte sie los.

Bei Frank angelangt kniete sie sich auf den Boden und redete mit weinerlicher Stimme auf ihn ein. Schließlich warf sie sich über ihn, als wolle sie Frank mit ihrem eigenen Körper schützen. Ralf stand mit hängenden Schultern daneben und wusste nicht, was er tun sollte.

Von einer plötzlichen Ahnung ergriffen, hob Kathrin auf einmal ihren Kopf und stieß ein erschütterndes Wehgeschrei aus, das weit über die Wiese gellte. Ihr Klageton war so herzzerreißend, so unsagbar traurig, dass es allen Anwesenden die Sprache verschlug. Die Zeit schien für einen Moment stillzustehen. Kathrins Leid hallte in den Ohren wider und ließ die Welt erstarren.

Als Kathrins Aufschrei verklungen war, lösten sich die Umstehenden aus ihrer Starre und gingen dazu über, Erste Hilfe zu leisten.

»Nina!«, sagte Uschi aufgeregt, »hast du dein Handy hier? Wir brauchen einen Notarzt.«

»Was soll ich denn sagen?«, fragte Nina, während sie mit zitternden Fingern ihren Lederbeutel öffnete. »Wir wissen ja gar nicht, was er hat. Hat er eine Schnittwunde?«

Dasselbe hatte sich Uschi ebenfalls überlegt. Hatte ihn dieser rabiate Römer erneut attackiert? Sie hatte nichts dergleichen beobachtet. Es war auch kein Blut zu sehen.

»Ich weiß nicht«, sagte Uschi. »Vielleicht hat er einen Hitzschlag erlitten. Oder einen Kreislaufkollaps. Sag einfach, dass er zusammengebrochen ist und dass wir einen Notarzt brauchen!«

Als sich einer der Helfer über Frank beugte und sich rhythmisch auf und ab bewegte, wusste sie, dass weder das eine noch das andere zutraf.

Der Nagel drang mühelos durch die Ledersohle. Schon hatte der Schuster den nächsten Nagel parat und vollendete mit einem gezielten Schlag das Muster in der Schuhsohle. Nun befestigte er noch einige Lederriemen daran – und fertig war die Römersandale!

Uschi staunte, wie flink und präzise der römische Schuster arbeitete. Sie erkannte sofort, dass er etwas von seinem Handwerk verstand und diese Arbeit nicht nur zu Demonstrationszwecken durchführte.

Vom alamannischen Lager drang die zarte Melodie eines Harfenspielers herüber. Es war eine bedächtige Atmosphäre, die nun am späten Nachmittag auf dem Areal des Freilichtmuseums herrschte. Die Veranstalter hatten nach eingehender Diskussion beschlossen, dass das Fest trotz des Unglücksfalls fortgeführt werden sollte. Es hätte Frank auch nicht geholfen, wenn man die Veranstaltung abgeblasen hätte, und der finanzielle Verlust wäre für das Museum gravierend gewesen.

Allerdings sollte das Fest an diesem Tag in ruhiger Art und Weise ausklingen. Aus Respekt Frank gegenüber wurde auf weitere Kampfvorführungen und Tanzdarbietungen verzichtet. Bis zum Abend sollten ausschließlich Handwerksdemonstrationen und Führungen durch die Villa das Programm bestimmen.

Die Betroffenheit der Akteure nach diesem Vorfall war groß. Besonders tief erschüttert waren Franks Freunde. Mit hängenden Köpfen saßen sie beisammen und reflektierten immer wieder aufs Neue den Ablauf des Kampfes. Sie machten sich Vorwürfe: Warum hatte keiner von ihnen gemerkt, dass Franks Schmerzensschreie nicht gespielt waren? Keiner hatte die Angst in seinem Gesicht wahrgenommen! Sie hatten unbeirrt ihren Schaukampf durchgezogen, während ihr Freund am Boden lag und seinen eigenen Kampf geführt hatte. Ein Kampf um Leben und Tod!

Hätte es Franks Chancen erhöht, wenn sie sofort reagiert hätten? Immerhin waren die Sanitäter sofort zur Stelle gewesen, da der Krankenwagen des Deutschen Roten Kreuzes vor Ort stationiert war. Bis zum Eintreffen des Notarztes hatten sie bereits angefangen, Frank zu stabilisieren. Trotzdem war es fraglich, ob er es schaffen würde. Keiner konnte nachvollziehen, dass ein so sportlicher Mann wie Frank plötzlich einen Herzinfarkt erlitten hatte.

Auch für Kathrin war dieser Infarkt ihres Mannes völlig überraschend gekommen. Sie berichtete den Sanitätern, dass Frank noch nie zuvor Beschwerden mit dem Herzen gehabt habe. Erst vor eine Woche sei bei einer Vorsorgeuntersuchung bestätigt worden, dass sein Herz vollkommen in Ordnung sei. Hatte er sich also doch beim Kampf überanstrengt? Hatte er sich womöglich nach diesem unschönen Vorfall beim ersten Kampf so in die Sache hineingesteigert, dass sein Herz schließlich nicht mehr mit seiner Raserei Schritt halten konnte? Und dann noch diese Hitze …

Uschi war die Mutmaßungen und Selbstzerfleischungen irgendwann leid. Die Männer drehten sich mit ihren Überlegungen im Kreis. Zum jetzigen Zeitpunkt war nur zu hoffen, dass die Reanimation mit dem Defibrillator erfolgreich gewesen war und man Frank so weit stabilisiert hatte, dass er den Infarkt überleben würde.

Uschi beschloss, in der verbleibenden Zeit bis zur nächsten Führung noch ein wenig über die Anlage zu schlendern und die Handwerkskunst der Alamannen, Kelten und Römer in Augenschein zu nehmen. Im Schatten weißer Sonnendächer zeigten die Handwerker ihr Können und beantworteten geduldig die Fragen der Zuschauer.

An einem schlicht gehaltenen Stand demonstrierte ein Römer, wie Kettenhemden geknüpft wurden. Uschi fiel sofort das exklusive Kettenhemd auf, das der Handwerker selbst trug. Es war ein Meisterwerk aus goldenen und silbernen Schuppen.

»Jedes einzelne Kettenhemd unserer römischen Soldaten habe ich eigenhändig angefertigt«, sagte der Mann stolz. »Die kann man nicht einfach im Internet bestellen!«

»Wie lange brauchen Sie denn, um so ein Kettenhemd anzufertigen?«, wollte Uschi wissen.

»So zwischen 300 und 400 Stunden. Für ein einziges Hemd benötige ich 25 000 Ringe, die geknüpft und vernietet werden. Natürlich verwende ich gekaufte Eisenringe. Die Römer mussten die Ringe dagegen erst einmal aus dünnem Metallblech ausstanzen.«

»Was für ein Aufwand!«

»Ja, schon. Aber während sich im Mittelalter nur die reichsten Leute so ein Kettenhemd leisten konnten, besaß bei den Römern schon jeder Soldat sein eigenes Hemd.«

Uschi betastete die kleinen Musterstücke, welche die unterschiedlichen Knüpftechniken sichtbar machten, und hielt sich ein fertiges Kettenhemd vor den Körper.

»Ach du meine Güte, ist das schwer!«

»Es wiegt ungefähr zwölf Kilogramm«, erklärte der Mann und grinste. »Ähm, schauen Sie mal Ihre Finger an …«

»Oh! Die sind ja ganz schwarz!«

Sie beeilte sich, das Kettenhemd wieder auf den Tisch zurückzulegen.

»Das kommt vom Öl. Die Kettenhemden wurden früher eingeölt. Die Hemden für unsere Soldaten öle ich allerdings nicht ein – sonst hätten die ja ständig schmutzige Finger.«

»Warum hat man die Kettenhemden denn eingeölt?«, fragte Uschi und rieb ihre schmierigen Finger aneinander.

»Damit sie nicht rosten.«

»Ach so. Ich würde gerne mal den Schienenpanzer zum Vergleich hochheben.«

Der Mann schmunzelte.

»Nur zu!«

Uschi packte den Schienenpanzer, der aus flachen Eisenbändern bestand, mit beiden Händen. Obwohl sie sich alle Mühe gab, konnte sie ihn dennoch nur um wenige Zentimeter anheben.

»Puh! Ist der schwer!«, stöhnte sie und setzte den Panzer wieder ab. Unvorstellbar, dass ein Legionär beides übereinander getragen hatte!

Sie bedankte sich höflich und schlenderte weiter zum nächsten Stand, wo ein jugendliches Mädchen hochkonzentriert an einem antiken Webstuhl arbeitete. Angelockt vom Geruch des offenen Feuers zog es Uschi kurz darauf zum Schmied weiter. Es herrschte solch ein Andrang, dass sie kurz warten musste, bis sich eine Lücke in der Zuschauermenge auftat. Nun erst bemerkte sie, dass die Kinder selbst ans Eisen herandurften und Schlange standen, um eigenhändig eine Pfeilspitze zu schmieden. Die Eltern wiederum umringten ihre Sprösslinge, um deren handwerkliches Geschick zu dokumentieren. Vermutlich würde das Foto des kleinen Schmieds bereits in wenigen Minuten online sein und konnte von aller Welt bewundert werden. Gerade war ein kleiner pausbäckiger Bub an der Reihe, der für sein Alter erstaunlich geschickt den Hammer schwang, während der Schmied das rot glühende Eisen auf dem Amboss festhielt und unter den Schlägen des Hammers fachgerecht drehte und wendete.

Zwischen den Handwerkern stieß Uschi auf die Stände der Händler, die ihre selbst hergestellten Waren wie Dinkelkissen, Liköre, duftende Seifen und keltischen Schmuck feilboten. Am farbenprächtigsten empfand sie den Stand mit den naturgefärbten Tüchern und Schals. Gleich nebenan köchelte der Kräutersud im Kessel, der zum Einfärben der Tücher diente. Uschi kaufte sich einen kleinen Lederbeutel, den sie sogleich an ihrem Gürtel befestigte. So konnte sie künftig stilecht ihr Handy mit sich führen.

Die Handwerksvorführungen lenkten sie ein wenig ab, dennoch kreisten ihre Gedanken wiederkehrend um die dramatische Wendung, die dieser Tag genommen hatte. Vielleicht konnten sie ja die Kinder auf dem Spielplatz auf andere Gedanken bringen.

Der Spielplatz war gut besucht. Unbeschwert sprangen die Kleinen auf der Wiesenarena umher und spielten mit heller Begeisterung Römer. Die Buben fuchtelten wild mit ihren Holzschwertern herum, kletterten auf die kleine Holzfestung oder übten sich im Bogenschießen. Die Mädchen präsentierten dagegen stolz ihre selbst aufgefädelten Glasperlenketten und ließen sich von ihren Sklavenbrüder auf kleinen Streitwagen durch die Gegend ziehen. Es war eine Riesengaudi für die Buben, mit den Streitwagen so wild durch die Gegend zu flitzen, dass ihre Wagenlenkerinnen darauf ängstlich zu kreischen begannen. Dann wurde gewechselt und die Mädchen zahlten es den Jungen heim, indem sie die Streitwagen über eine besonders holprige Strecke zogen, sodass die kleinen Römer mit ihren Holzschwertern kräftig durchgerüttelt wurden.

Hinter dem Klettergerüst lag ein riesiger Sandkasten mit einer gewölbten Überdachung, wie sie bei archäologischen Ausgrabungen üblich war. Darin konnten die Kinder nicht nur nach Herzenslust buddeln, sondern wie waschechte Archäologen im Sand versteckte Mauerfundamente oder Tonkrüge ausgraben, gut gemachte Kopien der Originalfunde, die extra dafür hergestellt worden waren.

Wesentlich ruhiger als auf dem Spielplatz ging es in der Bastelecke zu. In einem offenen Schuppen standen lange Bierbänke, auf denen die Kinder im Schatten saßen und mit großem Eifer kleine Mosaikbilder klebten oder Öllämpchen töpferten. Auf den Tischen standen zudem verschiedene römische Brettspiele und Holzpuzzles zur Verfügung, die schon vor 2000 Jahren von den römischen Kindern gespielt worden waren und als Vorbild für unsere heutigen Spiele galten. An den Wänden des Schuppens hingen große

Mosaikbilder, die Schülergruppen in Gemeinschaftsarbeiten hergestellt hatten. Vor etlichen Jahren hatte Uschi hier selbst einmal mit einer Klasse ein Römerprojekt durchgeführt. Es war ein schöner Tag gewesen. Sie hatten eigenhändig Brot gebacken, Wachs in Schreibtafeln gegossen und einen großen Pfau aus bunten Mosaiksteinchen gelegt.

Die Töpferin zeigte den Kindern gerade, wie sie den Deckel der Öllampe am besten formen konnten. Die hochgewachsene, schlanke Frau trug einen mit Borten verzierten grünen Peblos, die alamannische Tunika. Mit den leicht geröteten Wangen und dem blonden Zopf, der ihr bis zum unteren Rücken reichte, wirkte sie ausgesprochen nordisch. Uschi schmunzelte. Eine Germanin wie sie im Buche stand! Mit gekrümmtem Rücken beugte sie sich eifrig über die werkenden Kinder, half hier, formte da und achtete zwischendurch stets darauf, dass der Ton feucht genug blieb.

Ein kleines Mädchen lehnte sich zurück und betrachtete stolz sein Werk. Die Töpferin blickte dem Kind über die Schulter. Sie fand das Ergebnis wohl nicht ganz so gelungen, nahm das Lämpchen deshalb kurzerhand an sich und perfektionierte die Form des Lampenkörpers mit wenigen Handgriffen. Enttäuscht betrachtete das Kind die Öllampe, die nun nicht mehr die seinige war.

Die Töpferin hatte offenbar Uschis kritische Lehreraura wahrgenommen.

»Kann ich Ihnen helfen?«, fragte sie und verschränkte die Arme unter der Brust.

Uschi interpretierte die Frage sofort als höflichen Hinweis, dass ihre Anwesenheit störte.

»Ich schaue nur ein bisschen«, sagte sie und lächelte selbstbewusst.

Um die Frau nicht noch mehr zu nerven, ging sie zur gegenüberliegenden Station, an der eine Römerin den Kindern zeigte, wie sie kleine Mosaikbilder herstellen konnten. Jedes Kind hatte ein kleines Holzbrettchen vor sich liegen und durfte mit den Mosaiksteinen ein eigenes Muster darauf gestalten. Uschi warf der jungen Italienerin einen bewundernden Blick zu. In ihrer hellblauen Tunika, die aufwendig mit Borten und Stickereien verziert war, wirkte sie anmutig und natürlich zugleich. An den Schultern und Armen war die Tunika lediglich geknöpft, sodass man durch die dekorativen Schlitze ihre gebräunte Haut sehen konnte. Passend zur Tunika trug sie einen blauen Schleier, unter dem ihre langen dunklen Locken hervorschauten. Sie hatte es nicht nötig, sich zu schminken, denn ihre braunen Augen wurden von Natur aus mit außergewöhnlich langen Wimpern umrahmt.

»Salve!«, grüßte sie über die Köpfe der Kinder hinweg.

Uschi streckte ihr die Hand entgegen.

»Salve! Ich bin Uschi.«

Die Italienerin zögerte, zog dann aber rasch die Latexhandschuhe aus und reichte Uschi ihre gerötete Hand. Die Arbeit mit Mörtel und Steinen hatte ihre Spuren hinterlassen.

»Sono Mariella. Ich heiße Mariella.« Wenn sie lächelte, wirkte sie noch eine Spur hübscher.

Uschi zuckte bedauernd mit den Schultern.

»Ich muss los. Schnell noch was zu Abend essen.« Sie führte pantomimisch eine Gabel zum Mund. »Danach muss ich noch eine Führung in der Villa machen.« Sie deutete zur Villa hinüber.

Mariella lächelte höflich, aber Uschi sah ihr an, dass sie kein Wort verstanden hatte.

Ein orangerotes Wolkenmeer überzog den Himmel der Schwäbischen Alb. Uschi setzte sich auf eine Holzbank unweit der Jupitergigantensäule, blickte ins Starzeltal hinunter und gab sich ganz der ruhigen Abendstimmung hin. Das Museum hatte sein rotes Tor geschlossen und die Akteure hatten sich in ihre Quartiere begeben.

Von Ferne hörte sie Harfen- und Flötenklänge, die in Kombination mit dem Vogelgezwitscher die perfekte Klangkulisse eines Sommernachtstraums schufen. Das glühende Orange zerfloss in Rosa, Violett und Türkis. Die Welt war bezaubernd schön.

Obwohl Frank gestorben war.

Fackeln säumten die Wege des Lagers und vereinzelt erhellten Lagerfeuer die Nacht, um die sich die Italiener scharten. Sie unterhielten sich mit gedämpften Stimmen, tranken Wein und lachten hin und wieder. Mehrere Männer saßen um einen kleinen Tisch herum, der stilecht von einer Öllampe beleuchtet wurde, und spielten ein Würfelspiel. In der Mitte des Tischs lag ein kleiner Haufen Geldmünzen. Was sind denn das für seltsame Würfel, dachte sich Uschi. Ohne Augen? Als sie etwas näher trat, erkannte sie, dass die Würfel in Wahrheit kleine Knöchelchen waren. Jede Seitenfläche der würfelförmigen Knöchelchen hatte eine andere Oberflächenstruktur und offenbar ergab sich aus dieser Struktur ihre Wertigkeit.

Ein junger Mann war an der Reihe. Während ihm die Zigarette locker im Mundwinkel steckte, schüttelte er kraftvoll den Würfelbecher und knallte ihn mit Schwung auf den Tisch. Er ließ seine Hand auf dem Becher ruhen und grinste herausfordernd in die Runde. Erst als alle gespannt auf den Becher starrten, lüftete er ihn mit einem

Ruck. Sämtliche Mitspieler beugten sich über den Tisch, um den Wurf zu kontrollieren.

»Venus!«, schrie der junge Mann und schlug sich freudig auf die Schenkel.

Alle drei Würfel hatten dieselbe Oberflächenstruktur. Ein Sechserpasch! Die Mitspieler murrten verdrossen, als der Gewinner die Münzen vom Tisch klaubte.

Uschi ging dem Klang einer Flöte nach. Eine Tänzerin drehte sich im Schein des Feuers und ließ ihre Arme schlangengleich durch die Dunkelheit gleiten. Das Spiel aus Schatten und dem roten Widerschein des Feuers verwandelte die junge Frau in ein Reptil. Sie wirbelte herum, schepperte mit den Glöckchen an ihren Fesseln und kreiste lasziv mit ihrem Becken. Ein Tibiaspieler saß zu ihren Füßen und bewegte seine Flöte wie ein Schlangenbeschwörer hin und her, während er eine orientalisch anmutende Melodie spielte.

Immer noch nicht wusste Uschi, mit welchen Worten sie Nina die Todesnachricht überbringen sollte. Sie hatte ihre Freundin schon seit mehreren Stunden nicht mehr gesehen. Wahrscheinlich hatte sie sich in ihr Quartier zurückgezogen. Uschi war inzwischen so erschöpft, dass sie es kaum erwarten konnte, sich in ihren Schlafsack zu verkriechen. Es war ein anstrengender Tag gewesen.

Selbst im Dunkeln war zu erkennen, dass das Zelt verdächtig wackelte. Oh nein! Das verhieß nichts Gutes!

Uschi schlich näher. Was dann durch die dünne Zeltplane an ihr Ohr drang, bestätigte ihr, dass sie mit ihrer Vermutung recht gehabt hatte. Nina feierte ihre Hochzeitsnacht mit dem alamannischen Fürsten! Na, das war doch die Höhe! Hatte sie denn in ihrem Liebestaumel ganz vergessen, dass sie dieses Zelt mit ihr teilte? Was für eine dumme Situation! Nina gab ein wollüstiges Stöhnen von sich. Das Liebespaar war gerade voll bei der Sache. Und so wie sie diesen Tagolf einschätzte, würde sich daran in den nächsten Stunden wohl auch nichts ändern. Nicht, dass sie Nina ihr Liebesglück nicht gönnte. Aber warum musste dieser Alamannenfürst seine Domina ausgerechnet auf ihrer Isomatte lieben? Wo sollte sie denn nun schlafen, verflixt noch mal!

Unschlüssig blieb sie vor dem Zelt stehen. Theoretisch hätte sie heimfahren können. Allerdings hatte sie sich nach ihrer Abend-Führung zwei Gläser Rotwein gegönnt. In Kombination mit ihrer Müdigkeit konnte das gefährlich werden. Ob sie sich durch leises Rufen bemerkbar machen sollte? Wäre es nicht möglich, dass sich das Paar in ein anderes Liebesnest verzog? Sie versuchte es erst mal mit einem dezenten Räuspern und wartete auf eine Reaktion. Tagolfs Schnappatmung raubte ihr den letzten Funken Hoffnung. Sie musste sich einen anderen Schlafplatz suchen. Aber wo?

Eine Gruppe schwatzender Alamannen lief vorbei. Da fiel bei Uschi der Groschen. Da das Zelt von Kathrin und Frank heute Nacht leer stehen würde, konnte sie auch dort schlafen. Wohl war ihr dabei freilich nicht. Nur äußerst ungern drang sie in deren Privatsphäre ein. Zumal sie unter diesen Umständen Kathrin auch nicht um Erlaubnis fragen konnte. Aber wenn sie hier nicht noch Wurzeln schlagen wollte, musste sie sich mit dieser Lösung anfreunden. Kathrin hätte bestimmt nichts dagegen einzuwenden. So gut kannte Uschi sie inzwischen. Außerdem handelte es sich ja nicht um ihre heiligen vier Wände, sondern nur um ein vorübergehend eingerichtetes Zelt.

Aber ihren Pyjama und ihre Kosmetiktasche hätte sie

schon gerne gehabt! Sonst musste sie ja in dieser Tunika schlafen! Und wenn sie ganz vorsichtig den Reißverschluss des Zelts öffnete, eine Hand hineinschob und nach ihren Sachen tastete? Kaum gedacht, verwarf Uschi die wahnwitzige Idee schon wieder. Nicht auszudenken, wenn sie im Dunkeln ungewollt das Liebespaar befingern würde! Nina würde garantiert vor Schreck das gesamte Lager zusammenkreischen!

Uschi nahm sich eine der Fackeln, die am Wegesrand in der Erde steckten, und stapfte zum Lager der Alamannen. Na warte, dachte sie wütend. Morgen kann sie was erleben, die schöne Domina. Ich frag mich, wie sie das wieder gutmachen will. So eine Unverschämtheit!

Auf dem Weg zum Alamannenlager musste Uschi das Quartier der Kelten passieren. Auch hier ließ man den Abend geruhsam ausklingen. Eine junge Keltenfrau flocht ihrem Mann kleine Zöpfe in die Haare und sang dazu leise ein Lied. Vor einem anderen Zelt rührte eine wohlbeleibte Keltin in einem großen eisernen Kessel, indem es blubberte und brodelte. Es duftete so verführerisch nach Eintopf, dass Uschi eine Essenseinladung nicht ausgeschlagen hätte, obwohl sie eigentlich satt war.

Huch! Meine Güte, hatte sie sich erschreckt! Schon wieder so ein abgehackter Schädel, den man zur Abschreckung auf einen Pflock aufgespießt hatte. Der Schädel wirkte im Dunkeln noch abstoßender als bei Tag. Das Blut war zwar nicht so deutlich zu sehen, aber dafür leuchteten seine weißen herausquellenden Augäpfel umso stärker. Waren die Kelten wirklich so blutrünstig gewesen? Oder zählten diese Legenden zu den Ammenmärchen, welche die Römer über die gefürchteten Barbaren verbreitet hatten? Uschi wandte den Blick angewidert ab und beeilte sich weiterzukommen.

Im Lager der Alamannen war es auffällig ruhig. Wahrscheinlich hatte die traurige Nachricht über Franks Tod bereits die Runde gemacht. Die meisten Alamannen hatten sich um ein großes Feuer versammelt und unterhielten sich in dezenter Lautstärke. Bildete sie es sich nur ein oder tuschelte eine etwas abseitsstehende Gruppe von Alamannenmännern über sie?

»Was will denn so eine fesche Römerin in unserem Lager?«, tönte es prompt zu ihr herüber.

Ein weißhaariger Mann, der seinen langen Bart zu zwei Zöpfen geflochten hatte, kam herangelaufen und grinste sie unverfroren an.

»Suchst du noch einen alamannischen Bräutigam oder hast du dich verlaufen?«

Die umstehenden Männer lachten.

Uschi wusste nicht, wie sie auf das Geschwätz reagieren sollte. Sie betrachtete den Mann, der sich leicht schwankend an einer Zeltstange festhielt und in der anderen Hand einen Bierkrug schwenkte.

»Mein Schlafplatz ist besetzt«, erklärte sie und versuchte, ihrer Stimme einen festen Klang zu geben. In derselben Sekunde bereute sie, dass sie geantwortet hatte.

»Oh, für so eine hübsche Römerin würde ich in meinem Zelt sofort Platz machen!«, kam es wie zu erwarten zurück.

Er ging auf Uschi zu und machte eine einladende Armbewegung, was zur Folge hatte, dass sein Bier aus dem Krug schwappte.

»Komm her, setz dich und trink was mit uns!«

Uschi trat einen Schritt zurück.

»Nein danke! Ich bin müde. Wir können ja morgen ein Bier zusammen trinken.«

»Oh, wie schade!«, rief der Alamanne mit gespielter Enttäuschung. »Dann eben morgen. Versprochen?«

Uschi nickte und lief schnell weiter.

»Ich bin Ingolf«, schrie ihr der Alamanne hinterher. »Hörst du? Nicht vergessen! Ingolf.«

»Ach, jetzt lass doch die Frau in Ruhe!«, ermahnte ihn einer der Männer mit auffallend tiefer Stimme.

»Aber wo schläft sie denn heut Nacht?«, hörte Uschi ihren Verehrer fragen. »Ich hätte noch ein Plätzchen …«

Uschi beschleunigte ihren Schritt und malte sich erneut aus, mit welchen Worten sie morgen Nina die Leviten lesen würde.

Nichts. Er hatte alles abgesucht, in jeden Winkel des Zeltes geleuchtet. In den Taschen, unter den Kissen, in den Töpfen, in der Teekanne, ja, sogar in der Lampe hatte er nachgesehen. Absolut nichts! Hm, wo konnte er ihn nur versteckt haben? Womöglich war er gar nicht hier? Es wäre auch zu schön, zu einfach gewesen.

Die Alternative gefiel ihm ganz und gar nicht. Das bedeutete nämlich, dass er überall sein konnte. Im schlechtesten Fall irgendwo im Wald. Oder er hatte das Zeug auf mehrere Verstecke verteilt. Leise fluchend suchte er weiter.

Nicht auszuhalten, diese Hitze! Er spürte bereits, wie der Schweiß an seinen Achseln herunterlief. Und dann noch dieser schwere Eisenhelm! Er bekam darunter kaum Luft. Und sehen konnte er durch die wenigen Gucklöcher so gut wie gar nichts. Er fragte sich, wie die Gladiatoren damit kämpfen konnten! Trotzdem gab ihm der Helm eine gewisse Sicherheit. Von seinem Gesicht war nichts zu sehen und falls ihn hier jemand überraschen sollte, konnte er notfalls unerkannt flüchten. Er musste den Helm später nur wieder an dieselbe Stelle vor dem Gladiatorenzelt zurücklegen. Das sollte im Dunkeln kein Problem sein.

Er durchsuchte nochmals die Sporttasche. Ungeduldig drehte er sie um und schüttelte den Inhalt heraus. Kleidung, Schuhe und Waschzeug lagen nun durcheinander verstreut auf einem Haufen. Es fühlte sich ein wenig schäbig an, in den Sachen eines Toten zu wühlen. Andererseits war Mahler zweifelsohne kein Unschuldslamm gewesen.

Ein plötzliches Geräusch ließ ihn herumfahren. Schritte. Vielleicht ging die Person ja vorbei. Er verharrte in der Bewegung und lauschte angespannt. Verflucht! Die Schritte kamen näher! Was sollte er tun? Mit klopfendem Herzen zog er langsam den Dolch aus dem Gürtel.

Im Dunkeln war es gar nicht so einfach, das richtige Quartier zu finden. Zumal alle Zelte weiß waren. Aber nicht alle hatten ein Sonnendach … Ah, da war es ja. Und wohin mit der Fackel? Uschi blickte sich suchend um. Vor dem Eingang steckte bereits eine abgebrannte Fackel. Uschi zog sie aus der Erde und rammte ihre brennende in das vorhandene Loch. Der Lichtschein würde weit genug reichen, um das Zelt zu beleuchten. Drinnen konnte sie dann die Tierhautlampe entzünden – sofern sie Streichhölzer fand. Uschi seufzte auf. Sie würde notfalls im Dunkeln auf die Matratze krabbeln. Hauptsache sie konnte sich nun endlich hinlegen. Sie war so müde!

Als sie den schwachen Lichtschein der Taschenlampe im Inneren des Zeltes bemerkte, war es für einen Rückzieher schon zu spät. Sie hatte den Reißverschluss des Zelts bereits geöffnet.

Eine schreckliche, eiserne Fratze starrte ihr entgegen!

Uschi japste erschrocken nach Luft. Doch noch ehe sie schreien oder weglaufen konnte, erhielt sie einen so heftigen Stoß gegen die Schulter, dass sie taumelnd zu Boden fiel. Ein Mann stürzte an ihr vorbei und rannte Hals über Kopf in die Nacht hinein. Uschi blieb geschockt liegen und versuchte zu verstehen, was da gerade eben geschehen war. Ihr Atem ging vor Schreck stoßweise, als sei sie gerannt!

Ängstlich schaute sie sich um, suchte in der Finsternis nach dem Umriss des Mannes. War er noch da und lauerte in seinem Versteck auf sie? Er konnte jeden Augenblick hinter einem Busch hervorschnellen und über sie herfallen! Hier wollte sie keine Sekunde länger allein bleiben! Hastig wischte sie sich die aufsteigenden Tränen aus den Augen. Wenn sie nun zu heulen anfing, würde das die Situation nur noch schlimmer machen. Sie musste zu den Alamannen zurücklaufen und um Hilfe bitten. Mühsam rappelte sie sich auf. Als sie sich mit der Hand im Gras abstützte, spürte sie etwas Weiches unter ihren Fingern. Es war eine Feder. Eine große, schwarze Feder.

Hatte sie womöglich der Einbrecher hier verloren? Rasch hob sie die Feder auf und verstaute sie in ihrem Lederbeutel. Jetzt erst bemerkte sie, dass ihre Beine zitterten. Gleichzeitig spürte sie ein anderes Gefühl in sich aufsteigen: Zorn! Das war gut. Denn man konnte nur eines sein: zornig oder ängstlich. In diesem Fall bevorzugte sie den Zorn. Dieser Typ hatte ihr einen Wahnsinnsschrecken eingejagt! Sie wäre schier die Nächste gewesen wäre, die einen Herzinfarkt erlitten hätte.

Vielleicht war das ja derselbe Mann gewesen, der bereits Frank attackiert hatte. Womöglich war das seine Masche – er jagte seinen Opfern solche Angst ein, dass sie vor Schreck einen Herzinfarkt bekamen! Aber weshalb hatte er ausgerechnet sie angegriffen? Moment mal! Das war ja gar nicht ihr Zelt. Also hatte er es nicht auf sie, sondern auf Kathrin abgesehen. Mit ihr hatte er nicht rechnen können. Deshalb war er auch völlig kopflos davongerannt. Ja, so musste es gewesen sein. In diesem Fall war es unwahrscheinlich, dass er ihr nochmals auflauern würde. Aber Vorsicht war besser als Nachsicht. Zur Sicherheit würde sie sich mit der Fackel bewaffnen. Notfalls würde sie dem Typen damit heimleuchten! In der einen Hand die Fackel, in der anderen die geraffte Tunika eilte sie dem großen Feuer entgegen. Dorthin wo Menschen waren.

»Ah, unsere stolze Römerin ist zurück!«, grölte ihr der Alamanne mit dem geflochtenen Bart entgegen. »Immer noch auf der Suche nach einem Schlafplatz? Hast du es dir anders überlegt? Das freut mich aber!«

Uschi ignorierte ihn und hielt nach einer Frau Ausschau, der sie sich anvertrauen konnte. Doch so wie es aussah, waren die Alamanninnen allesamt schon schlafen gegangen. Rund ums Feuer saßen ausschließlich Männer. Hm, hier kam sie womöglich vom Regen in die Traufe.

»Ingolf, hör auf damit!«. Ein dicker Mann mit Halbglatze und langem Bart kam auf Uschi zu. Es war der Mann mit der Bassstimme. »Ist alles in Ordnung mit Ihnen? Sie sehen so … verwirrt aus.«

Uschi musste sich beherrschen, nicht zu weinen.

»Da war ein Mann in meinem Zelt!« Sie zog die schwarze Feder aus dem Lederbeutel und hielt sie ihm unter die Nase. »Die hat er verloren. Er hat mich ganz wüst umgestoßen und ist dann weggerannt!«

Der Alamanne nahm die Feder und strich erwägend mit dem Finger darüber.

»Vielleicht hat er sich im Zelt geirrt«, versuchte er sie zu beruhigen. »Wissen Sie, mir ist das auch mal passiert. Hatte einen über den Durst getrunken und bin aus Versehen bei einer Alamannin im Zelt gelandet. Ich kann Ihnen sagen, die war vielleicht sauer! Hat mich mit ihrem dicken Schmöker, den sie gerade gelesen hat, aus dem Zelt geprügelt.« In der Erinnerung daran rieb er sich den Kopf. »Mit alamannischen Frauen legt man sich besser nicht an. Vielleicht ist der Mann deshalb so schnell geflüchtet. Der arme Kerl hatte Angst, dass er eins übergebraten bekommt.«

»So habe ich mir das noch gar nicht überlegt.« Uschi musste bei der Vorstellung daran lachen. »Könnte schon sein, dass er im falschen Zelt gelandet ist. Aber dann entschuldigt man sich doch und rennt einen nicht über den Haufen. Ich habe mich mordsmäßig erschreckt!«

»Wird besoffen gewesen sein«, meinte er und zuckte mit den Schultern.

»Wie dem auch sei. Auf jeden Fall habe ich ehrlich

gesagt …«, sie zögerte, »ein bisschen Angst, wieder in das Zelt zurückzugehen.«

Uschi rannte offene Türen ein. Mit einem freundlichen Grinsen hakte er sich bei ihr unter.

»Wo steht denn Ihr Zelt? Ich bin übrigens der Dietmar.«

Dietmar schnarchte gotterbärmlich. Der Lautstärke nach zu urteilen, hätte man meinen können, er läge direkt neben ihr. Wie es sich für einen ehrenhaften Alamannen geziemte, hatte er Uschi bis zum Eingang von Kathrins und Franks Zelt begleitet. Sein eigenes Quartier lag überraschenderweise unmittelbar daneben. In seiner wohlwollenden und zugleich etwas großspurigen Art hatte er ihr alsdann versprochen, ein Auge auf ihr Zelt zu haben und sogleich zur Stelle zu sein, falls dies nötig werden sollte. So wie er nun allerdings schnarchte, hätte er wohl nicht einmal bemerkt, wenn die römische Legion mit Fanfaren in ihr Lager einmarschiert wäre. Ein schöner Beschützer war das!

Fairerweise musste Uschi zugeben, dass sie nicht nur wegen seines Schnarchens nicht schlafen konnte. Zu ihrem Leidwesen bedrängte sie überdies ein Schwarm Blutsauger, der ihr mit einem nervtötenden »Ssssss« um die Ohren schwirrte. Sie schlug aufs Geradewohl drauflos, aber die Stechmücken lachten sie nur aus. Ohne Licht hatte sie nicht die geringste Chance, die Biester zu erwischen. Der Alamanne war zwar so nett gewesen, ihr ein Päckchen Streichhölzer zu überlassen, aber letztlich war es ihr zu umständlich gewesen, die Kerze in dieser eigenartigen Laterne aus Tierhaut zu entfachen. Sie hatte sich stattdessen im Dunkeln ins Zelt getastet und sich auf die erstbeste Liege fallen lassen, gegen die sie gestoßen war.

Uschi rollte sich hin und her, doch wie sie sich auch legte, sie fand keine bequeme Schlafposition. Irgendetwas lag unter der Matratze und drückte unangenehm. Mit einem verdrießlichen Brummen raffte sie sich schließlich auf, dem Problem nachzugehen. Sie schob die Hand unter die Matratze und tastete nach dem Gegenstand. Er war hart und flach. Eine dünne Platte. Uschi zog das Ding unter der Matratze hervor und strich mit einem Finger über die glatte Oberfläche. Fühlte sich kühl an. Sie entzündete ein Streichholz. Im schwachen Lichtschein konnte sie nun erkennen, dass es sich um ein rechteckig zugeschnittenes Stück Blech aus Blei handelte, circa zehn Zentimeter lang. Jemand hatte dünne Striche in das Blech eingeritzt. Bei genauerem Hinsehen erkannte sie, dass es Großbuchstaben waren.

Autsch! Sie hatte sich den Daumen verbrannt! Uschi leckte die Brandstelle mit der Zunge ab. Auf die Schnelle hatte sie die Buchstaben im Dämmerlicht nicht entziffern können, zumal sie sich kaum von der metallenen Oberfläche abhoben. Dennoch glaubte sie, ein krakeliges »K« erkannt zu haben. Uschi wog die kleine Bleiplatte in der Hand. Sie fühlte sich leicht an. Und dennoch hatte sie das unbestimmte Gefühl, dass etwas Ungutes von diesem Stück Blech ausging. Die Art der Striche suggerierte, dass der Schreiber diese energisch und unter Kraftanwendung in das Metall eingekratzt hatte. Mit einem spitzen Gegenstand. Einem Messer vielleicht.

Die Buchstaben waren nicht mit Liebe geschrieben worden. Das spürte Uschi, wenn sie darüberstrich. Es fehlte die Sorgfalt. Nein, eine andere Emotion steckte dahinter. Wut. Oder Hass. Uschi entzündete das nächste Streichholz. Im Schein der kleinen Flamme entzifferte sie den Rest der Buchstaben. Was sollte das denn bedeuten? *KRANF*?

Uschi rannte um ihr Leben. Der Gladiator war dicht hinter ihr. Das lange Messer im Anschlag. Sie wusste genau, was er damit vorhatte: Er wollte sie bei lebendigem Leib häuten! Sie versuchte, schneller zu rennen. Doch so sehr sie sich auch mühte, sie kam einfach nicht vom Fleck. Der Gladiator war nun so nah, dass sie seinen rasselnden Atem unter der Eisenmaske hören konnte. Er holte aus und warf sein Netz über sie. Nun hing Uschi wie ein gefangener Fisch darin und zappelte aus Leibeskräften, was aber nur dazu führte, dass sie sich immer mehr in dem Netz verfing. Als sie ihre aussichtslose Lage erkannte, fing sie an zu wimmern und flehte um Gnade. Sie wollte »Mite, mite!« rufen, doch aus ihrer Kehle kam nur ein unverständliches Gurgeln hervor. Der Gladiator lachte höhnisch und senkte den Daumen. Dann riss er ihren Kopf an den Haaren hoch, raunte »Ugola!« und drückte ihr das Messer an die Kehle.

In diesem Moment wachte sie auf. Schweißgebadet.

Die schmale Mondsichel warf nur ein schwaches Licht auf die Umgebung, aber im Schein der Fackel war der Fußweg hinreichend beleuchtet. Sie hatte es in dem stickigen Zelt nicht mehr ausgehalten. Dank ihres schnarchenden Nachbarn und der surrenden Schnaken hatte sie nach dem abscheulichen Albtraum zwar schnell wieder in die Realität zurückgefunden. An Einschlafen war jedoch nicht mehr zu denken. Zu groß war die Angst gewesen, gleich in den nächsten Albtraum hinüberzugleiten. Ihr Unterbewusstsein hatte gewiss auch noch eine nette Horrorgeschichte zu den aufgespießten Köpfen auf Lager. Da war es besser, eine Runde über die Anlage zu spazieren. Die Abkühlung von Körper und Geist würde ihr guttun und sie auf andere Gedanken bringen.

Es war eine stille Nacht. Hier und da knackte in der Glut der Lagerfeuer noch ein Holzscheit, ansonsten war nur entfernt der Ruf eines Käuzchens zu vernehmen. Die Bank, auf der sie am Abend den Sonnenuntergang bewundert hatte, wurde nun vom Mondlicht angestrahlt. Uschi setzte sich und lauschte dem Zirpen der Grillen. Über ihr funkelten die Sterne. Vielleicht, dachte Uschi, hatte hier an dieser Stelle vor 2000 Jahren eine echte Römerin gesessen und in den Sternenhimmel geschaut. In den gleichen Sternenhimmel, den sie heute Nacht über sich sah. Es war allerdings eher unwahrscheinlich, dass sie hier ohne männliche Begleitung gesessen hatte. Uschi seufzte. So eine männliche Begleitung würde ihr gerade jetzt auch zusagen.

Am besten war, sie kehrte zu ihrem Quartier mit dem schnarchenden Nachbarn zurück. Vielleicht konnte sie mittlerweile ja besser schlafen. Sie wollte gerade gehen, da fiel ihr ein Lichtschimmer im Tempelbereich auf. Hatten die Veranstalter dort ebenfalls Fackeln aufgestellt? Eigentlich konnte sie sich das nicht vorstellen. Der größte Teil des Tempelbezirks befand sich noch im Bau. Lediglich eine der Kapellen hatte man bereits rekonstruiert, von den anderen neun waren bislang nur die Fundamente ausgegraben worden.

Sie entschloss sich, noch einen kleinen Abstecher zu unternehmen, und schlenderte über die Wiese hinab zum Tempel. Kaum hatte sie die Pforte durchschritten, erkannte sie auch schon, woher der Lichtschein kam. Jemand hatte die restaurierte Kapelle mit einer Vielzahl roter Rosen geschmückt und in ihrem Innenraum Kerzen entzündet. Links und rechts des Eingangs steckten brennende Fackeln im Boden. Es sah bezaubernd aus!

Jetzt erst bemerkte Uschi die weiß gekleidete Gestalt. Sie saß nicht weit entfernt mit dem Rücken zu ihr auf einer niedrigen Mauer, die Kapuze tief ins Gesicht gezogen. Uschi blieb abrupt stehen. Die Person hatte sie nicht gesehen. Und wohl auch nicht gehört. Sie konnte sich also immer noch davonschleichen. Doch kaum zu Ende gedacht, drehte sich die Gestalt auch schon zu ihr um.

Uschi! Was machst du denn hier – mitten in der Nacht?«

Erschrocken wich sie einen Schritt zurück. Wer war das? Sie kniff die Augen zusammen. Das Gesicht des Mannes war im Schatten der Kapuze nur schemenhaft zu erkennen. Aber die Stimme – die kam ihr irgendwie bekannt vor.

»Salvatore?«, fragte sie unsicher.

»Si, si. Kannst du nicht schlafen?«

Uschi ließ die hochgezogenen Schultern erleichtert sinken und schüttelte den Kopf.

»Nein. Und du? Was treibst du noch hier zu so später Stunde?«

Sie raffte ihr Kleid und stapfte durchs Gras zu ihm hinüber.

»Diese Nacht ist doch viel zu schön, um sie zu verschlafen.« Er streckte den Zeigefinger in die Höhe. »Hörst du die Zikaden? Sie singen ein Lied. Das Lied der Nacht.«

Ein warmer Wind kam auf und strich über Uschis Haut. Sie legte den Kopf in den Nacken und schnupperte. Es duftete nach trockenem Gras. Nach Rosen. Und nach Sommer. Er hatte recht. Solche Nächte waren selten – zumindest auf der rauen Schwäbischen Alb.

»Hast du die Kapelle so hübsch geschmückt?«

Ein Lächeln huschte über sein Gesicht, stolz und melancholisch zugleich.

»Meine Frau ist vor sechs Jahren gestorben. Wir hätten heute Hochzeitstag gehabt. Ich habe in der Kapelle für sie gebetet.«

»Oh, das tut mir leid«, sagte Uschi betroffen.

Sein Blick richtete sich für einen Moment wehmütig zum Nachthimmel, doch dann schenkte er wieder Uschi seine ungeteilte Aufmerksamkeit.

»Hast du Kummer?«, fragte er. »Man ist für gewöhnlich nicht ohne Grund schlaflos.«

»Der Alamanne, der heute beim Kampf zusammengebrochen ist, war der Mann meiner Freundin. Er hat den Herzinfarkt leider nicht überlebt. Ich kann es noch gar nicht begreifen, dass er nun tot ist.« Sie schüttelte den Kopf. »Es ist furchtbar.«

»Ich habe den Kampf gesehen. Es war wirklich tragisch.«

Er griff nach ihrer Hand und drückte sie sanft. Obwohl die Berührung nur eine beiläufige Geste des Trostes war, löste sie bei Uschi augenblicklich ein erregtes Kribbeln aus. Beschämt sah sie zu Boden. Die völlig überzogene Reaktion ihres Körpers irritierte sie und sie hoffte inständig, dass Salvatore das aufgeregte Pochen ihres Herzens nicht hören konnte. War dieses Kribbeln nicht unschicklich, wenn man über den Tod sprach? Gewiss war es das! Um zu einem geziemenden Benehmen zurückzufinden, entzog sie ihm behutsam die Hand und gab sich stattdessen dem Spiel ihrer Halskette hin. Schweigend saßen sie beieinander und lauschten dem Gesang der Zikaden.

»Trinkst du ein Glas Wein mit mir?«, fragte Salvatore mit einem Lächeln.

Er reichte Uschi ein Glas und schenkte ihr ein. Da er nur dieses eine Glas dabeihatte, musste er selbst aus der Flasche trinken.

»Requiescat in pace!«, rief er aus und erhob die Weinflasche.

Uschi nickte ihm zu.

»Ja, er ruhe in Frieden! Und deine Frau ebenfalls.«

Der schwere, dunkelrote Wein hatte ein exzellentes Bukett und war im Abgang angenehm kühl und zugleich samtig. Salvatore holte eine Flöte hervor und spielte eine leise Melodie. Uschi fragte sich für einen Moment, ob dies alles real war oder ob sie womöglich noch träumte. Sie nippte an ihrem Glas. Nein, dies war kein Traum. Es war einfach viel zu lange her, dass sie so einen gefühlvollen Abend verbracht hatte.

»Wie kam es eigentlich, dass du Augur geworden bist?«, fragte sie neugierig.

»Ich habe während meines Studiums eine wissenschaftliche Arbeit über den römischen Götterkult geschrieben«, erklärte er. »In dieser Zeit habe ich die experimentellen Archäologen kennengelernt. Ich fand deren Forschungen spannend. Tja, und irgendwann haben sie mich angesprochen, ob ich bei ihren Auftritten nicht die Rolle des Auguren übernehmen könnte.«

»Du scheinst dieses Amt sehr ernst zu nehmen«, sagte Uschi und bemühte sich um einen unbefangenen Gesichtsausdruck.

»Höre ich da eine gewisse Skepsis heraus?«, fragte Salvatore prompt.

»Na ja, aus heutiger Sicht ist es doch komisch, dass es für jeden Bereich eine andere Gottheit gab. Göttin der Schönheit, der Weisheit, des Krieges, des Handels und was weiß ich noch alles.«

»Der Liebe«, ergänzte Salvatore, doch Uschi ignorierte den Einwurf.

»Und dann auch noch diese Praxis mit den Opfergaben«, fuhr sie fort. »Wenn dich die Gegenleistung deines Schutzgottes enttäuschte, konntest du ihm kurzerhand kündigen und einen neuen Gott zum Schutzgott erklären. Dieses Prinzip ›Do ut des‹ – ›ich gebe damit du gibst‹ finde ich schon sehr berechnend. Das war doch nichts anderes als Erpressung!«

»Ich würde es eher als pragmatisch bezeichnen«, widersprach Salvatore. »Und was die Aufteilung der Zuständigkeitsbereiche angeht, gibt es durchaus Parallelen zum Christentum.«

Uschi sah ihn erstaunt an.

»Wusstest du, dass es sogar ein ökumenisches Heiligenlexikon gibt, das die Zuständigkeiten der Heiligen angibt?«

Uschi lachte.

»Im Ernst?«

»Aber sicher! Die Heilige Andrea ist zum Beispiel für das Eheglück verantwortlich. Zur Heiligen Agatha von Catania betet man bei Brandgefahr und Erdbeben. Und wenn du etwas reicher werden möchtest, musst du dich nur mit der Heiligen Anna gut stellen.«

»So habe ich das noch nie betrachtet«, sagte Uschi lächelnd.

»Zumindest waren die Römer relativ aufgeschlossen und tolerant fremden Religionen gegenüber. Selbst die unterworfenen Völker durften ihre Religion weiter ausüben – solange sie Jupiter Optimus Maximus zumindest pro forma als obersten Staatsgott anerkannten.« Er erhob sich. »Komm mal mit, ich möchte dir etwas zeigen.«

Die rekonstruierte Jupitergigantensäule war selbst im matten Mondlicht gut zu erkennen. Wie ein frei stehender Baum hob sich die helle Säule vom dunklen Nachthimmel ab. Salvatore zog eine kleine Taschenlampe hervor und strahlte das Kapitell der Säule an.

»Erkennst du den Reiter auf der Säule?«, fragte Salvatore.

»Das ist Jupiter!«, sagte Uschi stolz. »Erkennt man am Blitzbündel in seiner Hand.«

»Sehr gut. Aber kommt dir nicht irgendetwas seltsam vor?«

Uschi betrachtete die Götterfigur, die über einen am Boden liegenden Giganten hinweggaloppierte, genauer.

»Keine Ahnung«, sagte sie und zuckte mit den Schultern. »Was soll daran seltsam sein?«

»Ich gebe dir einen Tipp. Es hat etwas mit dem Pferd zu tun.«

»Hm, Jupiter reitet. Kann er in Wirklichkeit gar nicht reiten?«, mutmaßte Uschi.

Salvatore grinste.

»Zumindest ist die Darstellung des Jupiters auf einem Pferd untypisch«, erklärte er. »Die Figur sieht zwar aus wie Jupiter, könnte aber auch den keltischen Himmelsgott Taranis darstellen. Die Römer duldeten diese Vermischung der Glaubensvorstellungen. Die Provinz war eben in erster Linie keltisch geprägt ...« Er winkte Uschi weiter. »Komm, ich zeige dir noch etwas.«

Er leuchtete mit der Taschenlampe voran und führte Uschi zum Eingangsportal.

»Wo bringst du mich denn hin?«, wunderte sich Uschi.

»Wir gehen nicht weit«, beruhigte sie Salvatore und schob den Balken zurück, der das Tor verschloss. »Das, was ich dir zeigen möchte, befindet sich in der Außenmauer des Portals.«

Das Relief oberhalb des Tores war Uschi noch nie aufgefallen. Es zeigte eine Göttin zu Pferd, die eine Schale mit Früchten in den Händen hielt.

»Das ist die Pferdegöttin Epona«, sagte Salvatore und strahlte das Relief mit der Taschenlampe an. »Sie war in Italien unbekannt. Aber hier in der Provinz wurde sie sowohl von den Bauern als auch von den Soldaten verehrt. Wahrscheinlich erinnerte die Epona die einheimische Bevölkerung an ihre keltisch-germanischen Muttergottheiten, die sie für eine reiche Ernte und Fruchtbarkeit anbeteten.«

»Na, dann ist die Epona ja die perfekte Schutzgöttin für ein Landgut«, meinte Uschi.

Sie schlenderten wieder zum Heiligen Bezirk zurück. Als sie an der geschmückten Kapelle angelangt waren, gab Salvatore eine Handvoll zerkleinerter Kräuter in eine Schale und entzündete sie. Ein würziger Duft erfüllte die Luft, der Uschi an Räucherstäbchen erinnerte.

»Ich finde Religion ist wichtig, weil sie dem Leben Sinn gibt«, nahm Salvatore den Faden wieder auf. »Aber noch wichtiger als Religion ist meiner Meinung nach Toleranz andersdenkenden Menschen gegenüber. Jede Glaubensvorstellung kann wahr sein – oder auch nicht.« Er lächelte. »In dem Moment, wenn ich meine Tunika trage und in den Himmel sehe, respektiere ich den alten Götterglauben der Römer. Und das Verblüffende ist, dass meine Deutungen in den allermeisten Fällen gestimmt haben.« Er wischte mit der Hand einige Steinchen von der Mauer und lud Uschi mit einer einladenden Handbewegung ein, sich neben ihn zu setzen. »Offenbar habe ich einen guten Draht zu den Göttern.« Er schüttelte den Kopf. »Hätte man meinen Rat befolgt und das Fest abgesagt, wäre dein Bekannter vielleicht noch am Leben.« Seine Mundwinkel sanken herab. »Aber leider hat mich niemand ernst genommen. Ich konnte sagen, was ich wollte.«

Salvatore erhob sich, schlenderte zu einem der Wildrosenbüsche hinüber, brach einen kleinen Rosenzweig ab und überreichte ihn Uschi.

»Die Rose ist das Symbol der Liebesgöttin Venus.« Er lächelte verschmitzt. »Es gab bei den Römern einen Brauch im Zusammenhang mit den Rosen. Komm mal mit, ich zeig es dir.« Er führte sie zu den Ranken eines weiß blühenden Wildrosenstrauchs. »Wenn sich die Römer ein

Geheimnis anvertrauen wollten, dann taten sie das gerne unter Rosensträuchern. Die geschlossene Rosenknospe war nämlich das Zeichen der Verschwiegenheit.«

»Ah ja?« Uschi ahnte schon, dass dies nicht alles sein würde, was ihr Salvatore unter diesem Rosenstrauch sagen wollte.

»Darf ich dir auch ein Geheimnis anvertrauen?«, kam es prompt.

Uschi spürte seinen warmen Atem an ihrem Ohr, als er ihr sein Geheimnis zuflüsterte. Sie lächelte verlegen und schnupperte an dem Rosenzweig in ihrer Hand. Die weißen Blüten verströmten einen süßen Vanilleduft.

»Ich glaube, wir haben ein bisschen zu viel Wein getrunken«, murmelte sie schüchtern.

»In vino vertitas!«, rief Salvatore fröhlich. »Weißt du das nicht? Im Wein liegt die Wahrheit.« Er zauberte aus seiner Tasche eine neue Weinflasche hervor. »Außerdem ist die Rose nicht nur das Symbol der Venus, sondern zugleich von Bacchus, dem Weingott. Wenn man den Wein unter einem Rosenstrauch trinkt, ist er deshalb besonders bekömmlich!«

»So?«, sagte Uschi und kicherte. »Ist er das?«

Nach einem weiteren Glas Rotwein fühlte sie sich so angenehm entspannt, dass sie an der Bekömmlichkeit des Weines unter Rosenbüschen keinen Zweifel mehr hatte.

Salvatore wollte ihr gerade nochmals großzügig aus seiner Weinflasche nachschenken, als Uschi abwinkte.

»Nein, danke. Man darf es nicht übertreiben, sonst ist es mit der Bekömmlichkeit schnell vorbei. Leider müssen wir morgen beide wieder fit sein.« Sie zog ihre Fackel aus der Erde. Erst jetzt beim Aufstehen merkte sie, dass sie bereits etwas beschwipst war. »Ich werde mich jetzt verabschieden. Nolens volens. Wohl oder übel.«

»Ich sehe schon, du bist mit Vernunft gesegnet«, sagte Salvatore mit einem Augenzwinkern. »Soll ich dich zu deinem Zelt begleiten?«

»Oh, das würde mich freuen!«, sagte Uschi schnell.

Auch wenn es unwahrscheinlich war – es könnte ja durchaus sein, dass der Mann mit der eisernen Maske schon wieder in ihrem Zelt hockte und ihr auflauerte.

Du sagst, er hatte eine Maske aus Eisen auf?«, fragte Salvatore stirnrunzelnd.

Die Geschichte, die ihm Uschi gerade auf dem Weg zu Kathrins Zelt erzählt hatte, gefiel ihm gar nicht.

»Ja, aber es war wohl eher ein Helm als eine Maske«, korrigierte sich Uschi. »Ähnlich wie ein Ritterhelm. Man konnte nicht einmal seine Augen sehen.« Sie zeigte ihm die schwarze Feder. »Die hat er verloren.«

Salvatore nahm die Feder und ließ sie nachdenklich durch seine Finger gleiten.

»Hm, haben nicht die Gladiatoren solche Federn auf ihren Helmen?«

Uschi schlug sich mit der Hand gegen die Stirn.

»Stimmt! Ich wusste doch, dass ich diese Federn schon mal irgendwo gesehen habe! Ja, logisch. Das war ein Gladiatorenhelm, was er da trug. So einer mit Gucklöchern.«

»Moment, nicht so schnell. Was ist das – ›Gucklöcher‹?«, wollte Salvatore wissen.

»Löcher zum Durchschauen«, erklärte Uschi schmunzelnd.

Salvatore schüttelte den Kopf.

»Selbst wenn der Mann das falsche Zelt betreten hat – weshalb läuft er mit einem geschlossenen Helm herum? Und warum rannte er davon, als du gekommen bist? Das ist doch kein normales Verhalten!«

Die letzten Meter bis zum Zelt hatten sie einvernehmlich geschwiegen. Da Uschi ihre Fackel bei sich trug, war es auch nicht weiter schlimm gewesen, dass Salvatores Taschenlampe während des Rückwegs immer schwächer geworden war und schließlich ganz den Geist aufgegeben hatte.

Während Uschi den Stab ihrer Fackel in die Erde bohrte, lauschte sie. Gab es irgendwelche verdächtigen Geräusche? Nein, alles war still. Selbst ihr Zeltnachbar hatte zu schnarchen aufgehört. Vorsichtig öffnete sie den Reißverschluss am Eingang und lugte hinein. Im Innern war es stockdunkel.

»Warte«, wisperte sie.

Sie fühlte sich beim Betreten des Zelts ein wenig wie als Kind, wenn sie in den dunklen Keller gehen musste. Die eigene Fantasie schlug Kapriolen und erschuf Gefahren, die in Wirklichkeit gar nicht existierten. Nachdem sie sich überzeugt hatte, dass niemand anderes im Zelt war, atmete sie erleichtert auf.

»Alles okay?«, fragte Salvatore von draußen.

»Ja. Kein Gladiator zu sehen!«

»Dann wünsche ich dir eine gute Nacht!«

»Warte! Darf ich dir noch etwas zeigen?«, fragte Uschi und winkte ihn heran.

Sie rutschte auf allen vieren durchs Zelt und tastete den Boden rund um die Matratze ab. Wo hatte sie das Täfelchen denn nur hingelegt? Endlich berührte ihre Hand etwas Kühles. Rasch ging sie mit dem Bleistück nach draußen und hielt es für Salvatore in den Lichtschein der Fackel.

»Madre mia!«, raunte er. »Eine Fluchtafel!«

»Fluchtafel? Was ist das denn?«

»Ich kenne das auch nur aus Geschichtsbüchern. Ab dem zweiten Jahrhundert waren diese Fluchtafeln bei den Römern sehr beliebt. Wer einen Menschen verfluchen wollte, schrieb dessen Namen auf das Bleistück. Die Gottheiten der Unterwelt sorgten dann dafür, dass der Fluch vollzogen wurde.«

»Und was sollte der Fluch bewirken?«, fragte Uschi zaghaft, obwohl sie die Antwort ahnte.

»Es war ein Schadenszauber. Der Fluch sollte den Menschen verletzen. Oder töten.«

»Das klingt ja schrecklich!«, hauchte Uschi. »Wie kommen denn Kathrin und Frank an so was?«

»Ich weiß nicht. Üblicherweise wurden diese Tafeln bei Tempeln in Gräbern, Särgen und Urnen vergraben.«

Er begutachtete die Tafel nochmals von allen Seiten.

»Hm, keine Nägel«, konstatierte er.

Uschi wartete still auf eine Erläuterung.

»Manchmal wurde das Bleistück symbolisch mit Nägeln durchbohrt«, erklärte er. »Es ist ein Analogiezauber. Die Verletzungen, die der Fluchtafel zugefügt werden, übertragen sich in gleicher Weise auf die verwünschte Person.«

»Schwarze Magie!«, rief Uschi aus.

Sofort bekam sie die Quittung für ihre unangemessene

Lautstärke. Ihr Zeltnachbar war aus seinem Tiefschlag erwacht und setzte seinen Schlaf nun offenbar in Rückenlage und mit lautem Schnarchen fort.

»Heißt das, dass sich mein Opfer genau in der Sekunde vor Schmerzen krümmt, wenn ich den Nagel in die Platte reinschlage?«, fragte sie kaum hörbar.

»Kann sein«, erwiderte Salvatore. »Ich bin kein Experte für Flüche. Die Schmerzen können vermutlich aber auch erst später auftreten. Es steckten übrigens oftmals erotisch motivierte Rachewünsche dahinter.«

»Das erinnert mich an brasilianischen Voodoozauber«, sagte Uschi. Salvatores erotische Anspielung überging sie geflissentlich. »Ich wusste gar nicht, dass die Römer einen Hang zu schwarzer Magie hatten!«

Über das Gesicht des Italieners huschte ein Lächeln.

»Die Römer waren extrem abergläubisch. Jedes Kind bekam zum Beispiel zur Geburt eine Metallkapsel umgehängt, die Unheil abwehren sollte. In dem Talisman befand sich ein Stück Nabelschnur oder eine Locke.« Sein Grinsen wurde breiter. »Selbst die Erwachsenen trugen Amulette, um die Augen der Dämonen von sich abzulenken. Alles, was unanständig war oder den Dämon zum Lachen anregte, war dafür geeignet. Besonders beliebt waren kleine Figuren mit einem überdimensionalen Phallus. Manchmal hatte der Phallus auch Flügel. In Süditalien werden übrigens heutzutage nach wie vor solche Sachen verkauft.«

Uschi schüttelte verständnislos den Kopf.

»So was kaufen bestimmt nur Männer.«

»Da wäre ich mir nicht so sicher …«

»Offensichtlich haben wir uns in all der Zeit nicht nennenswert weiterentwickelt«, stellte Uschi fest.

»Meinst du?«, wunderte sich Salvatore. »Ich denke, dass die Grenze zwischen Glaube und Aberglaube fließend ist.«

Im Schein der Fackel betrachtete er die Inschrift.

»*KRANF*?«, fragend sah er Uschi an. »Ich kenne das Wort nicht. Was bedeutet das?«

Uschi zog bedauernd die Schultern hoch.

»Kein Ahnung! Das ist kein deutsches Wort. Ich glaube auch nicht, dass es ein Name ist.«

Er gähnte.

»Es kann sein, dass man die Buchstabenfolge des Namens verdreht hat. Das soll das Opfer geistig verwirren.«

»Ich bin auch schon ganz verwirrt«, sagte Uschi und gähnte ebenfalls. »Dieser ganze Hokuspokus überfordert mich zu so später Stunde. Und ehrlich gesagt, ist mir der Wein inzwischen doch ein bisschen zu Kopf gestiegen.«

Salvatore beugte sich vor und hauchte Uschi rechts und links ein Küsschen auf die Wange.

»Dann ist es Zeit zu schlafen, cara mia. Im Licht des Tages wird manches klarer. Buona notte!«

Uschi verabschiedete sich, tastete sich im Dunkeln zu ihrer Schlafstätte vor und streifte stöhnend die Sandalen von ihren Füßen. Schön waren sie, diese goldenen Riemchensandalen. Aber bequem waren sie leider nicht. Das Leder war so hart, dass sie sich inzwischen mehrere Blasen eingehandelt hatte. Wenn sich ihre Füße nicht bis morgen erholt hatten, musste sie wohl barfuß laufen. Morgen. Alles morgen. Mit einem tiefen Seufzer verkroch sie sich unter die Decke und rollte sich zusammen. Sie wollte nur noch eines: schlafen.

Bacchus war gnädig und schenkte ihr einen tiefen, traumlosen Schlaf.

Gedankenverloren schälte er ein weiteres Stück Rinde vom Stamm und zerbröselte es gähnend zwischen den Fingern. Ob sie inzwischen wohl eingeschlafen war? Wenn er es noch länger hinauszögern würde, schlief er am Ende womöglich selbst ein. Außerdem wurde er von Minute zu Minute unsicherer. Der Plan war nicht ungefährlich. Er wollte ja nicht, dass sie dabei ums Leben kam …

Andererseits konnte er die Dinge nicht einfach so laufen lassen. Es war nur eine Frage der Zeit, bis sie Verdacht schöpfen würde. Wenn es ihr nicht bereits aufgefallen war, dann würde sie es spätestens morgen früh bemerken. Sie würde die Zusammenhänge erkennen und die Polizei rufen. Natürlich würde sie das tun. Und für die Polizei wäre sie die wichtigste Zeugin. Die einzige Zeugin.

Die Frau konnte zu einer großen Gefahr werden.

Deshalb musste man ihr rechtzeitig klarmachen, mit wem sie es zu tun hatte. Sie brauchte einen Schuss vor den Bug. Und damit sie die Warnung auch ernst nahm, würde er ihr jetzt mal so richtig kräftig einheizen.

Lautlos schlich er zu ihrem Zelt.

Es war ganz einfach.

Ein Tritt genügte.

Das Feuer loderte begierig an dem Holzgestänge empor und fraß die Papierblüten an, die sich ein letztes Mal kräuselten, bevor sie zu schwarzer Asche zerfielen.

Zuerst nahm Uschi den beißenden Qualm wahr, der ihr in die Nase stieg. Dann erst registrierte sie das Knistern und den Widerschein des Feuers. Mit einem Schlag war sie hellwach. Es brannte!

Ein heftiger Adrenalinschub versetzte sie innerhalb weniger Sekunden in Alarmbereitschaft. Sie musste sofort raus hier!

Mit zitternden Fingern öffnete sie den heißen Reißverschluss am Eingang, schlug die Plane zurück und sah erst mal nur Rauch. Überall Rauch. Das Feuer griff schon auf das Sonnendach über!

Oh mein Gott, dachte sie bestürzt. Ich sitze in der Falle!

Für einen Moment stand sie wie versteinert da, unfähig einen klaren Gedanken zu fassen. Sollte sie sich mit einem Sprung ins Freie retten? Aber was war, wenn sie den Flammen dabei zu nahe kam und diese auf sie übergriffen? Die sengende Hitze war hier schon zu spüren. Sie erinnerte sich daran, wie unglaublich schnell ihre Haarsträhne verschmort war, als sie sich einmal leichtfertig über eine Kerze gebeugt hatte. Zum Glück hatte sie sich damals nicht auch noch die Augenbrauen und Wimpern versengt. Nein, sie musste das Feuer zuerst löschen. Aber wie?

Gehetzt sah sie sich um. Vielleicht war im Teekessel noch Wasser? Der Rauch kratzte in ihrem Hals und löste einen Hustenanfall aus. Rasch riss sie eines der Chiffontücher herunter, mit denen Kathrin den Baldachin dekoriert hatte, und bedeckte damit Mund und Nase. Dann grapschte sie immer noch hustend nach dem Kessel und spritzte das restliche Teewasser in die züngelnden Flammen. Das Feuer zeigte sich unbeeindruckt und fuhr fort, das Sonnendach zu verschlingen.

Uschi ließ den Teekessel fallen und fuhr sich mit der heißen Hand wimmernd übers Gesicht. Ihre Augen tränten unaufhörlich. Was tu ich nur, was tu ich nur, dachte sie verzweifelt. Der Feuertod war eine schreckliche Art zu sterben. Sie wusste dies, seitdem sie mal eine Fernsehreportage über ein Flugplatzunglück gesehen hatte. Ein Überlebender, der in Brand geraten war, hatte über sein Martyrium berichtet. Man erlitt wohl grauenvolle Höllenschmerzen. Das Schlimmste aber war, dass man keineswegs schnell das Bewusstsein verlor. Selbst am ganzen Körper brennende Menschen konnten noch rennen oder sich auf dem Boden wälzen. Es war das Fegefeuer auf Erden.

Bei dem Gedanken daran entfuhr Uschi erneut ein Wimmern. Sie biss sich auf die Unterlippe. Sie durfte jetzt nur nicht durchdrehen. Wie konnte ein Feuer gelöscht werden, wenn es kein Wasser gab?

Du musst ihm die Luft nehmen, sagte sie sich. Du musst es ersticken. Aber womit? Sie brauchte eine… große Decke. Schon hatte sie das guatemaltekische Prachtstück in Händen. Oh Gott! Kathrin würde sie umbringen! Sie hatte die Decke durch halb Mittelamerika getragen! Uschi sah sich nochmals um. Nein, sie hatte keine Wahl. Schließlich ging es hier um ihr Leben. Dinge waren ersetzbar.

Sie knotete das Chiffontuch am Hinterkopf zusammen und nahm in beide Hände je einen Zipfel der Decke. So bewaffnet wankte sie nach draußen. Das Sonnendach brannte bereits lichterloh!

Sie holte aus und schleuderte Kathrins Prachtstück mit aller Kraft den Flammen entgegen.

Leider landete die Decke nicht auf dem Holzgestänge, sondern fiel kurz davor zu Boden, mitten in die lodernden Flammen. Herrje! Nun fing auch noch die Decke Feuer!

Uschi kreischte auf, packte die Decke an der äußersten Ecke, zog sie heran und schlug so lange mit einem herumliegenden Schuh auf den Saum, bis nichts mehr glimmte. Autsch! War das heiß! Uschi spürte augenblicklich die Brandblase, die sich auf ihrem Mittelfinger bildete. Rasch schob sie den Finger unter dem Tuch in ihren Mund, was ihre Lunge postwendend mit einem Hustenanfall quittierte. Nachdem sie sich wieder beruhigt hatte, holte sie zum nächsten Löschversuch aus. Sie musste näher ran. Sie trat dem Feuer entschlossen entgegen und schaffte es dieses Mal tatsächlich, die Decke über den Brand zu werfen.

Das Feuer röchelte. Doch nach ein paar Sekunden des Aufbegehrens kam letztlich nur noch schwarzer Qualm unter der Decke hervor. Das bedeutete jedoch nicht, dass dem Feuer bereits endgültig die Luft ausgegangen war. Gut möglich, dass es nach dem kurzen Intermezzo mit der Decke einen neuen Angriff starten würde.

Uschi tat es den Stierkämpfern gleich und nutzte den Moment, als das Feuer durch das Tuch abgelenkt war. Eigentlich wollte sie einen Hechtsprung machen, aber da sie sich beim Absprung in ihrer Tunika verhedderte, schlug es sie der Länge nach hin. Hastig rappelte sie sich auf und krabbelte aus der Gefahrenzone. Sie war im Freien. Das war die Hauptsache. Mit einem Ruck riss sie sich das Tuch vom Mund. Erst jetzt, da sie in Sicherheit war, hatte sie die nötige Besonnenheit, Hilfe herbeizurufen.

»Feuer! Feuer!«, schrie sie heiser.

»Was? Was ist los?«

Dietmar taumelte schlaftrunken aus seinem Zelt und gaffte entgeistert zu ihr herüber. Nachdem er sich vom ersten Schreck erholt hatte, schwankte er wortlos in sein Zelt zurück.

Uschi sah ihm verblüfft nach. War das alles? Das Geräusch, das nun aus seinem Zelt zu vernehmen war, irritierte sie noch mehr.

Kurz darauf kam er zurück, in jeder Hand eine geöffnete, volle Bierflasche.

»Bier?«, fragte sie zweifelnd.

Ihr Beschützer ignorierte die Frage und schüttete beherzt erst das eine, dann das andere Bier über den Brandherd.

»Schau mal weg«, wies er Uschi an.

Als sie sah, dass er sich an seinem Hosenbund zu schaffen machte, huschte sie rasch hinter das Zelt. Auf so eine Idee konnten nur Männer kommen …

»Alles paletti!«, konstatierte Dietmar schließlich.

Der Erfolg heiligt die Mittel, dachte Uschi erschöpft.

Hauptsache, das Feuer war gelöscht.

Als Uschi erwachte, war es schon heller Morgen. Die Geräusche, die von draußen hereindrangen, sagten ihr, dass die anderen Darsteller schon in Aktion waren. Auch die drückende Hitze im Zelt sprach dafür, dass sie ungewollt ausgeschlafen hatte.

Nachdem das Feuer gelöscht war, hatte ihr Dietmar freundlicherweise in seinem Zelt Asyl gewährt. Sie war dankbar gewesen, dass sie nicht allein bleiben musste. Unter diesen Umständen hatte es sie sogar beruhigt, sein Schnarchen zu hören. Es hatte ihr ein unbestimmtes Gefühl von Geborgenheit vermittelt.

Ächzend richtete sich auf. Herrje! Sie fühlte sich völlig

benommen. Ihre rechte Schulter, auf der sie wegen der beengten Verhältnisse die letzten Stunden geschlafen hatte, schmerzte. Weit unangenehmer empfand sie indessen dieses vehemente Pochen hinter ihren Schläfen. Am liebsten hätte sie sich gleich wieder hingelegt. Rasende Kopfschmerzen beim Aufwachen? Das kannte sie gar nicht von sich! Womöglich war das letzte Glas Wein doch zu viel des Guten gewesen. Oder waren die Schmerzen eine Folge des Rauchs, den sie trotz Tuch vor dem Mund eingeatmet hatte? Hoffentlich hatte sie sich keine Rauchvergiftung eingefangen!

Sie gähnte und rieb sich den Schlaf aus den Augen. Dietmar war weg. Er hatte sich offenbar bemüht, sie nicht zu wecken, als er aufgestanden war.

Oje! Vielleicht hätte sie ihre Tunika vor dem Schlafengehen besser ausziehen sollen! Die Zweckentfremdung als Nachthemd hatte den eleganten Faltenwurf zunichte gemacht. Nun glich ihr Gewand wahrhaftig einem zerknitterten Nachthemd. Hätte sie sich doch nur ein weiteres Kostüm zum Wechseln zugelegt! Doch zwei Kostüme für ein einziges Wochenende zu kaufen, wäre ihr auch bei geringem Kaufpreis reichlich überzogen vorgekommen. Es würden sich gewiss keine weiteren Gelegenheiten ergeben, sie aufzutragen.

Uschi fuhr mit den Händen an ihrem Körper entlang und versuchte, die Tunika soweit als möglich zu glätten. Dann werkelte sie am Ausschnitt herum und drapierte den Stoff rund um ihr Dekolleté. Knitterfalten waren zu Zeiten der Römer gewiss genauso blamabel gewesen wie heute. Gut, dass sie keinen Spiegel hatte – ansonsten müsste sie sich nun auch noch mit ganz anderen Knitterfalten auseinandersetzen. Aber es gab Wichtigeres als der

Faltenwurf ihres Kleides. Sie musste dringend hinüber zu Kathrins Zelt gehen und den Schaden begutachten. Wo waren denn ihre Sandalen abgeblieben? Ach, die lagen ja noch drüben. Dann eben barfuß.

Als sie den verkohlten Eingangsbereich sah, überfielen Uschi schlagartig Gewissensbisse. Meine Güte, was hatte sie da nur angerichtet!

Der Geruch von Feuer war immer noch allgegenwärtig. Sie schob mit dem Fuß die Überreste der Fackel zur Seite. Mist! Sie hätte den Stand der Fackel gewissenhafter überprüfen müssen. Dieser Leichtsinn hätte sie das Leben kosten können!

Bei dem Gedanken an Kathrin wurde ihr ganz flau im Magen. Was würde ihre Freundin zu diesem Fiasko sagen? Uschi hatte ohne Erlaubnis in ihrem Zelt geschlafen. Sie hatte das hübsche Sonnendach abgefackelt. Und als ob das nicht schon schlimm genug wäre, musste sie ihr darüber hinaus noch erklären, dass sie nichts Besseres zum Löschen gefunden hatte als Kathrins geliebte Decke aus Guatemala. Uschi kratzte sich am Kopf. Toll gemacht, schimpfte sie sich. Es war zwar anzunehmen, dass sich Kathrin in ihrer Trauer nicht um Zelt und Decke scheren würde. Aber wie schäbig war es, darauf zu setzen! Zögernd betrat Uschi das Zelt.

Um Gottes willen! Was für ein Chaos! Kissen, Kleider, Kosmetikartikel – alles lag wild zerstreut umher.

Sie hatte zwar schon letzte Nacht schemenhaft wahrgenommen, dass einige Dinge auf dem Boden herumlagen, aber ein solches Durcheinander hatte sie nicht erwartet. Uschi war sich sicher, dass ihre Freundin das Zelt nie und nimmer in diesem Zustand hinterlassen hatte! Nein. Diese Unordnung konnte nur der Mann mit der eisernen Maske angerichtet haben! Er hatte offenbar genügend Zeit gehabt, um alles zu durchwühlen. Aber was hatte er gesucht? Wertsachen? Geld?

Das war ein geschickter Schachzug von ihm gewesen, den Gladiatorenhelm aufzusetzen, dachte Uschi. Dadurch hatte er sich unerkannt über das Gelände bewegen können, ohne dass sich jemand über seine Vermummung gewundert hätte. Allem Anschein nach hatte er den Helm einem der Gladiatoren entwendet. Für einen Gladiator war er nämlich viel zu dick und schwabbelig gewesen. Außerdem waren die hier anwesenden Gladiatorendarsteller allesamt von größerer Statur. Wenn sie sich den Zusammenstoß mit dem Mann nochmals ins Gedächtnis rief, meinte sie sich daran zu erinnern, dass er sogar ein Stück kleiner als sie selbst gewesen war. Gewiss hatte er angenommen, dass Kathrin und Frank nach dem Vorfall nicht mehr zurückkehren würden, und gedacht, er hätte freie Bahn, um das Zelt zu plündern. Er war sicher völlig überrascht gewesen, als sie plötzlich aufgetaucht war. Sie hatte den Einbrecher auf frischer Tat ertappt!

Uschi seufzte und schob die Haarsträhnen, die sich aus ihrem Knoten gelöst hatten, wieder unter das Haarnetz. Eigentlich sollte sie doch einmal den Blick in einen Spiegel wagen. Immerhin musste sie die gesamte Anlage durchqueren, um zu den Toiletten zu gelangen. Ob Kathrins Handspiegel immer noch in dem Fach unter der Tischplatte lag?

Die Platte klemmte, aber nachdem Uschi ein wenig daran gerüttelt hatte, löste sie sich letzten Endes. Sie nahm die Platte ab und legte sie vorsichtig auf den Teppich.

Ah, da war es ja, das hübsche Stück! Sie nahm den Spiegel und überprüfte ihre Frisur. Spieglein, Spieglein in der Hand, wer ist die schönste Römerin im Land, dachte sie und spitzte die Lippen. Ojemine! Die Lichtverhältnisse in diesem Zelt waren schrecklich! Ihre Gesichtsfarbe wirkte aschfahl, die Lippen waren blutleer. Und unter ihren Augen verrieten dunkle Ränder, dass sie sich die Nacht um die Ohren geschlagen hatte. In ihrem Alter war Schlafmangel für den Teint eine Katastrophe! Na, einen Schönheitswettbewerb würde sie nach dieser Nacht nicht gerade gewinnen. Schnell legte sie den Spiegel wieder zurück an seinen angestammten Platz. Gerade als sie die Tischplatte wieder auflegen wollte, entdeckte sie etwas, das sie erstaunt innehalten ließ.

Was war denn das für eine Münze? Uschi nahm sie heraus und schaute sie sich etwas näher an. Ein Kopf mit Lorbeerkranz. Konnte nur ein Kaiser sein. Ein römischer Kaiser. Ob diese antike Münze wohl ebenfalls ein Erbstück der Oma war? Hier verbargen sich wahre Schätze! Gut, dass dieser Einbrecher nichts von dem Fach gewusst hatte. Andernfalls wären diese Erinnerungsstücke nun auch noch futsch.

Uschi wollte nicht in Kathrins Sachen herumschnüffeln. Aber sie hätte zu gerne gewusst, was sich in dem ledernen Beutel befand, der unter einigen Glasperlenketten verborgen in dem Fach lag. Der Beutel stand bereits ein wenig offen. An und für sich war Kathrin nicht der Typ Mensch, der Geheimnisse vor anderen hatte, sagte sich Uschi, während sie die Öffnung mit zwei Fingern vergrößerte und hineinlinste. Donnerwetter! Der Beutel war bis zum Rand gefüllt mit römischen Silbermünzen!

Am Eingang des weißen Zelts baumelte an einer langen Schnur ein silberner Penis mit zwei Flügeln. Der Talisman war hässlich genug, um die Blicke der Dämonen auf sich zu lenken und die Bewohner des Zelts vor Schaden zu bewahren. Die sengenden Sonnenstrahlen konnte er dagegen nicht abwenden, und obwohl die Sonne noch nicht einmal den Zenit überschritten hatte, glich das Zelt einem Treibhaus.

»Du hast was getan?«, kreischte sie und gab der Sporttasche einen Tritt. »Bist du völlig wahnsinnig geworden? Du solltest sie einschüchtern, nicht umbringen!«

»Sie lebt ja noch«, sagte er kleinlaut. »Ein Mann hat ihr beim Löschen geholfen.«

»Sie hätte an einer Rauchvergiftung sterben können!«

»Ich hatte alles im Griff. Notfalls hätte ich sie eigenhändig aus dem Zelt geschleift.«

Sie schüttelte unwillig den Kopf.

»Ein Feuer hat man nicht im Griff. Ein Windstoß hätte gereicht und das Ganze wäre völlig außer Kontrolle geraten.«

Er lachte verbittert auf.

»Du traust mir gar nichts zu!«

»Es geht hier nicht um dich.«

»Ich weiß. Es geht um dich. Das ist ja das Problem. Es geht immer nur um dich! Du könntest schon ein bisschen dankbarer sein. Ich mache das alles hier nur, um dich wieder glücklich zu sehen.«

Da war es wieder. Dieses schmerzhafte Ziehen im Unterleib. Sie ließ sich mit einem leisen Stöhnen auf die Luftmatratze sinken und rieb sich den Bauch.

»Deine ständigen Alleingänge machen mich noch wahnsinnig. Erst hast du dem Mahler aus Wut schier das

Schwert in den Kopf gerammt und jetzt legst du auch noch ein Feuer!«

Sie drehte sich auf die Seite und schloss erschöpft die Augen. Sie war so müde. So unendlich müde. Jeder ihrer Atemzüge klang wie ein leises Seufzen.

»Hat sie keine Verbrennungen erlitten?«, fragte sie, ohne ihn anzusehen.

»Ich glaube nicht.«

»Wie hättest du mit dieser Schuld weiterleben können?«, wisperte sie und blickte ihn mit einem trägen Augenaufschlag an.

Er erwiderte nichts. Ihre Distanz verletzte ihn zutiefst. Wann war sie vom »Wir« abgekommen? Neuerdings sprach sie nur noch von »ich« und »du«. Der Tod hatte einen Graben zwischen ihnen gezogen, hatte sie entzweit. Er wusste, dass er sich auf gefährlich dünnes Eis begab, wenn er die Gedanken in seinem Kopf in Worte fassen würde. Er tat es dennoch.

»Die Frage ist doch, wie du mit deiner Schuld leben kannst!«, schleuderte er ihr entgegen. »Ich habe keinen Menschen getötet.«

Eine Sekunde lang sah sie ihn erstaunt an, doch dann senkte sie den Blick und schüttelte resigniert den Kopf.

»Schuld«, sagte sie mit brüchiger Stimme. »Die Schuld ist schon lange mein ständiger Begleiter. Ich habe zwei Menschen getötet. Und ich weiß nicht, wie ich damit weiterleben soll.« Sie faltete ihre Hände über dem Bauch wie zu einem Gebet. »Du hast keine Ahnung, wie das ist. In mir ist nur noch Schuld. Es gibt kein anderes Gefühl mehr. Kein Glück, keine Hoffnung, keine …«

»Liebe«, fiel er ihr ins Wort, drehte sich auf dem Absatz um und rannte aus dem Zelt.

Er wollte nicht hören, was sie erwiderte. Wollte ihre Tränen nicht sehen. Ihren seufzenden Atem hören. Er fürchtete die Wahrheit. Über die sie nicht sprachen. Sie wussten beide, dass der Tod ihren Seelenfrieden nicht wiederhergestellt hatte. Sie hatten sich in ihrer Verzweiflung etwas vorgemacht. Nichts konnte sie retten.

Das ist ja wie beim Märchen vom »Sterntaler«, dachte Uschi entzückt, als sie die Silbermünzen klimpernd in ihren Schoß regnen ließ. Sie wühlte ein wenig in dem Haufen und stellte alsbald fest, dass alle Münzen die gleiche Prägung aufwiesen und aus derselben Zeitepoche stammten. Auf der Vorderseite war ein bärtiger Kaiser im Profil zu sehen, der von einem Strahlenkranz umgeben war. Auf der Rückseite befand sich die Abbildung einer Antilope. Offenbar handelte es sich hier nicht um eine Münzsammlung. Und auch nicht um ein Erbstück von Oma.

Uschi wollte ihrer Freundin nichts Unredliches unterstellen, aber irgendwie hatte sie kein gutes Gefühl bei der Sache. Diese Münzen waren aus Silber. Sie waren viel wert. Kein Mensch trug so etwas mit sich herum. Schon gar nicht in einem Lederbeutel. Und warum sollte ihre Freundin so etwas Wertvolles in einem Zelt aufbewahren, das nicht abgeschlossen werden konnte? Das war schon eigenartig. Noch eigenartiger war jedoch, dass sich diese römischen Münzen nun ausgerechnet auf dem Areal eines römischen Museums befanden. Nicht als Exponate in einem Glaskasten, sondern im Geheimfach eines Tisches versteckt. In Kathrins Zelt. Sobald sich die nächste Gelegenheit bot, musste sie Kathrin fragen, was es mit diesen Silbermünzen auf sich hatte. Konnte natürlich sein, dass Frank den Beutel heimlich in der Schublade versteckt hatte und Kathrin gar nichts davon wusste.

Womöglich hatten diese Silbermünzen damit zu tun, dass dieser römische Soldat Frank beim Schaukampf so zugesetzt hatte. Und wenn man bedachte, dass Frank inzwischen tot war… Uschi mochte diese Münzen nicht mehr länger in den Händen halten. Ihnen haftete etwas Schmutziges an. Eilig füllte sie die Silberstücke wieder in den Beutel zurück.

Jetzt war ihr klar, wonach der Mann mit der eisernen Maske gesucht hatte! Hoffentlich steckt da nicht die italienische Mafia dahinter, dachte sie beklommen und beeilte sich, den Lederbeutel wieder an denselben Platz zurückzulegen und mit der Tischplatte zu bedecken.

Puh, das war ja ein Ding! Kathrin im Mafiasumpf! Aber warum musste sie sich eigentlich damit beschäftigen? Nur weil sie mit Kathrin befreundet war? Und nur weil sie zufälligerweise diesen Einbrecher auf frischer Tat ertappt hatte – und deshalb nun eine Zeugin war?

Hm, die Mafia war bekanntermaßen schnell dabei, unliebsame Zeugen aus dem Weg zu räumen. Zumindest suggerierten dies die Filmemacher so. Nachher tauchte hier noch so ein »Pate« auf und wollte das Silber eintreiben!

In diesem Augenblick drängte sich Uschi ein Gedanke auf, der ihr gar nicht behagte. Mehr als das. Er versetzte sie in solche Angst, dass ihr unmittelbar der Schweiß ausbrach.

Was, wenn sie den Brand gar nicht selbst verursacht hatte? Wenn jemand absichtlich die Fackel umgeworfen hatte? Uschi sprang auf. Sie hielt es in diesem Zelt keine Sekunde länger aus. Jemand hatte sie töten wollen! Weil sie zu viel wusste. Eigentlich durchschaute sie bislang zwar so gut wie gar nichts. Aber das konnte ja dieser Mafioso wiederum nicht wissen!

Vielleicht sollte es auch nur eine Warnung sein. Denn so ein italienischer Profikiller hätte zweifellos genügend andere Möglichkeiten gefunden, um sie zu töten. Um auf Nummer sicher zu gehen, hätte er sie zum Beispiel erschießen können. Lautlos mit einem Schalldämpfer. Oder er hätte sie blitzschnell mit einem Draht stranguliert. Sie fühlte sich auf jeden Fall gewarnt! Den Rest des Tages würde sie sich von Kathrins Zelt fernhalten und ihren Mittagsschlaf bei Nina abhalten. Zuerst einmal musste sie ihrer liebestollen Freundin allerdings ordentlich die Leviten lesen! Wenn Nina sie gestern nicht so im Stich gelassen hätte, dann würde sie jetzt auch nicht in diesem Schlamassel stecken!

Widerwillig betrachtete sie ihre Sandalen. Die Haut an ihren Fußsohlen hatte sich inzwischen zwar recht gut regeneriert, die großen Blasen an beiden Fersen waren hingegen geblieben. Barfuß laufen kam dennoch nicht in Frage. Das war zwar gesund, aber sie war es nicht gewohnt, und wenn sie es ausnahmsweise einmal doch tat, empfand sie kantige Steine unter ihren Fußsohlen als äußerst unangenehm. Außerdem ekelte sie sich bei der Vorstellung, Ameisen oder anderes Krabbelgetier zu zerquetschen. Allein schon der Dreck, der sich mit der Zeit rund um die Füße festsetzte, war ihr zuwider. Deshalb schnürte sie die Sandalen so locker wie nur möglich und nahm sich vor, die Fersen gründlich mit Pflaster abzukleben, sobald sie endlich wieder im Besitz ihres Kosmetikbeutels war.

Uschi war gerade in Begriff zu gehen, da streifte sie mit ihrem Fuß einen Gegenstand, der blechern schepperte. Was war das denn gewesen?

Die Fluchtafel! Uschi bückte sich und hob das Bleistück auf.

KRANF. Hatte man sich verschrieben, sollte es eigentlich »krank« heißen? Unsinn! Wenn man einen Buchstaben mühevoll einritzte, verschrieb man sich doch nicht! Salvatore hatte gesagt, dass die Buchstaben manchmal verdreht aufgeschrieben wurden. Vielleicht musste man es rückwärts lesen? »Fnark«? Gab auch keinen Sinn. Nein, es musste ein Name sein. Uschi tauschte die Buchstaben in Gedanken hin und her – und dann … wie offensichtlich! Jedes Kind hätte dieses Buchstabenrätsel in Rekordzeit lösen können! *FRANK*! Was denn sonst? Warum war sie denn da nicht gleich draufgekommen?

Im selben Augenblick wurde ihr bewusst, was diese Erkenntnis letztlich bedeutete. Jemand hatte Frank verflucht. Hatte ihm die Pest an den Hals gewünscht. Hatte seinen Tod herbeigesehnt.

Und nun war er tot. Der Fluch hatte sich erfüllt. Uschi ließ das Bleistück wie eine heiße Kartoffel fallen.

Nina wandte den Kopf ab und blies den Zigarettenrauch schräg zu Boden.

»Und du glaubst, dass diese … diese Fluchtafel und die Silbermünzen etwas mit Franks Tod zu tun haben?«, fragte sie skeptisch.

»Man wollte ihm damit vermutlich Angst einjagen.

Vielleicht hat er deshalb den Infarkt erlitten. Weil er sich so aufgeregt hat. Der Fluch …«, sie zögerte, »der Fluch hat sich leider erfüllt.«

»Der Fluch. Aha.«

Nina fixierte ihre Füße, die in silbernen Sandalen steckten. Vehement schüttelte sie den Kopf.

»Weißt du was, Uschi? Das ist mir gerade echt zu viel. Ich verkrafte ja schon nicht, dass Frank plötzlich tot ist. Und nun kommst du daher und faselst was von Flüchen und Silbermünzen und dass dich die Mafia verfolgt. Sorry, aber das«, sie fing an zu schniefen, »ist doch völlig daneben.«

Tränen liefen über ihre Wangen und hinterließen eine schwarze Spur aus Kajal und Wimperntusche. Für Uschis wilde Mutmaßungen hatte sie gerade überhaupt keinen Nerv. Jemand hatte Kathrins Zelt durchwühlt und nach Wertgegenständen gesucht. Na und? Das war eine Schweinerei. Doch wenn der Tod ins Leben trat, waren materielle Dinge nur noch nebensächlich. Und mit dieser Fluchtafel, die angeblich mit Franks Namen beschriftet war, konnte sie schon gar nichts anfangen. Vielleicht war es ein Mitbringsel, das ein befreundeter Römer ihm aus Italien mitgebracht hatte. Wer wusste schon, was dahintersteckte. Das konnte alles Mögliche sein. Aber garantiert gab es eine plausible Erklärung dafür, die nichts mit schwarzer Magie zu tun hatte.

Uschi wusste nichts darauf zu erwidern. Ninas schroffe Zurechtweisung kränkte sie. Eigentlich wäre es ja an ihr gewesen, ihrer Freundin Vorwürfe zu machen. Beim Betreten des Zelts war ihr jedoch augenblicklich der Wind aus den Segeln genommen worden. Sie hatte die sonst so energiegeladene Nina völlig in sich gekehrt vorgefunden, blass, aufgewühlt, ein Häufchen Elend. Sie hatte die Nachricht von Franks Tod wohl gleich nach dem Aufstehen erhalten und war seitdem am Boden zerstört. Sie war fest davon ausgegangen, dass Frank sich von dem Infarkt wieder erholen würde. Dass er trotz der Reanimation im Krankenhaus sterben könnte, hatte sie nicht erwartet. Uschi hatte daraufhin ihren Ärger heruntergeschluckt und stattdessen versucht, Nina zu trösten.

»Frank ist an einem Herzinfarkt gestorben, okay?«, sagte Nina und stippte die Asche energisch in ein Glas. »Und da steckt kein Fluch dahinter, sondern eine Herzschwäche. Können wir uns darauf bitte einigen?«

Uschi wusste, dass ihre Mutmaßungen abstrus klangen. Und doch war sie sicher, dass all diese Dinge irgendwie im Zusammenhang mit Franks Tod standen. Leider war von Nina momentan keine Unterstützung zu erwarten. Sie war viel zu erschüttert, um klar denken zu können. Als sich Nina die nächste Zigarette anzündete, berührte Uschi sie sacht am Rücken.

»Ich finde es auch schlimm, dass Frank gestorben ist«, sagte sie leise. »Vor allem für Kathrin.« Sie schnappte sich ihre Kosmetiktasche und klemmte sie sich unter den Arm. »Wir können später noch mal darüber sprechen. Wenn du dich ein wenig beruhigt hast. Ich mach mich jetzt frisch und gehe dann zum Gießen in den Kräutergarten. Bis dann.«

Nina wedelte zum Gruß wortlos mit ihrer Zigarette.

Die meisten Pflanzen hatten die Hitze gut weggesteckt. Nur die Melisse schwächelte etwas und nahm dankbar das Wasser entgegen, das Uschi ihr mit der Gießkanne zukommen ließ. Gemächlich schritt sie die Reihen ab und kontrollierte ihre Schützlinge. Irgendetwas irritierte sie. Irgendetwas war anders als gestern.

Ach du meine Güte – was war denn das? Uschi blieb vor Empörung schier die Luft weg. Da hatte jemand die komplette Pflanze ausgegraben. An der Stelle, wo sie ursprünglich gestanden hatte, klaffte ein Erdloch. So eine Frechheit! Wer tat denn so etwas? Ein Pflanzensammler? Das musste freilich eine sehr kostbare oder seltene Pflanzenart gewesen sein. Uschi beugte sich über die Tonscherbe, die in einer Ecke des Beets lag: *Blauer Eisenhut.*

Na ja, so eine Rarität war Blauer Eisenhut dann aber auch wieder nicht, dass es sich lohnen würde, die Pflanze zu klauen. Schade war jetzt nur, dass der farblose Kräutergarten einer seiner wenigen attraktiven Blühpflanzen beraubt worden war. Dabei waren die blauen Blüten an den hohen Stängeln wirklich ein Blickfang gewesen.

Soweit sie es überschauen konnte, fehlte nur der Eisenhut. Ob dem Räuber wohl klar war, dass er sich mit dem Eisenhut eine giftige Pflanze in den Garten geholt hatte? Wenn sie sich recht erinnerte, war er sogar extrem giftig.

Ein ungutes Gefühl ließ Uschi zu ihrem Pflanzenführer greifen. Hastig blätterte sie die Seiten durch. Wo war er denn? Blauer Eisenhut … da!

Die bis 1,5 m hohe Staude bildet schöne, in Trauben stehende, dunkelblaue Blüten, deren oberstes Kelchblatt wie ein Ritterhelm ausgebildet ist, daher der Name Eisenhut. Blütezeit ist Juni bis August. Die Art fand als beliebte Zierpflanze schon früh den Weg in Arznei- und Ziergärten.

Der Blaue Eisenhut ist die giftigste Pflanze Europas. Das hochgiftige Alkaloid Aconitin kommt in allen Teilen der Pflanze vor, hauptsächlich aber in den Wurzelknollen…

Uschi stolperte über das letzte Wort. In den Wurzelknollen? Mit zusammengepressten Lippen überflog sie rasch die nächsten Zeilen.

»Oh, mein Gott!«, flüsterte sie.

Wenn sie das nur früher gewusst hätte! Dadurch änderte sich alles!

Salvatore zog die verwelkte Rose aus dem verschnörkelten Eisentor der Kapelle und legte sie zu den anderen aussortierten Rosen auf die Mauer.

»Mit dem ganzen Wurzelballen ausgegraben, sagst du?«, wunderte er sich. »Das ist schon eigenartig. Wahrscheinlich irgend so ein passionierter Pflanzenfreund, der sich ein Mitbringsel für den Garten mitgenommen hat.«

»Das dachte ich auch erst«, räumte Uschi ein. »Aber jetzt halt dich fest. In meinem Buch werden die Vergiftungssymptome beschrieben. Es ist unglaublich. Du kannst dich allein schon dadurch vergiften, indem du die Pflanze berührst! Und ein bis zwei Gramm der Wurzelknolle genügen, um einen Menschen zu töten. Stell dir das mal vor! Ein bis zwei Gramm!«

»Da fragt man sich, weshalb sich jemand so eine giftige Pflanze freiwillig in den Garten holt«, meinte Salvatore kopfschüttelnd. »Man muss damit doch andauernd in der Angst leben, dass sich ein Kind oder ein Haustier daran vergiften könnte.«

Uschi war froh, dass sie in Salvatore jemanden gefunden hatte, dem sie sich anvertrauen konnte. Die Erinnerung an die schönen Stunden, die sie mit ihm in der vergangenen Nacht verbracht hatte, war noch frisch und verhalf Uschi trotz Müdigkeit zu einem aufrechten Gang. Sie hatten ein zartes freundschaftliches Band geknüpft, das zwar nicht mit langjährigen Freundschaften zu vergleichen war, aber dennoch recht solide zu sein schien, wenn man bedachte, wie kurz sie sich erst kannten.

Beherzt nahm sie ihren Pflanzenführer aus der Tragetasche.

»Ich muss dir das vorlesen!«, sagte sie aufgeregt. Ungeduldig blätterte sie die Seiten vor und zurück, bis sie die richtige Stelle gefunden hatte.

»Hier! Da steht es!«, rief sie aus. »*Vergiftungssymptome: Zuerst erregend, später lähmend auf Nervenendigungen. Es ist ein Effekt, als wüchse einem Fell. Deshalb wurde in früheren Zeiten behauptet, Eisenhut könne den Menschen in einen Werwolf verwandeln. Am Herzen führt es zunächst zu einer gesteigerten Kontraktionsfähigkeit. Dann kommt es jedoch zu Lähmungen im Gesichtsbereich, unerträgliches Kältegefühl, Gefühllosigkeit in Armen und Beinen, erschwerte Atmung, Schwindel und Ohrensausen. Der Tod tritt innerhalb einer halben Stunde ein. Es kann jedoch auch bis zu zwei Tagen dauern, bis die Atemlähmung oder* – und jetzt kommt's – oder *das Herzversagen eintritt. Der Vergiftete leidet unter sehr starken Schmerzen bis zu seinem Tod. Das Bewusstsein bleibt bis zuletzt erhalten.*«

Als Uschi bemerkte, dass ihre Hände zu zittern begannen, klappte sie das Buch schnell zu und steckte es wieder in ihre Tasche zurück. Erwartungsvoll sah sie Salvatore an, dessen Blick in die Ferne gerichtet war. Eine Weile sagte er gar nichts. Dann schaute er sie an, als sei er gerade aus einem Traum erwacht, und murmelte:

»Quintiliamus sagte schon: Schwerer ist es, Gift zu erkennen als einen Feind.«

»Du glaubst also ebenfalls, dass Frank vergiftet worden ist?«, fragte Uschi.

»Es ist jedenfalls nicht auszuschließen. Sagtest du nicht, er sei an einem Herzinfarkt gestorben?«

»Ja«, presste Uschi hervor. »Das ist es ja! Die Vergiftungssymptome passen absolut. Das würde erklären, weshalb Frank sich so erregt in den Kampf gestürzt hat. Das war schon die Wirkung des Giftes. Und dann ist er unter den Lähmungserscheinungen zusammengebrochen.« Uschi schüttelte betroffen den Kopf. »Wie schrecklich. Er muss furchtbar gelitten haben, der Arme!«

»Wenn es wirklich zutrifft, was du vermutest, dann handelt es sich um einen äußerst brutalen Mord.«

»Der Täter denkt bestimmt, dass ihm der perfekte Mord gelungen ist. Kein Mensch würde im Normalfall vermuten, dass Franks Tod keine natürliche Ursache haben könnte. Wer denkt denn schon an eine Vergiftung, wenn jemand an einem Herzinfarkt stirbt?«

»Ecco! Es ging alles so schnell«, sagte Salvatore. »Und die Symptome sind eben nicht so leicht als Vergiftungssymptome zu erkennen – vor allem dann nicht, wenn ein Mordanschlag gar nicht in Betracht gezogen wird.«

»Aber warum sollte jemand Frank töten wollen?«, sinnierte Uschi. »Und wer kommt auf so eine verrückte Idee, jemanden mit Eisenhut zu vergiften? Das ist doch völlig abwegig!«

»Na ja… so abwegig ist das eigentlich nicht«, wandte

Salvatore ein. »Im römischen Reich wurde der Blaue Eisenhut so oft als Mordwaffe benutzt, dass Kaiser Trajan letztlich seinen Anbau generell verboten hat. Man hat die Eisenhutwurzelknollen zu Pulver verarbeitet und dieses Aconitpulver dem Opfer aufs Kopfkissen gestreut.«

»Du kennst dich mit der Thematik aber erstaunlich gut aus«, sagte Uschi und zog die Brauen hoch.

Salvatore sah sie verblüfft an.

»Verdächtigst du etwa mich?«

»Nein, selbstverständlich nicht«, beschwichtigte Uschi schnell.

»Ich kenne mich deshalb so gut aus, weil mir die Touristen in Verona oftmals Fragen zu dem Thema stellen. Die Giftmorde im antiken Rom sind ein spannendes Thema und die Leute interessieren sich dafür. Fast jeder kennt zum Beispiel die Geschichte von Sokrates, der zur Strafe den Schierlingsbecher trinken musste, weil er sich angeblich gegen die Götter versündigt hatte.«

Uschi nickte. Sie konnte sich gut vorstellen, dass die Touristen bei diesem Thema ganz Ohr waren.

»Es gibt übrigens auch eine Legende zur Entstehung des Eisenhuts«, fuhr Salvatore fort. »Nach der griechischen Mythologie entstand die Pflanze, als der Zeussohn Herakles den dreiköpfigen Hund Zerberus aus der Unterwelt auf die Erde hinaufbrachte.«

»War Zerberus nicht der Wächter des Totenreichs?«, unterbrach ihn Uschi.

»Ja, genau. Auf jeden Fall war der Hund so vom Tageslicht geblendet, dass er giftigen Speichel geiferte. Dieser fiel zur Erde und aus ihm wuchs der Eisenhut, dessen Gift von da an alle Lebenden ins Reich der Toten befördern konnte.«

»Der Mörder von Frank scheint einen Hang zur Dramatik und ein Faible für die Antike zu haben. Erst verflucht er Frank mit dieser Bleitafel und dann tötet er ihn mit einem Gift, das in der Antike gebräuchlich war. Er kennt sich jedenfalls bestens aus.« Sie überlegte kurz, bevor sie weitersprach. »Wahrscheinlich ist der Mörder einer von uns. Einer von den Akteuren.«

»Denkst du, dass es dieser römische Soldat war, der Frank beim ersten Kampf verletzt hat?«

»Das ist doch naheliegend«, meinte Uschi. »Nachdem es ihm nicht gelungen ist, Frank beim Kampf zu töten, hat er ihn vergiftet. Dann hat er Kathrins Zelt durchwühlt und …« – sie machte eine Pause, um Luft zu holen – »vermutlich war er auch der Brandstifter.«

»Was hast du denn jetzt vor?«, wollte Salvatore wissen. »Rufst du die Polizei?«

Uschi dachte nach.

»Ich weiß nicht. Was ist, wenn ich mich irre? Dann wird Frank wegen meines Verdachts obduziert und Kathrin leidet noch mehr. Vielleicht sollte ich erst noch ein paar Nachforschungen anstellen, bevor ich zur Polizei gehe. Die wollen doch immer Beweise haben. Frank ist bereits tot – es wird nichts ändern, wenn ich noch ein bisschen abwarte.«

»Dann solltest du dich mit deinen Nachforschungen ranhalten. Ich kenne mich damit nicht aus, aber es könnte sein, dass das Gift irgendwann nicht mehr in seinem Körper nachweisbar sein wird.«

Uschi machte große Augen.

»Daran habe ich noch gar nicht gedacht!«

»Das andere Problem ist, dass heute Abend alle abreisen werden. Auch der Mörder, falls er sich unter den Akteuren befindet.«

»Oh je! Du hast recht! Dann habe ich wirklich nicht mehr viel Zeit.«

»Ich denke, du solltest doch besser gleich die Polizei informieren. Das mit dem Feuer gefällt mir gar nicht.«

Das Feuer. Die Erinnerung an das brenzlige Erlebnis der vergangenen Nacht rief sogleich ein verstärktes Pochen in ihrem Kopf hervor. Nun war sie schon zum zweiten Mal an diesem Wochenende in Gefahrensituationen mit dem Schrecken davongekommen. Erst bei dem Vorfall mit dem Motorradfahrer und dann bei dem Brand. Sie sollte nichts riskieren. Ob ihr Schutzengel ein drittes Mal so schnell zur Stelle sein würde, war nicht gesagt.

»Also gut. Gleich nach meiner Führung werde ich die Polizei anrufen. Mal schauen, was die dazu sagen wird.«

»Und was machst du mit den Silbermünzen? Willst du das nicht melden?«

Uschi sah ihn unschlüssig an, während sie ihre Schläfen mit kreisenden Bewegungen massierte.

»Du könntest sie Arthuro zeigen«, schlug Salvatore vor. »Der kann bestimmt was dazu sagen. Schließlich ist er der Museumsleiter.«

»Das kann ich nicht machen«, sagte Uschi leise. »Hinter Kathrins Rücken. Ich muss das erst mal mit ihr abklären.«

Als sie sich auf den Weg machte, warf sie einen unauffälligen Blick auf die Schale, in der Salvatore in der Nacht die Kräuter verbrannt hatte. Im selben Augenblick schämte sie sich dafür und hoffte inständig, dass ihr italienischer Freund ihren Kontrollblick nicht bemerkt hatte.

Wir wissen heute mit Sicherheit, dass dieser Gutshof über 200 Jahre lang bewohnt und bewirtschaftet wurde. Um die Funktion der Villa vollständig zu klären, sind freilich noch weitere Ausgrabungen nötig. Die ursprüngliche Annahme, dass diese Anlage lediglich einer reinen landwirtschaftlichen Nutzung diente, wird nach neueren Erkenntnissen nämlich bezweifelt.«

Die Besucher begutachteten mit großem Interesse die beiden Modelle der Villa, die in Glaskästen ausgestellt waren. Eine ältere Modellvorstellung mit offenem Patio wurde einem neueren Modell mit überdachtem Innenhof gegenübergestellt.

»Zum einen war die Bodenqualität in der Region nicht besonders gut, zum anderen hat man bei kaum einem anderen römischen Landgut im deutschen Raum einen so großen Tempelbezirk gefunden. Bei den Ausgrabungen sind die Fundamente von zehn Kapellen entdeckt worden. Normalerweise hatte eine Villa Rustica nicht mehr als zwei Kapellen.« Uschi wies auf eine Plandarstellung des Tempelbezirks an der Wand. »Die nächstgrößere Tempelanlage dieser Art befindet sich in Trier. Die Lage der Villa an der Römerstraße und die Tatsache, dass es zwei Bäder gab, könnten dafür sprechen, dass sogar eine Herberge für Durchreisende angegliedert war. Das Hauptgebäude selbst, in dem wir uns gerade befinden, war überaus reich ausgestattet. Vielleicht lässt sich daraus schließen, dass die Villa einer höhergestellten Persönlichkeit gehörte.«

Sie verließ den Raum und marschierte mit ihren Gästen über den Innenhof.

»Folgen Sie mir nun ins sogenannte Triclinium, dem rekonstruierten herrschaftlichen Speisezimmer.«

Die Wände des Speisezimmers waren in einem warmen

Rotton gestrichen und mit ornamentalen gelben Verzierungen verschönert. Auf einem gemauerten Podest, das in U-Form beinahe den gesamten Raum ausfüllte, lagen Schaumstoffmatratzen, die mit einem gelben Stoff überzogen worden waren. Farblich passend zu den Wänden hatte man rote Kissen auf den Matratzen verteilt. Auf einem kleinen Beistelltisch lagen diverse Köstlichkeiten aus Plastik. Uschi wartete, bis sich die Besucher im Speisezimmer so verteilt hatten, dass jeder etwas sehen konnte, und setzte dann ihren Vortrag fort:

»In den Glasschränken befinden sich die Originalfunde: Geschirr und Gefäße aus Keramik und, etwas seltener, aus Glas. Aber ich sehe schon – Sie interessieren sich mehr für dieses gemütliche Gelage zu Ihren Füßen. Ja, so kennen wir das aus den Römerfilmen, nicht wahr?«

Die Besucher lachten und nickten zustimmend.

»Die Kline, so nannte man dieses Esslager, gab es allerdings nur in gehobenen Haushalten. Der normale Römer saß zu Tisch beim Essen, nicht anders als wir heutzutage. In höhergestellten Familien aß das Familienoberhaupt dagegen im Liegen und tauschte sich auf der Kline bei einem wohlschmeckenden Mahl mit seinen Gästen aus. Leider muss ich die Damen nun etwas unsanft aus ihrem Tagtraum reißen«, sagte sie und lächelte entschuldigend. »Es war zu Zeiten der Römer nämlich keineswegs so, dass die Damen hier lagen und von einem gut aussehenden jungen Sklaven Trauben in den Mund gesteckt bekamen. Nein, bis zur Emanzipation war es noch ein langer Weg.«

Sie lachte, woraufhin einige Männer gleich herzhaft in das Gelächter einstimmten.

»Die Ehefrau saß ihrem Mann zu Füßen, also am Fußende seiner Liege oder auf einem Stuhl daneben. Kinder und Sklaven hatten hier gar nichts zu suchen. Sie aßen an separaten Tischen.«

»Aber auf dem Bild dort an der Wand sind doch auch Frauen beim Gelage zu sehen«, warf eine blonde Dame ein.

Alle Köpfe flogen herum, um das Bild, das ein römisches Festmahl zeigte, zu begutachten.

Uschi lächelte geheimnisvoll und sagte:

»Ja, aber unter diesen Frauen, die da zwischen den Männern liegen, werden Sie gewiss nicht die Hausherrin finden. Die Mütter halten nun mal bitte besser kurz ihren Kindern die Ohren zu ...«

Uschi wartete einen Moment ab. Die Teilnehmer hingen nun erst recht an ihren Lippen, die Ohren weit geöffnet.

»Diese Frauen waren Kurtisanen, die der Unterhaltung der Männer dienten.«

Es kam Bewegung in die Gruppe. Sowohl die Herren als auch die Damen drängten näher an das Bild heran, um das eine oder andere anrüchige Detail ausmachen zu können. Uschi bemühte sich, etwas lauter zu sprechen, um trotz des anschwellenden Gemurmels Gehör zu finden.

»Diese Unterhaltung fand indessen nicht nur in sexueller Hinsicht statt, sondern auf vielen Ebenen. Im Gegensatz zu den höhergestellten Damen, die oftmals nicht des Lesens mächtig waren, befanden sich unter den Kurtisanen sehr gebildete Frauen. Das war so ähnlich wie bei den japanischen Geishas. Schließlich wünschten sich die Männer ein niveauvolles Vergnügen, das sie nicht nur körperlich, sondern auch geistig anregte. Deshalb konnten diese Frauen nicht nur lesen und Gedichte rezitieren, sondern beherrschten zugleich ein Musikinstrument oder konnten besonders schön singen und tanzen.«

Ein kleiner Junge, der sich von den Ohren schützenden Händen seiner Mutter befreit hatte, meinte in breitestem Schwäbisch:

»Na, des muss ja granadamäßig gschtunke habe, wenn die da alle mit ihre Käsfüß beim Esse rumglege sind!«

Die Leute lachten schallend.

Uschi schüttelte den Kopf und sagte:

»Wenn du dich da mal nicht täuschst, mein Junge! Vor dem Essen musste man sich nicht nur wie bei uns üblich die Hände waschen, sondern selbstverständlich auch die Füße. Für den Gast war sogar der vorherige Besuch in der Therme Pflicht.«

Der Junge machte große Augen.

»Bei einem römischen Essen gab es strenge Regeln. Den Speisesaal betrat man zuerst mit dem rechten Fuß. Zu Beginn der Mahlzeit sprachen die Römer dann stets ein Gebet. Gegessen wurde zwar mit den Händen, die Finger durften jedoch niemals die Lippen berühren! Ebenfalls möglich war es, mit einem Löffel zu essen, der am hinteren Ende einen Spieß hatte, mit dem die mundgerecht zerkleinerten Speisen aufgespießt werden konnten. So einen Löffel können Sie dort drüben im Schaukasten sehen.«

Die Leute, die in der Nähe des Kastens standen, hielten sogleich nach besagtem Löffel Ausschau.

»Damals liebte man übrigens auch schon das Dippen in Saucen. Messer brauchte man beim Essen nicht. Die gab es nur zum Schneiden in der Küche.«

»Gab es auch schon Servietten?«, fragte eine ältere Dame mit näselnder Stimme und löste in all ihrer Vornehmheit ungewollte Heiterkeit hervor.

»Oh ja! Da man die Finger auf keinen Fall ablecken durfte, waren Servietten sogar von großer Bedeutung«, erwiderte Uschi und lächelte der Dame zu. »Da die Schüsseln und Trinkbecher von allen gemeinsam benutzt wurden, war es aus Hygienegründen wichtig, dass jeder den Trinkbecher vor dem Weiterreichen mit der Serviette abwischte. Die Älteren hatten beim Essen stets Vorrang vor den Jüngeren.«

Uschi blinzelte der Dame verschwörerisch zu und fuhr fort:

»Obwohl jeder Gast eine Serviette vom Gastgeber erhielt, gehörte es zum guten Benehmen, dass man als Gast stets eine eigene Serviette zum Essen mitbrachte. Es war sogar eine Beleidigung, keine eigene Serviette mitzubringen. Kann sich jemand denken, warum?« Uschi blickte erwartungsvoll in die Runde.

»Damit es für den Gastgeber nicht peinlich ist, wenn er doch einmal die Servietten vergessen hat?«, mutmaßte eine Frau.

»Könnte sein«, räumte Uschi ein. »Aber nein, das war nicht der Grund. Ich verrate es Ihnen: Wer keine Serviette mitbrachte, unterstellte seinem Gastgeber, so geizig zu sein, dass es nicht genügend zu essen geben würde. Im Normalfall sollte es nämlich so reichlich zu essen geben, dass etwas übrig blieb. Das konnte der Gast dann in seine Serviette einpacken und nach Hause mitnehmen. Was denken Sie – für wen war das Essensmitbringsel wohl bestimmt?«

»Für den Hund!«, platzte ein junger Mann heraus.

»Nein«, sagte Uschi und grinste. »Heutzutage ist es gang und gäbe sich die Essensreste im Restaurant einpacken zu lassen und dem Hund zu Hause mitzubringen.

Damals war es dagegen üblich, seinen Sklaven die Essensreste mitzubringen!«

Die Besucher tuschelten. Als es wieder ruhiger wurde, sagte Uschi:

»Wenn der Gast keine Serviette dabei hatte, warf dies ein denkbar schlechtes Licht auf ihn. Dann lag es nämlich nahe, dass er sich nicht gut um seine Sklaven kümmerte.«

Nachdem Uschi ihre Gruppe wieder aus dem Speisesaal herausgeführt hatte, klatschte sie in die Hände und rief:

»So! Zum Abschluss unserer Führung zeige ich Ihnen noch den Hausaltar im oberen Stock der Villa. Solche Altäre gab es in jedem römischen Haushalt.«

Als sie in den Wohnraum kamen, drängte sich ein kleines Mädchen vor und betrachtete andächtig das Interieur des Tempelchens.

»Was sind denn das für Puppen in dem Häuschen?«, fragte sie Uschi.

»Das sind die Hausgötter.« Uschi erhob die Stimme. »In diesem Fall sind es Merkur und Apollo. Sie werden Laren genannt und bewachen den Altar. Die Familie hat ihren Hausgöttern stets nach dem Hauptgang Wein- und Speiseopfer gebracht. Manchmal verbrannten sie auch Kräuter, Beeren und Harze wie Myrrhe oder Weihrauch. Der Wohlgeruch des Rauchopfers symbolisierte das ewige Leben der Götter.«

Sie ging Richtung Treppe, um die Führung zu beenden.

»So! Falls Sie nach all den Informationen über das Essen inzwischen Appetit bekommen haben sollten, haben Sie jetzt gleich die Gelegenheit, im Wirtschaftszelt ein original römisches Mittagessen einzunehmen.« Uschi lächelte verschmitzt. »Und keine Sorge – für ausreichend Servietten ist natürlich gesorgt.«

Uschis Magen grummelte. In Anbetracht dessen, dass sie kein Frühstück gehabt hatte, war sein Protest nicht verwunderlich. Immerhin war es bereits Mittag. Allein bei dem Gedanken an knusprige Pommes oder eine Bratwurst lief ihr schon das Wasser im Mund zusammen. Dennoch musste sich ihr Magen noch gedulden. Sie musste zuerst diesen Anruf hinter sich bringen.

Sie klappte ihr Handy auf und überlegte. 110? Und was sollte sie dann genau sagen? Vor langer Zeit war ihr in einem Erste-Hilfe-Kurs beigebracht worden, dass man ausschließlich die fünf W-Fragen – wer, wie, was, wo, wann – beantworten sollte. Oder so ähnlich. Sie rieb sich das Kinn. Quatsch. Das waren die Fragen, die Schüler im Aufsatz beantworten sollten.

Wie war das denn noch gewesen? Wo, was, wie viele, welche Verletzungen und – wie lautete die letzte Frage? Uschi konnte sich noch dunkel daran erinnern, dass es etwas ganz Simples gewesen war. Ah, jetzt wusste sie es wieder. Warten. Wobei warten genau genommen keine Frage, sondern eine Anweisung war. Den Spruch hatte sich gewiss kein Germanist ausgedacht. Aber ob das heutzutage wohl immer noch so gemacht wurde? Uschi legte sich die Sätze, die sie sagen wollte, schon mal gedanklich zurecht.

Wo?

Ich bin im römischen Freilichtmuseum in Hechingen-Stein.

Was, wie viele und welche Verletzungen?

Gestern ist Frank Mahler bei einem Schaukampf ums Leben gekommen. Er ist angeblich an einem Herzinfarkt gestorben. Inzwischen habe ich aber entdeckt, dass jemand den Eisenhut aus dem Kräutergarten geklaut hat.

Deshalb vermute ich, dass man meinen Bekannten vergiftet hat.

Hm. Waren ein bisschen viele Informationen. Aber es handelte sich ja auch nicht um einen Notruf. Nicht im engeren Sinne jedenfalls. Die näheren Begleitumstände wie die Fluchtafel, die Silbermünzen und den Brandanschlag würde sie besser erst dann erwähnen, wenn die Polizisten vor Ort eingetroffen waren. Das würde sonst das Fünf-Fragen-Prinzip sprengen.

Uschi tippte die drei Zahlen in ihr Handy. Ihr Finger schwebte bereits über der Anruftaste, als ihr eine andere Idee kam. Die ganze Sache war ja schon ziemlich kompliziert und verstrickt. Es würde nicht einfach werden, die Polizei zu überzeugen, hier vor Ort Ermittlungen aufzunehmen. Und sie hatte nach wie vor keinerlei Beweise. Da kamen die Beamten nur ungern in die Gänge.

Aber wozu hatte sie Kontakte? Weil sie dem Buckenmaier vom Polizeirevier Hechingen erst gestern wieder begegnet war, wusste er bestimmt gleich, wen er am Apparat hatte. Außerdem war er ihr nach dieser dilettantischen Unfallaufnahme etwas schuldig. Sie hatte sehr wohl bemerkt, dass es ihm unangenehm gewesen war, erst so spät beim Unfallort eingetroffen zu sein. Uschi wusste aus eigener Erfahrung, dass Buckenmaier imstande war, ihre perfekte Vorbereitung nach dem Fünf-Fragen-Prinzip einfach über den Haufen zu werfen und sie auf seine sarkastische Art zu befragen. Aber damit konnte sie umgehen.

Wenn sie sich nicht täuschte, hatte sie seine Nummer sogar eingespeichert. Bärbel. Beate. Buckenmaier. Na also.

Sie wählte seine Durchwahlnummer.

»Polizeirevier Hechingen. Buckenmaier hier!«

»Äh. Hallo. Hier ist Uschi Lämmle.«

Stille.

Buckenmaier räusperte sich.

»Aaah. Ja. Frau Lämmle. Was haben Sie denn auf dem Herzen, Frau Lämmle. Möchten Sie noch eine Aussage zu dem Unfall machen?«

»Nein«, sagte Uschi rasch. »Es geht um etwas anderes. Ich bin gerade im Freilichtmuseum in Stein.« Damit hatte sie schon das »Wo?« beantwortet.

»Ach, deshalb dieser Aufzug«, sagte er. »Ich hab mich schon gewundert …«

Obwohl Uschi sein Gesicht nicht sehen konnte, wusste sie, dass er hämisch grinste.

Sie ärgerte sich. Nicht nur über sein Grinsen, sondern vor allem über seine Ausdrucksweise. Er hatte »Aufzug« gesagt. Das war nicht nett. Er hätte ja auch sagen können, dass er sich über ihre hübsche Kleidung gewundert habe. Aber das war eben typisch Buckenmaier. Von Charme keine Spur.

»Ich mache hier Führungen«, erklärte sie und ärgerte sich nun noch mehr, da es wie eine Rechtfertigung klang.

»Und dann muss man sich so verkleiden?«, hakte Buckenmaier nach.

»Ich bin beim Römerfest«, sagte Uschi grimmig.

»Stimmt! Das hab ich ganz vergessen. Dabei stand es vor Kurzem groß in der Zeitung. Also gut. Wo drückt denn nun der Schuh, Frau Lämmle?«

Unwillkürlich musste Uschi an ihre malträtierten Füße denken.

»Mein Bekannter Frank Mahler ist gestern gestorben. An einem Herzinfarkt. Er hat beim Schaukampf mitgemacht und ist mitten im Kampf zusammengebrochen.«

Uschi hatte plötzlich einen Kloß im Hals. Sie musste daran denken, wie verzweifelt Frank geschrien hatte. Und dass niemand ihm zu Hilfe gekommen war. Sie auch nicht.

»Oje. Das klingt übel. Bei der Hitze sollte man sich nicht so verausgaben. War er schon älter, Ihr Bekannter?«

Uschi sagte nichts. Sie kämpfte mit den Tränen.

»Standen Sie Ihrem Bekannten sehr nahe?«, fragte Buckenmaier unbeholfen.

»Nein«, schluchzte Uschi.

Stille.

»Äh. Frau Lämmle. Entschuldigen Sie, aber ich hab gerade wirklich alle Hände voll zu tun. Was haben Sie denn für ein Problem? Ich meine, ich verstehe ja, dass Sie momentan viel auszuhalten haben. Erst der Motorradunfall und dann dieser Todesfall. Aber was wollen Sie denn nun von mir?«

Uschi schniefte.

»Es war kein Herzinfarkt. Es war Mord!«

Buckenmaier brauchte eine paar Sekunden, um diese neue Information zu verarbeiten. Dann hörte Uschi ein Stöhnen.

»Oh, Frau Lämmle! Geht das jetzt schon wieder los?«

Eigentlich hätte Uschi mit dieser Reaktion rechnen müssen. Dennoch fühlte sie sich augenblicklich in ihrer Ehre verletzt. Wie redete denn der Buckenmaier mit ihr? Sie hasste dieses »Oh, Frau Lämmle!« Sie war keine alte, durchgeknallte Schachtel, die jeden zweiten Tag bei der Polizei anrief, um irgendwelche Verdächtigungen zu äußern. Hatte es bisher nicht stets Hand und Fuß gehabt, was sie ihm gegenüber geäußert hatte? Es war ein Fehler gewesen, ihn zu kontaktieren. Sie wäre gewiss besser bedient gewesen, die 110 zu wählen und mit einer Person zu sprechen, die sich ihr gegenüber neutral und respektvoll benahm.

Buckenmaier interpretierte Uschis Schweigen richtig.

»Also gut«, sagte er deshalb. »Sie sagen, dass es im Römermuseum einen Mord gab. Wie kommen Sie auf diese Behauptung?«

»Frank wurde vergiftet. Mit Eisenhut.«

»Ich dachte, er sei an einem Herzinfarkt gestorben.«

»Ja. Aber eine Vergiftung durch Eisenhut kann zu einem Herzinfarkt führen.«

»Aha. Ist das so? Und wie kommen Sie ausgerechnet auf Eisenhut? Es ist viel wahrscheinlicher, dass sich ihr Bekannter beim Kämpfen übernommen hat.«

»Im Kräutergarten wurde der Eisenhut geklaut. Jemand hat die Pflanze komplett ausgegraben.«

»Und daraus schließen Sie, dass Ihr Bekannter vergiftet wurde?«

»Ja«, sagte Uschi schlicht. Sie hatte keine Lust mehr, sich zu rechtfertigen.

»Aber warum sollte das jemand tun? Ihren Bekannten ermorden?«

»Ich weiß nicht. Ich habe da so einen Beutel mit römischen Silbermünzen bei ihm gefunden. Vielleicht … vielleicht steckt ja die Mafia dahinter.«

Buckenmaier lachte schallend.

»Die Mafia? Heiliger Bimbam! Frau Lämmle, wir sind hier doch nicht in Sizilien. Ich bitte Sie!«

Uschi schluckte ihren Ärger hinunter und atmete dreimal tief ein und aus. Fahr dein Schutzschild hoch, sagte sie sich. Du sagst, was du zu sagen hast und dann legst du auf. Dann liegt die Verantwortung bei ihm.

»Das war nur so eine Vermutung. Es wimmelt hier schließlich von Italienern. Außerdem wurde Frank beim ersten Kampf fast von einem Römer umgebracht. Das war auch ein Italiener.«

»Vorsicht, Frau Lämmle. Hier kommen wir ganz schnell auf die Schiene der Volksverhetzung. Nicht, dass man Ihnen noch Rassismus unterstellt.«

Uschi ballte ihre Hände so fest zu Fäusten, dass sich ihre Fingernägel ins Fleisch bohrten.

»Ich habe absolut nichts gegen Italiener«, stieß sie hervor. »Im Gegenteil. Ich finde, dass die italienischen Männer mit Abstand die attraktivsten und charmantesten Männer überhaupt sind. Da könnten sich unsere deutschen Männer mal eine Scheibe abschneiden.«

»Ja, ja. Ist schon gut, Frau Lämmle. Ich glaube Ihnen ja, dass Sie nichts gegen die Italiener haben. Also, wo waren wir stehen geblieben? Ach, bei der Mafia.«

Er räusperte sich in dem Bemühen, seiner Stimme mehr Ernsthaftigkeit zu verleihen.

»Und dann habe ich da noch so eine komische Fluchtafel gefunden. Auf der ist Franks Name eingraviert.«

»Eine Fluchtafel. Was ist denn das schon wieder?«

»Die wurden bei den Römern verwendet, wenn man jemandem schaden wollte. Wurde der Name auf die Fluchtafel geschrieben, war derjenige verflucht.«

»Oje.« Buckenmaier stieß einen tiefen Seufzer aus. »Sie wissen aber schon, dass das alles ein bissle abwegig klingt. Mord. Mafia. Flüche. Ich fürchte, Sie sehen mal wieder Gespenster, Frau Lämmle.«

Den letzten Kommentar hatte sich Buckenmaier nicht verkneifen können. Die entsprechende Reaktion blieb nicht aus.

»Ich sehe absolut keine Gespenster, Herr Buckenmaier!«, fauchte Uschi. »Eigentlich wäre eine Obduktion nötig. Aber ich sehe schon. Sie sind nicht fähig, das in die Wege zu leiten. Sie sind doch noch nicht einmal imstande, eine gescheite Unfallaufnahme zu machen. Frank wurde jedenfalls definitiv vergiftet. Vielleicht wegen dieser Silbermünzen. Ich weiß es nicht. Außerdem wurde letzte Nacht mein Zelt angezündet. Jemand will mich umbringen.«

»Aber dann …«

»Nichts aber«, schnitt Uschi ihm das Wort ab. »Mir reicht's mit Ihrem ›Aber‹. Sie wissen jetzt Bescheid. Und wenn ich die nächsten Stunden nicht überleben sollte, dann sind Sie schuld. Einen schönen Tag noch!«

Nach dem Verzehr einer großen Portion Pommes und einer dicken roten Wurst hatte sich Uschi wieder einigermaßen beruhigt. Sie hatte bewusst alle Gerichte gemieden, die Gemüse, Kräuter oder sonstige pflanzliche Bestandteile enthielten. Und da sie die Pommes wie üblich ohne Saucen aß, konnte sie ihr Essen bedenkenlos genießen. Damit war die größte Gefahr, die ihr drohen konnte, schon mal gebannt.

Um vor weiteren Giftanschlägen gewappnet zu sein, hatte sie Nina gebeten, die Nummer der Giftnotrufzentrale im Internet herauszusuchen. Inzwischen hatte sie die Nummer eingespeichert und damit, falls sie Vergiftungssymptome verspüren sollte, zumindest sofort einen Experten zur Hand, den sie um Hilfe bitten konnte. Wenn der Buckenmaier sie hängen ließ, musste sie nun eben selbst auf sich achtgeben. Das Gespräch mit dem unleidlichen Polizisten hatte in Uschi den Kampfgeist geweckt. Dem würde sie es zeigen! Sie würde schon die nötigen Beweise finden. Und dann würde er vor ihr zu Kreuze kriechen und sich für seine Überheblichkeit entschuldigen müssen!

Mit der Drohung, dass er für ihren Tod verantwortlich sein würde, hatte sie ihm ganz schön eingeheizt – glaubte sie zumindest. Selbstverständlich rechnete Uschi nicht ernsthaft damit, dass sie jemand in den nächsten Stunden ermorden wollte. Letzte Nacht, ja, da hatte sie bei dem Brand tatsächlich Todesangst ausgestanden. Inzwischen hatte sie jedoch gründlich über alles nachgedacht und war zu der Überzeugung gelangt, dass es hier mit ziemlicher Gewissheit nicht um sie ging.

Alle Fäden liefen bei Frank zusammen. Kathrins Mann hatte sich vielleicht mit den falschen Leuten eingelassen. Oder er hatte irgendetwas auf dem Kerbholz. Und deshalb hatte er sterben müssen. Der Brandanschlag war vermutlich lediglich eine Warnung gewesen. Jemand wollte ihr Angst einjagen. Und das war dem Täter durchaus gelungen. Vielleicht war es deshalb besser, wenn die Polizei nicht auftauchte. Wenn sie ihre Nachforschungen diskret durchführte, würden sich die Mörder weiterhin in Sicherheit wähnen. Sie würde so dezent wie möglich im Dreck wühlen und sehen, was zum Vorschein käme.

Wenn sie sich dabei unter die Leute mischte, konnte ihr im Grunde nichts passieren. Sie musste nur den Kämpfen fernbleiben. Nicht, dass ihr noch jemand aus Versehen ein Schwert in den vollen Bauch rammte.

Das fette, schwere Essen hatte sie indes nicht nur satt, sondern vor allem auch müde gemacht. Außerdem plagten sie alle möglichen gesundheitlichen Beschwerden. Ihre Schulter schmerzte unverändert, ihre Kopfschmerzen schienen eine Resistenz gegenüber dem Schmerzmittel entwickelt zu haben und die Pflaster an ihren Fersen hatten sich bereits wieder gelöst. Als ob das nicht genug wäre, litt sie nun auch noch unter einem Juckreiz am linken Auge. Sie hatte so viel daran herumgerieben, dass ihr Auge nun extrem gerötet war und brannte. Uschi hatte das Gefühl, dass das Brennen von Minute zu Minute stärker wurde. Sah ganz nach einer Bindehautentzündung aus.

Sie brauchte dringend, dringend einen Mittagschlaf. Sie würde Nina bitten, ihr das Zelt für eine halbe Stunde zu überlassen. Eigentlich war es völlig widersinnig, in dieser Situation ein Nickerchen zu machen. Die Zeit eilte. Es blieben nur noch wenige Stunden. Aber so schlapp und träge wie sie gerade daherkam, würde das nichts mit der Mörderjagd werden.

Wie sagte ein weiser Spruch aus Japan: Wenn du es eilig hast, geh langsam. Wenn du es noch eiliger hast, mach einen Umweg.

Sie war sich zwar nicht sicher, ob sie den Sinn dieses Spruchs tatsächlich jemals richtig verstanden hatte, nichtsdestotrotz faszinierten sie die Worte. Wenn sie erst einmal neue Kraft getankt hatte, konnte sie umso besser denken. Und dann würde sie in kurzer Zeit mehr erreichen, als in dem geschwächten Zustand, in dem sie sich momentan befand.

»Brauchst du noch ein zusätzliches Kissen?«, fragte Nina.

Sie hatte sich inzwischen wieder in eine Schlangenfrau verwandelt und war gerade dabei, ihre Augen zu schminken.

»Nein danke«, erwiderte Uschi, setzte sich auf die Isomatte und klopfte auf das Kissen, um die Federn darin zu lockern. »Ein Kissen genügt mir.«

Sie war erleichtert, dass sich Nina mittlerweile wieder gefasst hatte. Sie hatte sogar das Gefühl, dass es ihr leidtat, zuvor so ruppig gewesen zu sein. Nachdem Nina vom Diebstahl des Eisenhuts erfahren hatte, räumte auch sie ein, dass der Verdacht eines Giftmords nicht völlig aus der Luft gegriffen war. Uschi war nicht nachtragend. Sie verstand ja, dass ihre Freundin tief betroffen war. Immerhin kannte sie Frank doch schon ziemlich lange. Deshalb hatte sie sich nun vorgenommen, Nina nicht mehr über Gebühr mit ihren unausgegorenen Überlegungen zu belasten. Denn auch wenn ihre Freundin nun den Gedanken an einen unnatürlichen Tod zulassen konnte, war sie nach wie vor der Meinung, dass die Aufklärung des Vorfalls allein Sache der Polizei sei. Eine Frage brannte Uschi aber gleichwohl auf den Nägeln und Nina war die Einzige, die Näheres darüber wusste.

»Darf ich dich noch mal was zu Frank fragen?«

Nina klimperte mit ihren frisch getuschten Wimpern und überprüfte die Wirkung im Vergrößerungsspiegel.

»Aber sicher. Was möchtest du denn wissen?«

Sie schüttelte die Wimperntusche, zog das Bürstchen heraus und verpasste ihren Wimpern einen weiteren Anstrich.

»Du hast da so was angedeutet. Dass es vor zwei Jahren

beim Römerfest einen Zwischenfall mit Frank gab. Einen Kampf. Weißt du da was Näheres darüber?«

Nina wandte sich vom Spiegel ab und sah Uschi überrascht an.

»Glaubst du etwa, dass diese alte Geschichte was mit Franks Tod zu tun hat?« Sie machte ein nachdenkliches Gesicht. »Nun ja, Frank hat sich damals echt daneben benommen. Er wollte wohl als Strohwitwer mal richtig die Sau rauslassen. Der hat sein Trinkhorn an dem Wochenende gar nicht mehr aus der Hand gelegt.«

Sie nahm ein Kajal aus ihrer Kosmetiktasche und begann, ihre Augen schwarz zu umranden. Während sie malte, schielte sie zu Uschi herüber.

»Am Samstagabend konnte man dann gar nichts mehr mit ihm anfangen. Er war sturzbesoffen und ist nur noch durch die Gegend geschwankt.« Sie unterbrach das Schminken und warf Uschi einen ermahnenden Blick zu. »Du sagst aber kein Wort von dem, was ich dir erzähle, zu Kathrin. Versprich mir das!«

Uschi nickte.

»Na ja, er war echt nicht mehr zurechnungsfähig. Hat immer mehr und noch mehr gebechert. Und hat so gut wie jedes weibliche Wesen angebaggert, das ihm über den Weg gelaufen ist.« Sie schüttelte missbilligend den Kopf und fügte dann mit Nachdruck hinzu: »Davon weiß Kathrin allerdings nichts. Und ich finde, das sollte auch so bleiben.«

Sie konzentrierte sich wieder auf ihre Augen. Uschi musterte ihre Freundin. Das Medusenkostüm stand ihr wirklich ausgezeichnet. Mit den schwarz umrandeten Augen wirkte sie fast ein wenig verrucht. Ob sie wohl auch mal was mit Frank gehabt hatte? Dass er sie attraktiv fand, hatte er zumindest unverhohlen gezeigt.

Nachdem Nina mit ihrem Augen-Make-up fertig war, widmete sie sich mit derselben Hingabe ihren Lippen. Erste Schicht auftragen, Lippen aufeinanderpressen, zweite Schicht auftragen. Fertig war der knallrote Kussmund à la Marylin Monroe.

»Du brauchst mich gar nicht so anzuschauen«, sagte Nina prompt. »Ich weiß genau was du denkst. Aber ich kann dich beruhigen. Ich hatte nie was mit Frank. Wo kämen wir denn da hin! Mit dem Mann meiner Freundin!«

Uschi fühlte sich ertappt. Zugleich verletzte sie Ninas Direktheit. So sind sie halt, diese Norddeutschen, dachte sie verschnupft. Stets geradeheraus. Ohne Rücksicht auf das sensible Schwabenherz. Gewiss konnten auch Schwaben so richtig derbe Schimpftiraden loslassen, wenn es nötig war. Aber der Geduldsfaden der meisten Leute hier im Süden war erstaunlich dehnbar. Bis ein Schwabe an dem Punkt angelangt war, dass er bruddeln musste, konnte es ziemlich lange dauern. Jedenfalls würden die wenigsten Landsleute so unverblümt äußern, was ihnen auf der Zunge lag, wie dies gerade eben Nina getan hatte.

»Ich weiß nicht, was in der Nacht genau passiert ist. Irgendwann war er für längere Zeit verschwunden. Als er wieder auftauchte, sah er übel zugerichtet aus. Seine Klamotten waren ganz dreckig und zerrissen.« Sie füllte zwei Gläser mit Mineralwasser und reichte Uschi eines davon. »Ich hab mich gemeinsam mit ein paar Freunden um ihn gekümmert. Er behauptete, dass er mit einem betrunkenen Römer im Wald aneinandergeraten sei. Der sei wegen einer Kleinigkeit komplett ausgerastet und habe ihn sofort angegriffen. Als Frank ihn abwehren wollte, habe der Typ ihm einen Kratzer am Hals verpasst. Hat ganz schön geblutet. Die Narbe sieht man sogar heute noch.« Nina verstummte. Dann sagte sie leise: »Ich kann einfach nicht begreifen, dass er tot ist.«

»Mir geht es genauso«, versicherte Uschi. »Es kam alles so schnell.« Sie drehte das Glas bedächtig in ihren Händen. »Hat er bei diesem Kampf seinen Finger verloren?«

»Nein. Ich glaube, das mit dem Finger ist schon länger her. War wohl ein Arbeitsunfall. Mit der Kreissäge. Kathrin hat mal so was verlauten lassen.«

»Mit der Kreissäge? Das ist ja gruselig!«, sagte Uschi und schüttelte sich bei der Vorstellung daran. Da war ihre Papierschneidemaschine ja nichts dagegen gewesen!

»Was war er denn von Beruf?«, fragte sie schnell, um den eben angelaufenen Horrorfilm in ihrem Kopf zu stoppen.

»Schreiner. Wusstest du das nicht?«

»Ich kannte Frank doch gar nicht. Und Kathrin hat selten über ihn geredet.«

»Das ändert sich jetzt bestimmt«, sagte Nina. Erschreckt über ihre eigenen Worte, schlug sie sich die Hand vor den Mund: »Entschuldige. Das war geschmacklos.«

»Wie ging denn die Sache aus? Hatte der Vorfall Konsequenzen für diesen Römer?«, wechselte Uschi das Thema.

»Ne. Frank hat den Mann im Dunkeln nicht erkennen können. Na ja, und unser Franky hatte bestimmt auch seinen Teil dazu beigetragen. Außerdem konnte er sich am nächsten Morgen an so gut wie gar nichts mehr erinnern. Filmriss.« Sie nippte an ihrem Glas. »Manche von den Alamannen nahmen ihm das nicht ab. Aber ich hab ihm das sofort geglaubt. So sternhagelvoll wie er gewesen war. Plötzlich fehlt da ein Stück in deiner Erinnerung.

Die Stunden sind einfach weg. Und kommen nicht wieder. Ist mir auch einmal passiert. In meiner wilden Zeit.« Sie lächelte vielsagend.

Uschi nickte und fragte sich insgeheim, wie wild Nina wohl in ihrer wilden Zeit gewesen war.

»Letztlich war ich dann diejenige gewesen, die Frank erklären musste, woher der Kratzer an seinem Hals stammte. Im Gegensatz zu ihm konnte ich mich nämlich noch gut daran erinnern, was er uns direkt nach dem Vorfall erzählt hatte. Ich glaube, die ganze Situation war ziemlich beschämend für ihn. Zumal Kathrin im Nachhinein echt stocksauer auf ihn gewesen war.«

»Wegen der Schlägerei?«

»Auch. Aber vor allem, weil er dabei seine Fibel im Wald verloren hatte.«

»War die Fibel denn so wertvoll gewesen?«

»Nein. Sie war aus Bronze. Es ging ja nicht um den materiellen Wert. Es war ein Geschenk zum Hochzeitstag. Kathrin hatte diese Fibel eigenhändig für ihn in einem Goldschmiedekurs bei der Volkhochschule angefertigt. Es war ein Unikat. Sie hatte sogar extra seine Initialen eingraviert.«

»Oh je, dann kann ich mir vorstellen, dass sie sauer war. Das hätte mich auch geärgert.«

»Sie haben den Wald im Nachhinein noch mal abgesucht, aber die Fibel ist nicht mehr aufgetaucht. Wer weiß, wo er die verloren hat.«

Uschi gähnte.

»Wenn ich jetzt nicht meinen Mittagschlaf halte, bin ich über den Punkt hinaus. Ist eine halbe Stunde okay für dich?«

»Ich muss sowieso zur nächsten Tanzvorstellung. Lass

dir ruhig Zeit. Du kannst auch eine Stunde schlafen. Mein Haus ist dein Haus.« Sie grinste. »Zumindest bei Tag.«

Uschi schüttelte lachend den Kopf.

»Du bist echt unmöglich! Also dann. Bis später.«

Nachdem Nina abgezwitschert war, schloss sie die Augen und versuchte, an nichts mehr zu denken.

Vielleicht hatte der Römer, mit dem Frank in jener Nacht gekämpft hatte, keinen Filmriss gehabt.

Sie drehte sich zur Seite und zog die Beine an.

Es war gut möglich, dass er nur auf das nächste Römerfest gewartet hatte, um sich an Frank zu rächen.

Zu weiteren Schlussfolgerungen kam sie nicht, denn obwohl es ihr nicht gelang, das Denken einzustellen, glitt sie irgendwann dennoch in einen leichten Dämmerschlaf hinüber.

So ein kurzes Nickerchen bewirkt wahre Wunder, dachte Uschi und räkelte sich wohlig. Ihre Schulter ließ ein lautes Knacken vernehmen. Gut, was konnte man in zehn Minuten schon erwarten? Die Zipperlein überfielen einen in diesem Alter blitzartig. Wenn sie allerdings erst einmal da waren, dann konnten sie beharrlich sein. Sei's drum. Man musste nur wissen, wie man sich am besten selbst austrickste. Die Wehwehchen ließen sich ganz einfach dadurch mildern, indem sie ignoriert wurden. Und genau das beabsichtigte sie zu tun. Sie war voller Tatendrang und fühlte sich nun in ausgeruhtem Zustand deutlich optimistischer, was die bevorstehenden Ermittlungen anging. Und sie wusste jetzt auch, wo sie mit ihren Nachforschungen beginnen wollte. Bei Salvatore! Er kannte die italienische Truppe am besten. Vielleicht hatte er ja Zeit, um mit ihr ein wenig durchs römische Lager zu spazieren.

Sie würde rasch ihre Sachen zusammenpacken, dann konnte es losgehen. Kissen und Kosmetikbeutel waren mit wenigen Handgriffen verstaut. Nun musste sie nur noch die Isomatte zusammenrollen. Sie öffnete das Ventil, rollte die Matte ein Stück zusammen, kniete sich darauf, presste mit dem ganzen Gewicht ihres Körpers die Luft heraus, rollte wieder, presste. Auf einmal kam unter der Matte ein kleines Päckchen zum Vorschein. Der Gegenstand darin war wohl zerbrechlich, denn man hatte ihn zuerst in Papier eingewickelt und dann noch zusätzlich mit Noppenfolie verpackt. Erstaunlich, dass sie das Ding, beim Schlafen nicht unter sich gespürt hatte.

Was da wohl drin war? Uschi wog das Päckchen in der Hand. Fühlte sich leicht an. Sie würde nur mal kurz reinspicken. Vielleicht suchte Nina das Ding ja schon längst. Behutsam wickelte sie die Noppenfolie ab. Als sie die letzte Schicht Papier entfernt hatte, kam eine kleine filigrane Tonfigur zum Vorschein. Sie war nicht größer als Uschis Mittelfinger, dennoch hatte man Kopf, Körper, Arme und Beine fein ausgearbeitet. Sah aus wie eine winzige Puppe. Ob Nina sie eigenhändig getöpfert hatte? Besonders hübsch war das Püppchen allerdings nicht geworden. Und was sollten die vielen Nadeln, mit denen die Figur gespickt war?

Uschi hatte auf einmal ein ganz eigenartiges Gefühl. Eine Nadel befand sich auf Herzhöhe, eine andere ungefähr da, wo man das linke Knie der Puppe vermuten konnte. Zwei Nadeln waren links und rechts am Kopf platziert, zwei weitere durchbohrten die Fersen. Sogar aus den Augen ragten Nadeln heraus. Uschi drehte die Puppe um. Autsch! Eine weitere Nadel! Sie steckte im Rücken, auf Schulterhöhe! Vor Schreck ließ sie die Figur fallen. Obwohl die Fallhöhe nicht hoch gewesen war, brach sie mit einem dumpfen Knacken entzwei. Mist! Der zierliche Kopf war abgebrochen und kullerte auf dem Boden davon.

»Herrgott noch mal!«, murrte Uschi und sammelte die Bruchstücke ein.

Der Kopf war widerlich. Nicht nur weil in den Augenhöhlen die Nadeln steckten, sondern auch weil die Figur ihren Mund, wie zum Schrei geöffnet, aufgerissen hatte. Uschi konnte den Anblick nicht mehr ertragen und legte den Kopf mit dem Gesicht nach unten auf das Papier zurück. Jetzt erst bemerkte sie, dass auf dem Papier etwas geschrieben stand: *NO POLICIA!!!*

Keine Polizei? Worauf bezog sich das? Vermutlich hatte Nina die Figur für einen Halloweenscherz gekauft. Um Leute damit zu erschrecken. Aber Halloween war noch eine ganze Weile hin. Nun ja, nachdem sich Nina so für diesen abgehackten Kopf auf dem Keltenzaun begeistert hatte, war ihr auch der Kauf dieser Horrorpuppe zuzutrauen. Und da sie abgetrennte Köpfe »cool« fand, würde sie sich hoffentlich nicht daran stören, dass diese Puppe nun ebenfalls kopflos daherkam.

Bevor sie zu Salvatore gehen konnte, musste sie nun aber erst einmal Nina die zerbrochene Puppe bringen. Widerstrebend presste sie den Kopf auf den Körper der Puppe. Warum befand sich am Hinterkopf eigentlich diese kleine Kugel? War das eine angedeutete Hochsteckfrisur? Sie strich mit der Fingerkuppe darüber und ertastete feine gitterartige Linien, die über der Haarkugel eingeritzt worden waren. Die Puppe trug ein Haarnetz!

Aber ich sag's dir doch – ich hab diese Figur noch nie gesehen!«

Nina schüttelte ihren Kopf so heftig, dass ihr Pferdeschwanz schwungvoll hin und her peitschte.

»Ich versteh das nicht«, beharrte Uschi. »Warum weißt du nicht, wie dieses Ding in dein Zelt gelangt ist?«

»Was weiß denn ich? Das Zelt ist doch für jedermann zugänglich. Wir waren schließlich die meiste Zeit gar nicht da. Jeder hätte dir das Päckchen unter die Matte schieben können. Jeder!«

Uschi trank einige Schlucke aus ihrer Wasserflasche und dachte nach. Da war was Wahres dran. Bei dem Trubel, der auf dem Gelände herrschte, war es gar kein Problem, unbemerkt in ein Zelt hinein- und hinauszugehen.

»Schnell, da wird eine Bank im Schatten frei!«, sagte Nina und eilte davon.

Uschi folgte ihr, positionierte sich dann aber lieber mit etwas Abstand vor der Bank, da Nina bereits schon wieder ihre Zigarettenschachtel gezückt hatte.

»Könnte es sein, dass dein Freund Tagolf das Päckchen liegen gelassen hat?«

»Schmarrn! Warum sollte Tagolf dir diese Puppe unter die Matte legen? Der war mit ganz anderen Dingen beschäftigt, das kannst du mir glauben!«

Sie zog an ihrer Zigarette, legte dann den Kopf in den Nacken und blies den Rauch mit geschlossenen Augen himmelwärts.

Uschi setzte sich nun doch an das äußerste Ende der Bank, legte das Päckchen in ihren Schoß und faltete das Papier auseinander.

»Ich denke ja, dass das eher eine Frau getöpfert hat«, meinte Nina.

»Wirklich? Wie kommst du denn darauf?«

»Ein Mann hätte sich vermutlich nicht mit einem Haarnetz verkünstelt.« Sie grinste. »Und er hätte die Brüste sicher größer moduliert.«

Uschi betrachtete den Puppenleib eingehend von allen Seiten. Die Brüste waren deutlich zu erkennen, aber weder übertrieben groß noch besonders klein geformt. Schmale Taille, breites Becken und ein runder ausladender Po. Erschrocken zog sie die Luft zwischen den Zähnen ein.

»Das bin ja ich«, murmelte sie betreten. Sie legte Rumpf und Kopf der Puppe neben Nina auf die Bank. »Das bin ich! Eindeutig!«

Nina griff nach dem tönernen Kopf und hielt ihn mit unverhohlenem Ekel zwischen zwei Fingern.

»Widerlich. Wie das ausschaut. Aber du könntest recht haben. Ich glaube auch, dass du das sein sollst.« Sie gab Uschi den Puppenkopf zurück, schlug ein Bein über das andere und zündete sich die nächste Zigarette an. »Irgendwie erinnert mich dieses Ding an eine Voodoopuppe.«

Uschi strich das Fersenpflaster, das sich zum wiederholten Mal gelöst hatte, fest. Denselben Gedanken hatte sie ebenfalls schon gehabt.

»Ist es nicht so, dass der dargestellte Mensch genau das erleiden soll, was der Puppe zufügt wird?«

»Na ja, so kenne ich das zumindest aus Büchern und Filmen«, sagte Nina. Sie überlegte kurz, schüttelte dann aber den Kopf. »Fluchtafeln, Voodoopuppen – da hat wohl jemand eine Vorliebe für schwarzen Hokuspokus.« Sie lachte auf. »Hast du dich etwa irgendwann einmal mit Brasilianern angelegt?«

Uschi war überhaupt nicht zum Lachen zumute. Sie

fühlte sich hundsmiserabel. Ihre Augen juckten auf einmal wieder stärker. Lag das an der Bindehautentzündung? Oder gar an diesen Nadeln? Oder weil sie die Tränen nun doch nicht mehr zurückhalten konnte?

Nina sah sie erstaunt an.

»So schlimm?«

Uschi schüttelte den Kopf und weinte noch mehr.

»Oje!« Nina drückte ihre Zigarette auf dem Boden aus, rückte dann ganz nah an Uschi heran und legte den Arm um sie. So saßen sie eine Weile, ohne ein Wort zu verlieren.

Als Uschis Schluchzen sich abschwächte, sagte Nina:

»Du darfst das nicht so an dich heranlassen. Da will dich nur jemand ärgern.«

»Wahrscheinlich war das auch wieder dieser Mann mit dem Gladiatorenhelm. Der droht mir. Erst hat er mein Zelt angezündet. Und jetzt hat er mir die Puppe untergeschoben. *No policia*, keine Polizei, stand auf dem Zettel.«

»Der hat Angst vor dir ...«

»Quatsch«, schniefte Uschi. »Ich hab Angst vor ihm! Wer weiß, was er sich als Nächstes einfallen lässt?«

Nina drückte Uschis Hand.

»Vielleicht solltest du die Polizei rufen.«

»Das hab ich doch schon versucht«, erwiderte Uschi und schüttelte resigniert den Kopf. »Die nehmen die Sache nicht ernst.«

»Hm«, sagte Nina und zuckte mit den Achseln. »Dann solltest du es vielleicht auch nicht so ernst nehmen.«

»Ich muss das ernst nehmen!«, rief Uschi aus. »Ich hab Blasen an den Fersen, meine Schulter schmerzt, meine Augen brennen und mein Kopf platzt schier. Weißt du was das bedeutet, Nina?«

»Dass du dich gerade zu einem Hypochonder entwickelst!«

Uschi befreite sich aus Ninas Umarmung und stand auf.

»Das ist nicht das, was ich jetzt hören will«, murrte sie.

»Ich weiß. Aber ich hab das Gefühl, dass du dich da gerade ziemlich in was reinsteigerst! Du darfst dir keine Angst machen lassen. Sonst hat dieser gestörte Typ, der dich da verfolgt, ja schon gewonnen. Wirf das kleine Monster weg und vergiss es.«

Uschi sagte nichts.

»Aber ich bilde mir ja die Schmerzen nicht ein«, sagte sie trotzig.

»Und dein linkes Knie? Schmerzt das?«

Uschi zuckte die Achseln.

»Noch nicht.«

»Und dein Herz? Hast du irgendwelche Herzbeschwerden?«

Uschi horchte in sich hinein. Ihr Herz schlug wie gewöhnlich. Vielleicht ein wenig stärker, da sie sich gerade so aufregte.

»Glaubst du an schwarze Magie?«, hakte Nina nach.

Uschi schüttelte den Kopf. Beschämt wischte sie sich mit dem Handrücken die Tränen von den Wangen.

»Ich auch nicht. Weißt du, am besten wäre es, wenn du die Sache mit Humor betrachten könntest.«

»Mit Humor?«

»Warum müssen denn diese Nadeln unbedingt etwas Schlechtes bedeuten? Könnten doch Akupunkturnadeln sein! Sieh das mal praktisch! Dadurch, dass die Puppe genadelt wurde, brauchst du dich nicht selbst stechen lassen und sparst dir den nächsten Besuch beim Heilpraktiker!«

Uschi lachte.

»Ideen hast du! Unglaublich!«

Nina strahlte sie an.

»Schön, dass du wieder lachst. So gefällst du mir schon viel besser. Leider muss ich mich jetzt sputen. Die nächste Vorstellung beginnt in 20 Minuten. Und ich muss mich vorher noch umziehen.«

»Heiratest du etwa ein zweites Mal?«

»Sind ja wieder neue Zuschauer da. Außerdem heirate ich Tagolf gerne auch noch ein zweites Mal.« Sie griente. »Oder auch ein drittes Mal!«

Suchte sie also gar keinen Mörder, sondern eine Mörderin? Uschi hatte sich zunächst dermaßen auf den Gladiator versteift, dass sie sich mit dem Gedanken, der Mörder könne auch eine Frau sein, erst einmal anfreunden musste. Aber konnte man tatsächlich aus der Machart einer Skulptur auf das Geschlecht des Künstlers schließen? Es war schon eine sehr gewagte These, die Nina da so kurzerhand aufgestellt hatte.

Sie trank das restliche Mineralwasser aus und stellte die leere Flasche auf den Boden. Sie musste mehr trinken. Das würde auch gegen die Kopfschmerzen helfen. Uschi streckte die Beine aus und schaute über die Anlage hinweg in die Ferne. Die Luft flimmerte und sie meinte, am Horizont einen Streifen Wasser zu sehen. Unglaublich! Eine schwäbische Fata Morgana! Aber im Grunde war dies bei der brütenden Hitze gar nicht so verwunderlich. Es war heiß wie im Backofen. Selbst die Vögel hatten aufgehört zu pfeifen und harrten im Schatten des Laubes dem Abend still entgegen. Nur die Insekten schienen sich nicht an der Gluthitze zu stören und flogen brummend im Zickzack über die Wiese.

Trotz der Hitze musste sie achtgeben, einen kühlen Kopf zu bewahren und sich durch ihre glühende Fantasie nicht in die Irre leiten zu lassen. Disziplin war gefragt. Sie ignorierte geflissentlich die vermeintliche Oase und lenkte ihre Gedanken wieder auf das eigentliche Problem. Wenn sie nicht bald herausfand, wer Frank vergiftet hatte, würde der Mörder noch ungeschoren davonkommen. Welche Frauen in Franks Umfeld, hatten einen Grund, ihn umzubringen? Und welches Motiv hatte die Mörderin? Hass? Habgier? Eifersucht? Oder Rache?

Nach allem, was sie inzwischen über Franks Lebenswandel erfahren hatte, waren Eifersucht und Rache womöglich die augenfälligsten Motive.

Morde waren meistens Beziehungstaten. Auch wenn ihr der Gedanke missfiel, so war es vor allem Kathrin, die gute Gründe hatte, eifersüchtig zu sein. Frank hatte sie wiederholt betrogen. Und er hatte bei jeder sich ihm bietenden Gelegenheit mit anderen Frauen geflirtet. Das musste sehr demütigend für sie gewesen sein. Womöglich hatte irgendein Vorfall das Fass zum Überlaufen gebracht und Kathrin hatte sich gerächt.

Sie hatte mal gelesen, dass Morde in Deutschland überwiegend von Männern verübt wurden. Frauen töteten selten. Aber wenn, dann entschieden sie sich in den meisten Fällen für Gift. Uschi konnte das ein Stück weit nachvollziehen. Gift wirkte auf den ersten Blick nicht so brutal. Es konnte unauffällig in kleinen Dosen verabreicht werden – jeden Tag ein Löffelchen ins Essen gemischt und schon war man den unliebsamen Ehemann ein für alle Male los. Jeder würde im Nachhinein davon ausgehen, dass der Dahinsiechende letztlich einer heimtückischen Krankheit erlegen war. Gift war eine saubere Sache. Erschießen, erstechen, erwürgen, ersticken – das ging alles nicht ohne Kampf vonstatten und konnte gefährlich enden. Zumindest aber war es ekelhaft anzusehen, vor allem wenn Blut spritzte. Nein, so ein Giftmord war da schon wesentlich eleganter.

Sollte man denken. Nur war es nicht wirklich so. Nachdem Uschi gelesen hatte, mit wie viel Qualen das Sterben bei einer Vergiftung mit Eisenhut einherging, wusste sie es besser. Aber hatte Kathrin ihren Ehemann so sehr gehasst, dass sie ihm dies angetan hätte? Wäre es da nicht wesentlich einfacher gewesen, sich scheiden zu lassen und zum Abschied sein Auto zu zerkratzen?

Allerdings hatte ihm Kathrin gestern diesen selbst gebrauten Tee verabreicht. Konnte es sein, dass ihre »Spezialmischung« unter anderem Eisenhut enthalten hatte?

Nein. Das ergab keinen Sinn. Erstens hatte sie selbst den Eisenhut am Morgen noch gegossen. Die Pflanze war definitiv erst gegen Mittag entnommen worden. Zweitens entfaltete das Gift sehr schnell seine Wirkung. Wahrscheinlich war es Frank ins Mittagessen gestreut worden. Und drittens kam diese Lösung generell nicht in Betracht, weil Kathrin einfach keine Mörderin war. Sie war ein guter Mensch. Und auch wenn der Casanova an ihrer Seite ihr Kummer bereitet hatte, so hatte sie ihn bestimmt dennoch geliebt. Uschi hatte jetzt noch Kathrins Fassungslosigkeit vor Augen und ihren Entsetzensschrei in den Ohren, als sie ihren sterbenden Ehemann auf dem Schlachtfeld liegen gesehen hatte.

Außerdem war Kathrin nicht die einzige Frau, die Grund hatte, eifersüchtig zu sein. Es konnte genauso gut eine seiner Liebhaberinnen gewesen sein. Oder einer der Ehemänner dieser Liebhaberinnen. Uschi stöhnte auf. Da kamen so viele Leute in Frage. Und wie es Affären so an sich hatten, fanden sie im Verborgenen statt. Wer wusste schon, mit welchen Frauen Frank mal angebandelt hatte? Hm, sie musste systematischer denken. Die gesuchte Person musste ja hier auf dem Gelände sein. Und sie war vermutlich nicht das erste Mal hier. Sofern Frank das Gift in sein Mittagessen gemischt worden war, musste sie Zugang zur Küche gehabt haben. Sie gehörte entweder zum Küchenpersonal, zu den Akteuren oder zu den Kellnern. Das schränkte den Personenkreis zumindest etwas ein.

Am verdächtigsten war die Küchenchefin. Immerhin war bekannt, dass Frank mal was mit ihr gehabt hatte. Das von Eifersucht geprägte Wortgefecht zwischen den beiden Rivalinnen war in der Küche ja nicht zu überhören gewesen. Konnte es sein, dass Gisela Franks Essen mit Eisenhut gewürzt hatte? Um Kathrin den Mann zu nehmen, der ihr selbst auch nicht vergönnt war? Die Küchenchefin war auf jeden Fall ihre Tatverdächtige Nummer eins.

Tatverdächtige Nummer zwei war die Töpferin. Uschi wusste zwar nicht, ob Frank je was mit ihr gehabt hatte, aber zumindest war es ziemlich wahrscheinlich, dass in ihrer Töpferwerkstatt die Voodoopuppe gefertigt worden war. Wobei – die Warnung auf dem beigefügten Zettel war auf Italienisch verfasst worden. Das passte zu keiner der beiden Damen. Andererseits konnte dies natürlich auch eine falsche Fährte sein, die bewusst gelegt worden war. Für die zwei Worte »No policia« musste man kein italienischer Landsmann sein. Das bekam jeder hin. Trotzdem waren damit vorerst auch alle italienischen Männer und Frauen Tatverdächtige. Oje. Das konnte ja heiter werden!

Zumindest die Frauen, die in der Küche arbeiteten, konnte sie ausschließen. Soweit Uschi gesehen hatte, waren die Damen zwar nicht unattraktiv, aber viel zu alt für so einen Gockel wie Frank. Solche Männer werteten ihr Selbstwertgefühl dadurch auf, dass sie jüngere Frauen eroberten. Frauen älteren Jahrgangs wurden von dieser Sorte Mann gar nicht erst wahrgenommen.

Mann oder Frau? Das war die Frage. Je länger Uschi darüber nachdachte, desto wahrscheinlicher erschien es ihr, dass es sich in Wahrheit um ein Mörderpaar handeln musste. Mann und Frau!

Uschi verstaute das kleine Päckchen mit der Voodoopuppe in ihrem Lederbeutel. Zumindest wusste sie jetzt, wo sie mit ihren Nachforschungen beginnen musste. Da sie sowieso schon wieder durstig war, würde sie nun zum Wirtschaftszelt gehen und sich die Chefin vorknüpfen. Auf dem Weg dorthin würde sie aber noch einen Abstecher zum Töpferstand machen und die Töpferin mit Nachdruck zur Rede stellen. Wenn sie wusste, wer dieses Püppchen erschaffen hatte, konnte sie im Anschluss das römische Lager nach dem Komplizen durchsuchen.

Bereits aus der Ferne registrierte Uschi, dass die Bastelecke verwaist war. Vielleicht saßen die Damen ja auf der Terrasse des Kiosks und tranken zusammen Kaffee? Kaffee war überhaupt eine gute Idee. Ihr Körper benötigte dringend einen Koffeinkick! Kaffee war ihr Allheilmittel. Half bei Müdigkeit, Konzentrationsschwäche, Kopfschmerzen, Kreislaufproblemen, Kummer und sogar manchmal bei Mutlosigkeit.

Oje! Das hatte sie befürchtet. Sämtliche Schattentische waren besetzt. Uschi ließ ihren Blick über die Terrasse schweifen. Konnte sie sich irgendwo dazusetzen? Ah, ein bekanntes Gesicht! Die tatkräftige Küchenchefin brauchte offenbar auch mal eine Pause. Das traf sich ja gut! Die volle Kaffeetasse balancierend schlängelte sie sich zwischen den Tischen und Stühlen hindurch.

»Entschuldigen Sie. Ist bei Ihnen noch ein Platz frei?«, fragte Uschi höflich.

Die Küchenchefin nickte und wies auf den freien Stuhl. Sagen konnte sie nichts, da sie gerade mit Kauen beschäftigt war. Als sie die Reste ihres Träublekuchens hinuntergeschluckt hatte, sagte sie:

»Sie macha Führunga in der Villa, gell?«

Uschi lehnte sich in ihrem Stuhl zurück und ließ die Finger unauffällig über ihren verspannten Nacken kreisen.

»Ja, aber ich helfe nur einmalig aus. Normalerweise arbeite ich auf der Burg Hohenzollern als Burgführerin.«

Sie machte eine vage Geste Richtung Burg, die in der Ferne zwischen den Bäumen zu erahnen war.

»Uf 'em Zoller war i au scho lang nimme.« Sie stöhnte und schlug ein Bein über das andere. »Ha jo wa! Ma kommt halt au zu nix bei der ganze Schafferei!«

»Ich beneide Sie wirklich nicht um Ihren Job hier. So ein Andrang! Und dann müssen Sie auch noch bei der Hitze an den heißen Töpfen stehen. Das ist bestimmt kaum auszuhalten, oder?«

Das Gesicht der Küchenchefin hellte sich auf. Es tat ihr sichtlich gut, dass jemand ihre Arbeit wertschätzte und erkannte, was sie leistete.

»An und für sich schaff i gern in der Kuche«, sagte sie eifrig. »Aber bei dera Affehitz hältsch des kaum aus. Wisset Se«, sie unterbrach sich und legte lächelnd den Kopf schief, »solle mir eigentlich net Du sage? Also i bin die Gisela!«

»Freut mich. Uschi.«

»Was wollt i saga? Ah ja. Mir sind au einfach zwenig Leut. I glaub, so ein Ansturm haba mir in de letschte Jahr noch nie ghabt. I bin gar nimme nochekomma. Des war der absolute Wahnsinn. Wenn mir die Fraua von der Baschteleck in der Mittagszeit net gholfe hättet« – sie schüttelte den Kopf – »wäre mir gar nimme rumkomma. I han geschtern und heut ununterbrocha bis um viere gschafft. Ohne Paus.« Sie verdrehte die Augen. »I weiß net, ob i des im nächschte Jahr no mal mach.« Sie lachte. »Aber des sag i jedes Jahr. Und dann bin i doch wieder dabei.«

Uschi horchte auf. Ihre Nummer eins unter den Verdächtigen hatte sich gerade selbst entlastet. Wenn sie ununterbrochen in der Küche gestanden hatte, dann gab es dafür Zeugen. Die Küchenchefin hatte garantiert keine Zeit gehabt, im Kräutergarten den Eisenhut auszugraben.

Aber was hatte sie da gerade erwähnt? Die Frauen aus der Bastelecke hatten beim Mittagessen ausgeholfen?

»Hallo! Darf ich mich dazusetzen?«

Wenn man vom Teufel sprach!

»Aber sicher! Setz di na! Darf i vorstella: Uschi«, Gisela deutete mit ihrer Gabel erst auf Uschi, dann auf die andere Frau, »Imke. Unsre Töpferin.«

Uschi und Imke nickten sich höflich zu. Sie kannten sich ja bereits vom Sehen. Imke ließ sich in den Stuhl sinken und trank in einem Zug die Hälfte ihrer Apfelsaftschorle aus. Dann lehnte sie sich mit einem zufriedenen Seufzer zurück und schlug ihre langen Beine übereinander.

»Ah, das tut gut!«

Uschi musterte sie unauffällig, während sie etwas Milch in ihren Kaffee gab. Imke war ein ganz anderer Typ als die gedrungene Kathrin mit ihren weichen, weiblichen Formen. Aber womöglich war dieser Kontrast für Frank gerade reizvoll gewesen. Vor allem die stechend blauen Augen der nordischen Schönheit wirkten faszinierend. Uschi entnahm ihrem Lederbeutel das Päckchen mit der Voodoopuppe, legte es in ihren Schoß und nippte an der Tasse. War Imke so eine niederträchtige Sache zuzutrauen? Waren dies die Augen einer Mörderin?

»I find's klasse, dass du bei uns aushilfscht«, sagte Gisela und tätschelte Imke die Hand. »Sie isch nämlich erscht im Mai von Hamburg daher zoga«, erklärte sie Uschi. »Der Liebe wega. Ihr Freund kommt aus Balinga. Sie habe sich im Urlaub kenneglernt. Auf Malle, gell?«

»Auf Malta«, berichtigte Imke und lächelte verträumt. »Es ist schön, dass wir nun endlich zusammenwohnen können. Von Hamburg nach Balingen, das ist kein Katzensprung. So eine Wochenendbeziehung geht auf die Dauer ganz schön ins Geld. Aber jetzt hat das ja zum Glück ein Ende.« Sie wandte sich an Uschi: »Ich habe in Hechingen eine kleine Töpferei aufgemacht. Das Römerfest ist für mich eine gute Gelegenheit, um neue Leute kennenzulernen – und um ein bisschen Werbung zu machen.« Sie lachte und spielte mit ihrem silbernen Armreifen.

Uschi nahm das Päckchen und verstaute es wieder in ihrem Beutel. Imke konnte es also nicht gewesen sein. Nummer zwei der Verdächtigen schied ebenfalls aus.

»Stellen Sie eigentlich auch Töpferware für Halloween her?«, startete sie einen letzten Versuch.

»Sie meinen Kürbislaternen und so? Nein. Ich stelle nur Geschirr her.«

»Einen hübschen Armreif haben Sie da«, wechselte Uschi das Thema.

»Ja, nicht?« Imke zog den Armreif vom Handgelenk und reichte ihn Uschi zur Ansicht. »Ich habe ihn an einem römischen Stand gekauft. Das Schlangenmuster soll Unheil abwehren.«

»Oh, dann muss ich auch so einen haben«, sagte Uschi, streifte den Silberreif probeweise über und gab ihn dann wieder an Imke zurück.

»Und was ist Ihre Aufgabe?«, wollte Imke wissen und lächelte Uschi an.

»Ich mache Führungen durch die Villa. Und ich muss mich um den Kräutergarten kümmern«, sagte sie.

»Oh, des hab i gar it gwusst«, rief Gisela aus. »Dann sag i dir lieber net, dass wir aus ’em Gärtle frische Kräuter stibitzt han.« Sie machte ein betont schuldbewusstes Gesicht.

»Wirklich? Ist mir gar nicht aufgefallen! Wer hat die Kräuter denn für dich geholt?«, fragte Uschi möglichst beiläufig.

»Oh, i glaub net, dass du die kennscht. Mariella heißt se. Des isch a ganz nette Italienerin. Sie betreut die Kinder beim Mosaik. Und als sie gseha hat, wie wir beim

Mittagesse rotiert habe, hat sie it lang rum gmacht und hat uns gholfe. Unser Eintopf war allerdings it so nach ihrm Gschmack. Sie hat gmeint, dass da unbedingt noch frische Kräuter neighöre.« Sie zuckte mit den Achseln. »Da hat sie ja au recht ghabt. Mit a bissle frischem Schnittlauch, Peterle und Oregano schmeckt's natürlich glei viel besser, gell?«

»Hat sie auch Blüten geholt?«, fragte Uschi und zupfte an ihrem Haarnetz.

»Blüta? Was für Blüta?«

»Eisenhut zum Beispiel. Der hat so blaue Blüten.«

»Also von dere Mode, Blüta ins Esse neizumische, halt i ja gar nix. Gut, als Zierde vielleicht, an de Tellerrand. Aber mir sind hier schließlich kein Feinschmeckerlokal. Da braucha mir keine Blüta. Außerdem – Eisehut isch doch giftig, oder it?«

»Ja, hochgiftig«, bestätigte Uschi. »Hast du gesehen, welche Kräuter die Mariella verarbeitet hat?«

Gisela blickte Uschi irritiert an.

»I han des net kontrolliert. Hat sie zu viel Kräuter abgschnitta? I han ihr extra gsagt, dass sie nur wenig nehme soll. Muss ja au noch schön ausseha, des Gärtle.«

»Nein, nein. Sie hat nicht zu viele Kräuter geschnitten«, sagte Uschi, trank ihren Kaffee aus und rückte den Stuhl zurück. »Aber möglicherweise die falschen.«

Eine Defixionsfigurine«, konstatierte Salvatore und schlug die kleine Voodoopuppe wieder in die Noppenfolie ein.

»Eine was?«, fragte Uschi und drückte an ihrer Schulter herum. Es hatte eine ganze Weile gedauert, bis sie Salvatore im römischen Lager gefunden hatte. Aufmerksam hatte er sich angehört, was sie in der Zwischenzeit alles erlebt hatte. Je mehr ihm Uschi erzählt hatte, desto betroffener war sein Gesichtsausdruck geworden. Zuletzt hatte sie ihm die Voodoopuppe gezeigt.

»Es ist das gleiche Prinzip wie bei den Fluchtafeln«, erklärte er. »Die Figur symbolisiert das Opfer und die Verletzungen durch die Nadeln sollen analog auf diese Person übertragen werden.«

»Eins zu eins?«

Salvatore wiegte den Kopf.

»Ich denke ja.«

In diesem Augenblick spürte Uschi ein Stechen. Im Knie. Und im Herzen. Vor allem im Herzen.

Sie drückte ihren Handballen fest gegen die Brust und versuchte, so flach wie möglich zu atmen. Wenn sie zu tief einatmete, verstärkte sich das Stechen noch.

»Geht es dir nicht gut?«, fragte Salvatore besorgt.

»Ich hab plötzlich so ein Stechen in der Brust.«

Salvatore führte sie zu einer freien Bank, damit sie sich setzen konnte.

»Keine Sorge. Du hast dich bestimmt nur verspannt. Ich kenne dieses Stechen. Es ist nicht das Herz. Es sind die Muskeln und Nerven. Der Schmerz strahlt zum Herzen hin aus.«

Uschi sagte nichts. Sie war immer noch damit beschäftigt, sich die Brust zu reiben und auf eine flache Atmung zu achten. Konnten das wirklich nur Verspannungen sein?

Waren es lediglich hypochondrische Anwandlungen, die sie gerade umtrieben? So wie es Nina vermutete? Aber die hatte natürlich gut reden. Schließlich hatte sie keine Nina-Puppe vor sich liegen, der man die Augen und das Herz mit Nadeln durchstochen hatte. Der Juckreiz in ihren Augen war auch nicht viel besser geworden.

»Ist es wegen der Puppe?«, fragte Salvatore leise.

Uschi nickte. Sie spürte, dass ihre Augen feucht wurden. Aber sie wollte nicht schon wieder weinen. Es war ihr geradezu peinlich, wie nahe sie derzeit am Wasser gebaut hatte! Angestrengt fixierte sie den Boden.

»Cara mia, manchmal hilft es, wenn man ein bisschen weint«, sagte Salvatore und nahm sie in den Arm.

Und Uschi weinte ein bisschen. Weil alles so furchtbar kompliziert war. Und weil es beruhigend war, von Salvatore getröstet zu werden.

»Weißt du, ich glaube nicht, dass du dir wegen dieses Schadenzaubers Sorgen machen musst.«

Uschi sah ihn fragend an.

»Ich denke, dass dich jemand genau beobachtet hat. Du zeigst sehr deutlich, wo es dir gerade wehtut. Mir ist auch schon aufgefallen, dass du dir gelegentlich die Schulter massierst und dir die Schläfen und Augen reibst.« Er deutete auf ihre Füße. »Hast du Blasen an den Fersen?« Er lächelte. »Du bist ein offenes Buch. Es war bestimmt kein Hexenwerk, die Nadeln an den richtigen Stellen zu platzieren.«

Uschi war verblüfft und beschämt zugleich.

»So könnte es wirklich gewesen sein«, gab sie zu.

Salvatore fasste sie sacht am Arm und half ihr aufzustehen.

»So! Und jetzt gehen wir zu Mariella. Ich kann zwar

kaum glauben, dass sie hinter all diesen schrecklichen Dingen stecken soll, aber wenn du meinst, dann statten wir ihr eben mal einen Besuch ab.«

Er setzte sich in Bewegung. Als Uschi ihm nur zögernd folgte, drehte sich Salvatore nach ihr um.

»Was ist? Wovor hast du Angst?«

»Wir können doch nicht …«

Salvatore fiel ihr ins Wort.

»Wir marschieren natürlich nicht einfach in ihr Zelt. Bis jetzt hast du ja auch noch gar keine Beweise, dass sie Frank vergiftet hat. Nur weil sie im Garten Kräuter geholt hat, macht sie dies nicht gleich zur Mörderin. Nein. Wir legen uns erst einmal auf die Lauer, beobachten sie und machen uns Gedanken.«

Hoffentlich hab ich mich nicht schon wieder auf die falsche Frau eingeschossen, dachte Uschi, als sie zu Mariellas Zelt liefen. Salvatore hatte vollkommen recht. Es lag bislang kein einziger gesicherter Beweis für ihre Unterstellungen vor. Und trotzdem hatte sie das Gefühl, dass bei dieser Mariella etwas nicht stimmte. Ihre Hände waren auffällig rot gewesen. Vielleicht rührten diese Rötungen ja von der Berührung mit dem Eisenhut her und waren eine allergische Hautreaktion. Sie war um die Mittagszeit im Kräutergarten gewesen und hatte beim Kräutersammeln die Gelegenheit gehabt, unauffällig an den Eisenhut zu kommen. Zudem war sie Italienerin. Und sie war bildhübsch. Uschi konnte sich gut vorstellen, dass Frank hinter ihr her gewesen war.

»Was weißt du über Mariella?«, fragte Uschi im Flüsterton, als sie in der Nähe deren Zelts auf einer Bank Platz genommen hatten.

»Nicht besonders viel. Sie ist Archäologin und war

schon zweimal hier beim Römerfest in Stein dabei. Ein nettes Mädchen. Vor ein, zwei Jahren hat sie Matteo geheiratet. Der ist auch hier. Zum ersten Mal, soweit ich weiß. Er gehört zu den experimentellen Archäologen und ist Mitglied der römischen Legion.« Er zuckte mit den Schultern. »Ich weiß nicht, ob es an der Ehe mit Matteo liegt. Aber mir ist aufgefallen, dass sich Mariella seit dem letzten Mal ziemlich verändert hat. Früher war sie lebenslustig, hat gesungen und getanzt. Immer ein Lächeln auf den Lippen.« Er lachte leise. »Ich glaube, die halbe Legion war in sie verliebt.«

»Kann ich mir vorstellen«, meinte Uschi. »Aber momentan wirkt sie unheimlich schwermütig. Ihre Augen sprechen Bände.«

Salvatore nagte zerstreut an seinem Daumennagel.

»Beim letzten Römerfest ist sie gegen Ende hin krank geworden«, meinte er dann. »Am Samstag war sie noch richtig gut drauf. Aber am Sonntag hat sie ihr Zelt nicht mehr verlassen. Sie hatte wohl starke Migräne. Ich hab sie letzten Endes gar nicht mehr gesehen, da sie bei der Rückfahrt im anderen Bus saß.«

»Hm. In der Nacht von Samstag auf Sonntag hatte Frank damals eine heftige Auseinandersetzung im Wald. Angeblich mit einem römischen Soldaten. Vielleicht hatte er ja in Wirklichkeit mit Mariella Streit. Und am nächsten Tag war sie dann krank. Oder verletzt.« Sie klopfte sich mit der flachen Hand auf den Schenkel. »So könnte es gewesen sein!«

In diesem Augenblick verließ Mariella das Zelt. Als sie an ihnen vorüberging, grüßte sie freundlich.

»Salve!«

»Salve!«, grüßte Salvatore zurück.

»Also ich weiß nicht…«, flüsterte er Uschi ins Ohr.

Matteo verließ kurz darauf ebenfalls das Zelt und eilte mit starrem Blick an ihnen vorbei.

Jetzt oder nie!«, sagte Uschi und erhob sich schwungvoll.

Salvatore hielt sie am Arm zurück.

»Nein, warte. Ich muss erst noch zur Trauung. Das Brautpaar segnen.«

Uschi machte ein enttäuschtes Gesicht.

»Es dauert nur fünf Minuten«, sagte er und lächelte.

»Bis dahin könnten sie schon wieder zurück sein. Jetzt wäre eine gute Gelegenheit!«

»Du kannst da nicht alleine rein. Das ist zu gefährlich.«

Uschi presste die Lippen aufeinander und dachte nach.

»Dann beeile dich!«, sagte sie schließlich. »Ich gebe dir genau fünf Minuten. Keine Sekunde länger!«

Sie setzte sich wieder auf die Bank, jedoch demonstrativ nur auf die Kante. Salvatore nickte und spurtete los.

»Ich bin gleich wieder da«, rief er ihr zu. »Und du gehst da auf keinen Fall allein rein. Hörst du?«

Sie seufzte.

»Ja, ja.«

Bereits nach vier Minuten war Uschi aufgestanden und tigerte seitdem vor der Bank auf und ab. Fünf Minuten hatte er gesagt. Wo blieb er denn? Sie setzte sich wieder. Sah auf die Uhr. Hielt Ausschau. Stand auf. Sah auf die Uhr. Hielt Ausschau.

Wenn er jetzt nicht kommt, werde ich doch alleine reingehen, überlegte sie ungeduldig. Was sollte schon groß passieren? Sie hatte bereits gefährlichere Situationen überstanden. Wenn sie da nur an diesen Motorradfahrer dachte …

Uschi blickte sich verstohlen um. Die Luft war rein! Schon war sie im Zelt der Italiener verschwunden. Mit klopfendem Herzen sah sie sich um. Das Zelt war äußerst spartanisch eingerichtet. Auf dem Boden lagen zwei Luftmatratzen, darüber ein weißes Laken. In der hinteren Ecke befanden sich diverse Taschen, Tüten, Matteos Rüstung und sein Schwert. Mehr Gegenstände gab es nicht. Alles sehr übersichtlich. Wenn hier tatsächlich irgendwelche Beweisstücke vorhanden waren, dann würde sie diese sicherlich finden. Falls sie nicht vorher erwischt würde.

Uschi lauschte. Von draußen drang jede Menge Lärm herein. Kinder schrien. Ein Hund bellte. Stimmengewirr. Ein Mischmasch aus Italienisch und Deutsch. Sollte sie mal den Kopf rausstrecken und nachsehen, ob der Feind im Anmarsch war? Besser nicht, sonst entdeckte sie noch jemand von den umliegenden Zelten. Nein, sie musste sich einfach beeilen. Sie öffnete den Reißverschluss einer Sporttasche. Kleidung. Sie ließ ihre Finger zwischen die Kleidungsschichten gleiten. Keine Fluchtafel? Oder eine weitere Voodoopuppe? Ein Kräuterbuch vielleicht? Nichts! Sie verschloss die Tasche wieder und untersuchte die Tüte, die daneben lag. Iiih, Dreckwäsche! Sie unterdrückte mit einem leisen Stöhnen ihren Ekel. Handschuhe wären nicht schlecht gewesen. Nun war der kleine rosa Koffer dran. Der gehörte sicher Mariella. Hoffentlich hatte sie ihn nicht abgeschlossen.

Uschi drückte auf die Schließen, die sich mit einem leisen Klacken öffneten. Hui, der Koffer war aber ordentlich gepackt. Die Socken lagen in Reih und Glied, daneben Unterwäsche und Nachthemd. Wechselschuhe. Eine Weste. Kein Mörser? Keine Reibe oder dergleichen? Nicht mal Gummihandschuhe? Uschi kontrollierte das Seitenfach aus Stoff. Hoppla! Eine goldene Brosche!

Sie nahm das Schmuckstück heraus und betrachtete es genauer. Nein, das war keine Brosche. Es war eine Fibel. Aus Bronze. Sie ähnelte ein wenig den großen Nudeln in Muschelform. Sie war ungefähr vier Zentimeter lang, gewölbt und wies feine längslaufende Linien auf. Sie drehte die Fibel um. Unterhalb der Nadel war etwas eingraviert. Uschi öffnete den Verschluss und klappte die Nadel nach hinten. Es waren zwei Initialen: *F.M.*

Cazzo! Verdammt! Jetzt schnüffelt sie auch noch in unserem Zelt herum! Mariella hat die Gefahr, die von der Deutschen ausgeht, völlig unterschätzt. Defixionszauber. So ein Quatsch! Die lässt sich doch durch so ein Püppchen nicht einschüchtern! Nicht einmal das Feuer hat sie schocken können. Entweder ist sie zu dumm, um die Warnung zu verstehen, oder sie ist unglaublich hartnäckig. Wenigstens hat sie bisher keine Polizei gerufen. Und ich werde dafür sorgen, dass es dabei bleibt! Die wird sonst nicht eher Ruhe geben, bis sie etwas gefunden hat. Wenn wir nicht aufpassen, dann macht uns diese Alte noch einen Strich durch die Rechnung. Und das, nachdem bisher alles so gut geklappt hat.

Na ja, finden wird sie eh nichts. Jedenfalls nichts, aus dem man uns einen Strick drehen könnte. Es gibt keine Beweise für den Mord. Basta!

Matteo nagte an seinen Fingernägeln, während er das Zelt im Blick behielt.

Trotzdem macht sie mich nervös. Wenn diese Uschi nicht so penetrant wäre, hätten wir ganz unauffällig mit den anderen abreisen können. Mit dem Bus. Das können wir jetzt natürlich vergessen. Ich muss Mariella noch verklickern, dass wir früher abhauen müssen. Ohne Gepäck. Nach Stein können wir zu Fuß laufen und dort nehmen wir uns dann ein Taxi zum Bahnhof. Hauptsache, wir sind bald in Italien. Vielleicht wäre aber auch ein Umweg über die Schweiz besser. Wir könnten bei Tante Elena in Zürich eine Weile untertauchen. Und wenn in die Sache Ruhe eingekehrt ist, gehen wir zurück nach Italien.

Er spuckte auf den Boden.

So ein Ärger wegen dieser Deutschen! Vielleicht hätte ich die Fackel ins Zelt werfen sollen. Dann wären wir jetzt unsere Sorgen los.

Er rieb sich den Nacken.

Blödsinn! Mariella hätte mir das nie verziehen.

Aber es gibt auch andere Mittel und Wege, diese Frau für einige Zeit ruhigzustellen. Und bis sie die Alte gefunden haben, sitzen wir hoffentlich schon im Taxi.

Matteo öffnete den Beutel an seinem Gürtel und holte ein kleines Fläschchen mit einer farblosen Flüssigkeit hervor. Als er sicher war, dass niemand auf ihn achtete, träufelte er einige Tropfen davon auf ein Stofftaschentuch. Sofort stieg ihm ein süßlicher Geruch in die Nase. Als das Tuch ausreichend durchtränkt war, knüllte er es zusammen und verstaute Fläschchen und Tuch wieder im Beutel. Das Tuch zuoberst, damit er es griffbereit hatte. Es musste alles schnell gehen. Sie durfte nicht schreien.

Uschi brauchte nicht lange nachzudenken. *F.M.*? Frank Mahler. Es lag auf der Hand. Dies war die Fibel, die Kathrin ihrem Mann zum Hochzeitstag geschenkt hatte und die vor zwei Jahren bei der nächtlichen Auseinandersetzung im Wald verloren gegangen war.

Da hatte sie endlich den Beweis, den sie gesucht hatte! Die Fibel würde genügen, um ihren Verdacht der Polizei gegenüber ausreichend zu begründen. Mariella konnte nur deshalb im Besitz der Fibel sein, weil sie es gewesen war, die mit Frank gekämpft hatte. Aber wenn sich diese zarte Frau damals gezwungen sah, sich dermaßen heftig gegen Frank zur Wehr zu setzen, konnte das nur eines bedeuten: Er war über sie hergefallen. Vielleicht hatte er in seinem betrunkenen Zustand ihr Nein nicht akzeptiert und versucht, sie zu vergewaltigen. Oder schlimmer – er hatte es nicht bloß versucht, sondern tatsächlich getan. Das würde erklären, weshalb sie danach vor Schmerz und Scham ihr Zelt nicht mehr verlassen hatte. Da das Römerfest nur im zweijährigen Turnus stattfand, musste sie lange warten. Zwei lange Jahre, in denen sie Rachepläne schmiedete.

Der Lärm von draußen übertönte seine Schritte. Uschi hatte keine Chance, ihn zu hören. Außerdem war sie gerade in den Schließmechanismus der Fibel vertieft, als er plötzlich vor ihr stand. Uschi zuckte zusammen und stieß ein erschrockenes Japsen aus. Matteo! Sein Gesicht war starr vor Zorn und in seinen Augen spiegelte sich eine solche Entschlossenheit, dass sie ängstlich zurückwich.

Bevor Uschi auch nur den Mund zu einem Hilfeschrei öffnen konnte, riss Matteo bereits das Tuch aus seinem Beutel und warf sich auf sie. Uschi wusste nicht, wie ihr geschah. Der Mann war so kräftig, dass sie sofort den Halt verlor und zu Boden stürzte. Matteo lag wie ein schwerer Sack auf ihr und presste sie nieder. Obwohl sie wie verrückt strampelte und um sich schlug, schaffte sie es nicht, ihn von sich herunterzubekommen.

Matteo wehrte mit der einen Hand ihre Schläge ab, mit der anderen Hand versuchte er, ihr das Tuch auf Mund und Nase zu drücken. Das war aber alles andere als einfach, denn Uschi zappelte wie ein gefangener Karpfen unter ihm und warf unentwegt ihren Kopf hin und her. So landete das Tuch mit der hochkonzentrierten Flüssigkeit ungewollt auf ihren Augen.

Ah! Wie das brannte! Uschi heulte vor Schmerz auf. Augenblicklich füllten sich ihre Augen mit Tränen.

Matteo fluchte, als er bemerkte, dass er sein Ziel verfehlt hatte. Er löste seine Hand von ihren Augen, um das Tuch neu zu positionieren. Dies war Uschis einzige Chance. Und diese Chance nutzte sie. Dem Sehsinn beraubt konzentrierte sie sich instinktiv mehr auf das Fühlen und bemerkte nun, dass sie die geöffnete Fibel immer noch in ihrer Faust umklammert hielt. Uschi holte aus und rammte die Nadel der Fibel mit aller Kraft ihrem Angreifer entgegen. Blindlings. Es war ihr egal, wo sie ihn damit treffen würde. Hauptsache sie traf.

Matteo heulte entsetzt auf und rollte von ihr herunter. Die Nadel hatte sich tief in seinen Hals gebohrt. Mit einem gellenden Schrei riss er sich die Fibel vom Hals und schleuderte sie von sich. Der Schmerz, der ihn durchfuhr, war so tiefgehend, so durchdringend, dass er sich einige Sekunden lang jammernd auf dem Boden herumwarf.

Uschi robbte hastig davon. Sie sah alles nach wie vor verschwommen und konnte nur vermuten, wo sich der

Zeltausgang befand. Sie hatte Matteo dermaßen in Rage versetzt, dass sie ihm jetzt alles zutraute.

Der Italiener erholte sich schneller als von Uschi erwartet. Er presste die Hand auf seinen blutenden Hals und packte Uschi am Fuß, um sie zurückzuziehen.

»Mariella?«

Matteo stutze. Jemand stand vor dem Zelt. Er kannte die Männerstimme. Es war Salvatore.

Mit letzter Kraft zog er Uschi zu sich heran und hielt ihr den Mund zu.

»Mariella non è qui!«, schrie er krächzend. Er räusperte sich. »E io dormo.«

Hektisch blickte er um sich. Wo war das Tuch? Und wo war diese verdammte Fibel?

Salvatore zögerte. Matteo gab vor, zu schlafen. Und Mariella war angeblich nicht da. Aber hatte da nicht jemand geschrien? Schwer zu sagen bei diesem Lärm. Wo war Uschi nur abgeblieben? Sie hatte doch versprochen, hier auf ihn zu warten. Er schaute in alle Richtungen, konnte sie allerdings nirgends ausmachen. Porca vacca, verdammt noch mal! Sollte er unter einem Vorwand das Zelt betreten und nachsehen, ob sich Uschi da drin aufhielt? Aber wenn überhaupt jemand geschrien hatte, dann war es gewiss nicht ihre Stimme gewesen, die er da gehört hatte. Missmutig fuhr er sich mit der Hand über das verschwitzte Gesicht. Er musste Matteo dazu bringen, mit ihm zu sprechen. Er trat näher an die Zeltplane heran und lauschte. Da drin war alles still. Verdächtig still.

»Posso parlarvi?«, versuchte es Salvatore.

Keine Antwort.

»Matteo, posso parlarvi?«, rief er erneut.

Doch auch dieses Mal antwortete Matteo nicht auf die Frage, ob Salvatore mit ihm reden könne.

Hilfe suchend sah Salvatore zum Himmel auf. Weit und breit kein Vogel in Sicht. Die Götter hielten sich mit ihrer Meinung zurück.

Egal. Er brauchte keine Vogelschau. Sein Bauchgefühl sagte ihm, dass die Sache zum Himmel stank.

Dass von Uschi nichts zu hören war, musste nicht heißen, dass sie sich nicht da drinnen befand. Im schlimmsten Fall konnte es bedeuten, dass er sie nicht sprechen ließ. Oder dass sie nicht mehr sprechen konnte. Maledizione! Verflucht! Hoffentlich lebte sie noch!

Außer sich vor Sorge hastete er zu seinem Bekannten Roberto, der sich gerade in der Nähe mit einem anderen Soldaten unterhielt.

»Roberto! Ich brauche dein Schwert! Schnell bitte!«, flüsterte er ihm zu.

Roberto sah ihn verwundert an. So aufgelöst hatte er Salvatore ja noch nie erlebt. Obwohl er sich nicht vorstellen konnte, was sein alter Freund als Augur mit dem Schwert anstellen wollte, tat er Salvatore den Gefallen und reichte ihm rasch die Waffe.

»Brauchst du Hilfe?«, fragte er besorgt.

Salvatore hatte keine Zeit zu antworten. Er nickte Roberto zum Dank zu und rannte los.

Was habe ich nur getan, dachte Matteo fassungslos. Er fühlte sich mit der Situation völlig überfordert. Aus der Einstichverletzung am Hals sickerte das Blut zwischen seinen Fingern hervor und tropfte auf den Boden. Unter ihm lag immer noch Uschi, der er mit aller Macht den Mund zuhielt und die so heftig röchelte, dass er befürchtete, sie könne jeden Augenblick kollabieren. Und vor dem Zelt stand Salvatore und wartete darauf, dass er herauskam. Das Tuch lag dort drüben außer Reichweite. Die Fibel ebenfalls. Was, verflucht noch mal, sollte er nur tun? Diavolo! Zum Teufel! Er wollte nicht mehr kämpfen. Er wollte nur noch weg. Sofort. Weit weg.

Notgedrungen löste er die Hand von Uschis Mund und streckte seinen Arm nach der Fibel aus.

Uschi schnappte nach Luft und brüllte los:

»Hilfe! Salvatore! Ich bin hier!«

Matteo krallte sich die Fibel und stürzte an Uschi vorbei ins Freie.

Salvatore fiel ein Stein vom Herzen, als er Uschis Stimme hörte. Aber er war kein erfahrener Kämpfer und sein Reaktionsvermögen war auch nicht das beste. Deshalb war er völlig perplex, als Matteo aus dem Zelt gestochen kam, um ihn herum einen Haken schlug und dann in der Menge verschwand. Es ging alles viel zu schnell.

Konsterniert betrachtete er das Schwert in seiner Hand. Was hatte er denn damit gewollt? Hätte er es Matteo in den Bauch rammen sollen, um ihn aufzuhalten? Gewiss nicht! Außerdem lagen seine Prioritäten ganz woanders. Verärgert ließ er das Schwert ins Gras fallen. Sollte Matteo doch rennen, wohin er wollte. Ihm ging es nur um Uschi. Zumindest lebte sie noch! Aber war sie unverletzt?

Als er die Zeltplane zurückschlug, war er im ersten Moment wie versteinert vor Schreck. Uschi kroch ihm mit zusammengepressten Augen entgegen, das Gesicht rot und tränenüberströmt. Der weiße Stoff ihrer Tunika war am Rücken blutverschmiert.

»Oh, per l'amore di Dio! Um Gottes willen!«, rief er aus.

Als Uschi seine Stimme hörte, hob sie den Kopf und stöhnte. Salvatore ließ sich auf die Knie fallen und nahm sie in die Arme.

»Uschi! Was hat er mit dir gemacht? Bist du verletzt? Was ist mit deinen Augen?«

»Ich weiß nicht«, jammerte sie. »Er hatte ein Tuch. Da war irgendein Mittel drauf. Das Zeug brennt schrecklich.«

»Komm, wir müssen deine Augen mit Wasser ausspülen.« Er half ihr auf. »Du wirst sehen, gleich ist es besser.«

Nachdem Uschi zehn Minuten lang ihr Gesicht unter den Wasserstrahl gehalten hatte, ließ das Brennen endlich nach und sie konnte wieder sehen. Wenn auch noch ziemlich verschwommen.

Letztlich war es gut, dass sie ihr Gesicht im Spiegel nur unscharf erkennen konnte. Für sie sah es so aus, als liege ein Weichzeichner über den unzähligen Flecken und Rötungen, die sich um ihre Augen herum gebildet hatten. Hätte sie erkennen können, wie sehr ihre Haut durch den Kontakt mit der reizenden Flüssigkeit litt, wäre sie vermutlich nicht mehr unter die Leute gegangen. So nahm sie lediglich die knallrot verfärbte Bindehaut ihrer Augen wahr.

»Ach, herrje!«, keuchte sie und spülte die Augen nochmals mit Wasser aus. Wenn sie nur eine Sonnenbrille mitgenommen hätte! Seufzend verließ sie die Toilette.

Draußen wartete Salvatore auf sie. Als er bemerkte, in welchem Zustand sie sich immer noch befand, legte er tröstend den Arm um sie.

»Hast du keine Sonnenbrille?«

Uschi schüttelte wortlos den Kopf.

»Ecco«, sagte er und nahm seine Brille ab, »hier, du kannst meine haben. Warum hast du denn nicht auf mich gewartet?«

»Ich hab auf dich gewartet. Aber als du dann nicht gekommen bist …«

»Ja, das tut mir wirklich leid«, fiel er ihr ins Wort. »Aber ich konnte nicht eher kommen. Der Alamannenfürst kam zu spät zur Trauung. Dadurch hat sich alles verzögert.«

»Ach so …«

»Du hättest trotzdem auf mich warten sollen.«

»Und jetzt?«, sagte Uschi, um das Thema zu wechseln. »Was sollen wir tun? Ich bin mir nun sicher, dass Mariella und ihr Mann Frank vergiftet haben. Ich habe Franks Fibel in ihrem Zelt gefunden.«

»Echt? Hast du die Fibel?«

»Nein. Ich weiß nicht, wo sie ist.« Uschi senkte die Stimme. »Ich … ich … hab ihm die Nadel der Fibel irgendwo reingerammt.«

»Mach dir keine Gedanken«, beruhigte sie Salvatore. »Du musstest dich wehren. Schließlich hat er dich angegriffen.«

»Vielleicht liegt die Fibel ja noch im Zelt«, mutmaßte Uschi. »Salvatore, wir brauchen sie. Sie ist unser einziges Beweisstück.«

Wenig später stellten sie zumindest das Tuch sicher, das zum Glück noch an Ort und Stelle lag. Auch einen ihrer Ohrclips, der beim Kampf abgefallen war, entdeckte sie. Die Fibel jedoch blieb unauffindbar. Mit Unbehagen registrierte Uschi, dass auch Matteos Rüstung verschwunden war. Samt Schwert. Offenbar war er nochmals zum Zelt zurückgekehrt, hatte die Rüstung angelegt und sich bewaffnet. Uschi zog den verbliebenen Clip vom Ohrläppchen und verstaute den Ohrschmuck, der im Moment nur hinderlich war, in ihrem Beutel. In seiner Rüstung würde Matteo kaum von den anderen Soldaten zu unterscheiden sein. Die Suche nach ihm würde nun erheblich schwieriger werden. Und gefährlicher.

»Okay. Ich denke, wir müssen zuerst einmal die Polizei rufen. Und dann schauen wir mal, wo Mariella steckt.« Salvatore nahm sein Smartphone aus der Tasche.

Uschi legte die Hand auf seinen Unterarm.

»Was ist, wenn Matteo zurückkommt?« Sie stockte. »Ich hab solche Angst, dass er mich umbringt!«

»Aber Uschi! Wenn er dich hätte umbringen wollen, dann hätte er das schon längst getan.«

»Und was ist, wenn er jetzt durchdreht? Der hat sich doch gar nicht mehr unter Kontrolle!«

Salvatore betrachtete sie nachdenklich.

»Vielleicht hast du recht. Halte dich möglichst fern von ihm. Aber falls er dich tatsächlich nochmals bedrohen sollte, verteidigst du dich damit.« Er bückte sich nach Robertos Schwert, das noch im Gras vor dem Zelt lag, und reichte es Uschi. »Hier, nimm. Das gehört einem Freund von mir.«

Uschi betrachtete misstrauisch das Schwert in ihrer Hand. Es war zwar nicht besonders schwer, aber sie wusste nicht, wo sie es verstauen sollte. In den Gürtel konnte sie es nicht stecken. Dafür war die Klinge zu lang. Es würde ihr nichts anderes übrig bleiben, als das Schwert in der Hand zu tragen.

»Und du?«, wollte sie wissen.

Salvatore ließ die Schultern hängen und legte den Kopf schief.

»Ich komme mit diesen Dingern eh nicht zurecht.«

Obwohl Uschi alles andere als wohl bei der Sache war, stimmte sie zu, getrennt nach dem italienischen Paar zu suchen. Salvatore übernahm den vermeintlich gefährlicheren Part und wollte nach Matteo suchen. Sie selbst sollte Mariella ausfindig machen.

Ihre erste Anlaufstelle war die Bastelecke. Doch da war sie nicht. Eine andere Frau leitete die Kinder beim Mosaik an. Vielleicht half Mariella schon wieder in der Küche? Uschi spürte ein Kribbeln im Bauch. Wenn sich die Italienerin erneut Zugang zur Küche verschafft hatte, war dies nicht ungefährlich. Wer weiß, ob es noch mehr Zeugen gab, die sie vergiften wollte! Sie beschleunigte ihren Schritt. Jede Sekunde konnte wichtig sein!

Während sie über die Wiese eilte, presste sie das Schwert seitlich an ihren Körper. Sie wollte keine Aufmerksamkeit erregen. Dennoch drehte sich der eine oder andere Besucher verwundert nach ihr um. Eine Römerin, die mit einem Schwert in der Hand durch die Gegend rannte – ein merkwürdiger Anblick.

Uschi überprüfte zuerst die Küche, eilte dann zum

Kiosk und durchkämmte anschließend das Bierzelt – von Mariella keine Spur.

Ratlos stellte sie sich auf die Aussichtsterrasse und schaute über das bunte Treiben hinweg. Es wimmelte nur so von Besuchern auf dem Areal. Heute am Sonntag herrschte noch mehr Andrang als gestern. Uschi erinnerte der Anblick an ein Wimmelbild aus dem Bilderbuch. Nach dem Motto: Hier hat sich Mariella versteckt. Kannst du sie entdecken? Es war, als wollte man in einem Ameisenhaufen die Königin finden.

»Ah. Frau Lämmle. Da sind Sie ja!«

Uschi machte vor Schreck einen Satz, als ihr ein Mann von hinten die Hand auf die Schulter legte. Sie fuhr herum.

»Herr Buckenmaier! Muss das sein? Sie erschrecken mich zu Tode!«

Buckenmaier lachte und warf entschuldigend die Hände in die Höhe.

»Das war ganz bestimmt nicht meine Absicht. Ich war nur froh, dass ich Sie endlich gefunden habe. Ich suche Sie schon seit einer Ewigkeit.«

»Was heißt hier eine Ewigkeit?«, wunderte sie sich. »Herr Bibione hat doch gerade erst angerufen.«

Uschi war erleichtert, dass Buckenmaier nun vor Ort war. Aber weshalb trug er denn keine Uniform? Ermittelte er etwa undercover? Sie beäugte ihn unauffällig. Er hätte gut daran getan, trotz Hitze die Uniform anzubehalten. Die Uniform stand ihm wesentlich besser zu Gesicht als diese Zivilkleidung. Die kurzen Jeanshosen und das körpernahe T-Shirt setzten seine weißen, behaarten Beine und den bereits vorhandenen Bauchansatz unvorteilhaft in Szene. Dazu trug er weiße Socken, die er bis zur

Wade hochgezogen hatte. Der Spott der Italiener war ihm in diesem Aufzug jedenfalls zweifelsohne sicher. Uschis Blick blieb an seinen ausgebeulten Hosentaschen hängen. Hoffentlich befand sich darin ein Teil des üblichen Polizeiequipments. Wenn er es schon nicht für nötig gehalten hatte, für diesen Einsatz seine Dienstwaffe mitzuführen.

Buckenmaier sah auf seine Uhr.

»Was meinen Sie mit gerade erst? Es ist schon vier Stunden her, dass wir telefoniert haben.«

Noch ehe Uschi die Sache klarstellen konnte, deutete er auf das Schwert in ihrer Hand.

»Was soll das denn? Kämpfen jetzt bei den Römern auch schon die Frauen?«

»Nein«, sagte Uschi und verdrehte die Augen. »Das trage ich zum Schutz.«

»Zum Schutz? Oh, Frau Lämmle. Da sträuben sich bei mir ja alle Haare! Legen Sie das Ding weg! Am Ende verletzen Sie sich noch selbst damit.«

Er zog aus seiner Hosentasche ein Stofftaschentuch und tupfte sich damit die Schweißperlen von Stirn und Halbglatze.

»Ich hab Sie nicht um Ihre Meinung gebeten«, sagte Uschi barsch. »Als ich Ihre Hilfe gebraucht hätte, waren Sie nicht bereit zu kommen.«

»Ja«, sagte Buckenmaier gedehnt und steckte das Taschentuch wieder ein. »Das klang alles ziemlich verworren, was Sie mir am Telefon erzählt haben. Von wegen Mafia und so.« Seine Mundwinkel zuckten. »Aber irgendwie hat es mir dann doch keine Ruhe gelassen. Ich hab mit dem behandelnden Arzt gesprochen, der den Tod von Ihrem Bekannten diagnostiziert hat, und habe ihm von Ihrem Verdacht erzählt. Daraufhin hat er sich die Akte nochmals genauer angeschaut und bestätigt, dass eine Vergiftung nicht ausgeschlossen werden kann.«

»Wird Frank obduziert?«

Buckenmaier nickte, verschränkte seine Finger ineinander und ließ sie knacken.

»Ja, wir müssen das überprüfen. Zumal Frau Mahler auch nicht nachvollziehen kann, weshalb ihr Mann so unerwartet an einem Herzinfarkt verstorben ist.« Er musterte Uschi. »Und wie sieht es bei Ihnen inzwischen aus? Alles klar?«

»Es ging mir schon besser. Sagen wir mal so. Aber immerhin weiß ich inzwischen, wer Frank vergiftet hat.«

»Aha! Was glauben Sie denn, wer ihn vergiftet hat?«

»Ein italienisches Paar. Mariella und Matteo. Sie gehören zu der römischen Truppe.«

»Haben Sie Beweise für Ihre Vermutung?«

Uschi nahm die Sonnenbrille ab.

Buckenmaier pfiff durch die Zähne.

»Oha! Das sieht aber gar nicht gut aus. Wie ist denn das passiert?«

Uschi berichtete in Kürze, was sich in den letzten Stunden alles zugetragen hatte. Danach rieb sich Buckenmaier ernst dreinblickend das Kinn.

»Mannomann. Sie machen ja schon wieder Geschichten, Frau Lämmle. Zumindest ist es gut, dass Sie die Polizei informiert haben. Die Kollegen sind bestimmt bald da.« Er musterte sie. »Und wie geht es Ihnen jetzt? Sind Sie sicher, dass Sie keine weiteren Verletzungen haben? Manchmal merkt man das gar nicht im ersten Schock. Es sind sogar schon Leute verblutet, ohne es zu merken.«

»Also, ich glaube nicht, dass ich noch andere Verletzungen habe. Warum?«

Er deutete auf ihren Rücken.

»Weil Sie da so Blutflecken haben.«

»Blutflecken?«, schrie Uschi. »Oh nein! Nicht auch noch das! Ich seh schon schrecklich genug aus.«

»Ist das Ihr Blut?«, wollte Buckenmaier wissen und legte die Stirn in Falten.

»Nein. Ich habe zumindest nichts gespürt.« Sie verzog angeekelt das Gesicht. »Ich denke, es ist Matteos Blut.«

»Aha.« Buckenmaier hob missbilligend die Augenbrauen. »Haben Sie diesen Matteo mit dem Schwert verletzt?«

»Schwert? Welches Schwert?«, fragte Uschi, registrierte aber im selben Augenblick wieder, was sie in ihrer rechten Hand hielt. »Ach, das Schwert. Nein, um Gottes willen! Ich habe doch schon gesagt, dass ich das nur zu meinem Schutz bei mir trage.«

»Wie ist dann das Blut von dem Italiener auf Ihren Rücken gekommen?«

»Vielleicht hatte er Nasenbluten«, behauptete Uschi und knetete ihr Ohrläppchen.

»Frau Lämmle! Nun mal im Ernst. Auf mich warten noch andere Aufgaben.«

»Ich musste mich doch irgendwie wehren«, setzte Uschi zu ihrer Verteidigung an. »Ich hatte nichts anderes. Deshalb hab ich ihm die Fibel irgendwo reingestochen.«

»Fibel? Was ist das gleich noch mal?«

»Eine Fibel ist so etwas wie eine Brosche. Damit wird die Tunika an der Schulter verschlossen. Mit einer Nadel.«

»Aha. Und damit haben Sie diesen Italiener verletzt?«

»So wie es aussieht, ja«, gab sie kleinlaut zu. »Ich konnte allerdings nichts sehen. Wegen diesem Lappen …«

Sie kramte in ihrem Lederbeutel und holte schließlich das Tuch heraus.

Buckenmaier zog einen Latexhandschuh aus der Hosentasche hervor, den er vorsorglich eingesteckt hatte, streifte ihn über und nahm das Tuch entgegen. Er befühlte es erst, bevor er es schließlich unter die Nase hielt und daran schnüffelte.

»Riecht süßlich. Könnte Chloroform sein«, stellte er fest und steckte es daraufhin mitsamt dem Handschuh in seine Hosentasche. »Und die Fibel? Wo ist die?«

»Ich weiß es nicht. Im Zelt war sie nicht mehr.«

»Dann hat sie der Italiener.« Mit zusammengekniffenen Augen schaute Buckenmaier über die Menschenmenge hinweg. »Wir sollten ihn möglichst schnell finden, solange er diese Fibel noch bei sich trägt. Wenn er sie erst einmal irgendwo entsorgt hat, wird es schwieriger werden, ihm etwas nachzuweisen.«

Uschi riss erstaunt die Augen auf. Daran hatte sie noch gar nicht gedacht.

»Dann hätte ich nur Ihre Zeugenaussage«, konstatierte Buckenmaier.

Uschi umklammerte den Schaft des Schwerts noch etwas fester. Auch ohne dass Buckenmaier es aussprach, war klar, was dies bedeutete.

»Aber was ich noch nicht verstanden habe – was haben die Silbermünzen, die Sie gefunden haben, damit zu tun?«

»Ich weiß nicht«, sagte Uschi. »Vielleicht gar nichts. Ich muss erst einmal Kathrin fragen, was es mit diesen Münzen auf sich hat. Da irgendwas zu spekulieren, bringt gar nichts.«

Buckenmaier nickte. Dann fiel sein Blick wieder auf das Schwert.

»Ich verstehe ja, dass Sie Angst haben. Aber glauben Sie mir. Das ist keine gute Idee mit dem Schwert. Geben Sie es mir, bitte.«

Er streckte ihr auffordernd die Hand entgegen. Uschi starrte sie an und rang mit sich. Sicher war es vernünftiger, ihm die Waffe zu geben. Aber war es auch klug?

In diesem Moment trat Salvatore hinzu. Er war verschwitzt und völlig außer Atem.

»Entschuldigen Sie«, sagte er zu Buckenmaier gewandt und zog Uschi am Arm zur Seite.

»Ich habe alles abgesucht«, flüsterte er ihr ins Ohr. »Matteo ist wie vom Erdboden verschluckt! Hast du Mariella gefunden?«

Uschi schüttelte den Kopf und deutete auf Buckenmaier.

»Das ist der Polizist.«

Salvatore reichte Buckenmaier die Hand.

»Sie sind von der Polizei? Das ist gut. Ich fürchte, dass Matteo und seine Frau gerade dabei sind abzuhauen.«

»Darf ich fragen, wie Sie heißen?«, fragte Buckenmaier streng.

»Salvatore. Salvatore Bibione. Ich spiele hier den Augur. Und bin ein Freund von Uschi.«

»So. Was ist denn, wenn ich fragen darf, ein Augur?«

»Der Augur war bei den Römern ein angesehener Beamter, der den Willen der Götter im Vogelflug erkennen konnte«, erklärte Salvatore. »Bevor man ein wichtiges Fest feierte oder einen Krieg anzettelte, holte man den Rat des Auguren ein.«

»Aha.«

Buckenmaier war anzusehen, dass ihm die Sache suspekt vorkam. Götter, Vogelflug und Römer gehörten nicht zu seiner Gedankenwelt. Schnell konzentrierte er sich wieder auf die Fakten.

»Sind Sie auch Italiener? Kennen Sie dieses italienische Paar, das wir suchen?«

»Ich habe Mariella ein paar Mal bei Römerfesten getroffen«, sagte Salvatore achselzuckend. »Matteo habe ich erst gestern hier kennengelernt.«

Buckenmaier nickte. Zu Uschis Leidwesen knüpfte er wieder an das vorhergehende Thema an und streckte fordernd die Hand nach ihrem Schwert aus. Die tiefe Falte zwischen seinen Augenbrauen brachte klar zum Ausdruck, dass er nicht mit sich diskutieren ließ. Seufzend überreichte sie ihm die Waffe.

»Ich gebe Ihnen das Ding nur, wenn Sie mir versprechen, nicht von meiner Seite zu weichen«, forderte sie. »Sie sind ab sofort mein Bodyguard!«

Nun war es an Buckenmaier zu seufzen.

»Oh, Frau Lämmle! Ich weiß schon, dass Sie eine Vorliebe für Personenschutz haben.« Er verzog das Gesicht, nahm das Chloroformtuch aus der Tasche und wischte sich damit über den Kopf. »Aber da muss ich Sie enttäuschen. Wir machen das ganz anders ...«

»Äh, Herr Buckenmaier«, unterbrach ihn Uschi. »Sie wischen sich gerade mit dem Beweisstück den Schweiß ab.«

»Wie?«, fragte Buckenmaier irritiert und schaute verblüfft auf das Tuch in seiner Hand. »Ach so! Mist!« Verärgert steckte er das Tuch wieder ein, dieses Mal allerdings in die Gesäßtasche. Nun waren alle vorherigen Vorsichtsmaßnahmen für die Katz gewesen.

Uschi überlegte sich, ob sie Buckenmaier darauf hinweisen sollte, dass sich auf seiner Stirn bereits rote Flecken bildeten. Da der Polizist aber sowieso schon einen gereizten Eindruck machte, ließ sie es lieber.

»Okay, wo war ich? Ah ja. Herr Bibione hilft mir, diesen Matteo schnellstmöglich zu finden«, sagte er geschäftig. »Und Sie« – er deutete mit dem Finger auf Uschi – »suchen nach seiner Frau und geben mir Bescheid, wenn Sie sie gefunden haben. Sie haben ja meine Nummer.« Als er Uschis verzagten Blick sah, fügte er hinzu: »Keine Angst. Die wird Ihnen schon nichts tun. Nicht vor all den Leuten.« Seine braunen Augen blitzten schelmisch auf. »Solange Sie kein Essen von ihr annehmen, kann Ihnen nichts passieren. Denken Sie an Schneewittchen!«

Entschuldigen Sie bitte, darf ich mal vorbei?«

Uschi drängelte sich durch eine Besuchergruppe hindurch, die bei einer Führung nicht nur die Fundamente der Badeanlage in Beschlag nahm, sondern auch den Verbindungsweg zur Villa verstopfte. Ein Mann mittleren Alters erläuterte gerade die Bedeutung der Bäder zur römischen Zeit.

»Die Römer liebten ihre Bäder. Man traf sich in geselliger Runde, tauschte den neuesten Klatsch und Tratsch aus und ließ sich dabei mit einer Ölmassage verwöhnen. Für das Badevergnügen gab es verschiedene Räume. Das ›caldarium‹ war ein Warmbad. Damit man keine kalten Füße bekam, waren damals schon Fußbodenheizungen gebräuchlich. Dafür stellte man kleine Pfeiler, die aus übereinandergelegten Ziegeln bestanden, auf den Boden und bedeckte diese mit Natursteinplatten. Durch den Hohlraum darunter wurde heiße Luft aus einem Feuerungsraum geleitet. Der Fußboden wurde dadurch so heiß, dass man ihn nur mit Holzsandalen betreten konnte.«

Die Besucher murmelten erstaunt.

»Im ›frigidarium‹ konnte man sich danach bei einem kalten Bad wieder abkühlen. Wie auch heutzutage in der Sauna üblich wurde nackt gebadet, wobei Männer und Frauen selbstverständlich gesonderte Badezeiten hatten. Eine gemischte Sauna war zu jener Zeit noch undenkbar!« Er schmunzelte. »Interessant ist, dass von den Frauen mehr Eintritt als von den Männern verlangt wurde.«

»Das ist mal wieder typisch«, rief eine junge Frau empört dazwischen. »Beim Friseur zahlen Frauen auch grundsätzlich mehr!«

»Nun ja«, sagte der Führer, »die Frauen benötigten auch damals schon deutlich mehr Kosmetika als die Männer. Zudem war die Reinigung des Ablaufs aufwendiger, weil er durch die langen Haare verstopft wurde.«

»Oh ja, des kenn i von dohoim«, meinte ein Mann verdrießlich und seufzte so tief, dass die umstehenden Leute in Gelächter ausbrachen.

»Und hier sehen Sie die Latrinen, also die Toiletten. Natürlich sind diese Gemeinschaftslatrinen für uns heute ungewohnt. Aber für die damalige Zeit war die römische Zivilisation äußerst fortschrittlich. Immerhin besaßen die Toiletten bereits eine Wasserspülung. Das war ein technischer Standard, von dem die Leute im Mittelalter nur träumen konnten. Die verrichteten ihre Notdurft nämlich zwischen den Häusern und lebten in weit unhygienischeren Verhältnissen. Die Leistungen der Römer waren diesbezüglich wirklich erstaunlich!«

Als sich die Gruppe in Bewegung setzte, um die Toiletten näher zu inspizieren, huschte Uschi auf die andere Seite des Weges und eilte den Säulengang entlang zum Hauptgebäude. Sie kontrollierte erst einmal das Untergeschoss, wo sich die Modelle der Villa und der Vorführraum für die Tonbildschau befanden. Leise drückte sie die Tür des Vorführraums auf und spähte in das dunkle Zimmer hinein. Einige wenige Zuschauer saßen gebannt in der ersten Reihe vor der Leinwand. Mariella war nicht darunter. Sie schloss die Tür und begab sich zum Ausstellungsraum im Erdgeschoss, wo zwischen den Glasvitrinen ein buntes Durcheinander von Besuchern herrschte. Trotz der vielen Leute erkannte Uschi schnell, dass Mariella sich hier ebenfalls nicht aufhielt. Mit ihrer hellblauen Tunika wäre sie ihr sofort ins Auge gestochen.

Vielleicht war die Italienerin im Obergeschoss? Keuchend rannte sie die Treppe zu den rekonstruierten Wohnräumen hoch. Nichts. Uschi holte ihr Handy hervor, setzte sich auf die oberste Treppenstufe und wählte Buckenmaiers Nummer.

»Also im Wohnhaus ist sie nicht!«, japste sie. »Ich habe alle Stockwerke kontrolliert.«

»Ich hab doch gesagt, Sie sollen mich nur anrufen, wenn Sie die Frau gefunden haben. Nicht, wenn Sie sie nicht gefunden haben!«, blaffte Buckenmaier.

Uschi schluckte trocken. So ein Idiot!

»Wir gehen gerade Richtung Tempelbezirk«, schnaufte Buckenmaier. »Hören Sie, Frau Lämmle. Sie rufen mich nur noch an, wenn es wirklich wichtig ist. Klar?«

Uschi nickte, obwohl Buckenmaier das ja nicht sehen konnte, und drückte ihn kommentarlos weg.

Typisch, dachte Uschi grimmig. Er ist und bleibt ein Rüpel!

Ich glaube nicht, dass Matteo sich im Heiligen Bezirk aufhält, Herr Buckenmaier«, sagte Salvatore nun zum wiederholten Male.

»Trotzdem müssen wir auch dort suchen«, beharrte Buckenmaier. »Wissen Sie, wir müssen schon ein bissle systematisch vorgehen. Nur kopflos durch die Gegend zu rennen, bringt uns nicht weiter. Außerdem kann man ja nicht wissen, was der Mann vorhat.«

»Also ich an seiner Stelle würde mich unter den anderen römischen Soldaten verstecken«, meinte Salvatore. »Gleich beginnt der Schaukampf. Ich denke, wir sollten eher dort nach ihm suchen.«

»Eins nach dem anderen«, murrte Buckenmaier und stapfte weiter.

Sie waren gerade am Eingang des Heiligen Bezirks angelangt, da blieb Buckenmaier abrupt stehen.

»Bei mir brummt's in der Hose«, sagte er und holte sein Smartphone hervor. »Da muss ich ran.«

Als er sah, dass es Uschi war, stöhnte er und steckte das Gerät sogleich wieder weg.

»Wollen Sie nicht rangehen?«, fragte Salvatore.

»Später. Die Lämmle will mir bestimmt nur sagen, dass sie Mariella immer noch nicht gefunden hat.«

»Woher wollen Sie das denn wissen?«

»Ich kenne Frau Lämmle schon ein bissle länger als Sie. Das sind Erfahrungswerte.«

Salvatore hätte dem Polizisten gerne widersprochen, doch seine eigenen Erfahrungswerte sagten ihm, dass dieser Buckenmaier ein hoffnungsloser Fall war. Salvatore lehnte sich an die Tempelmauer und wartete. Keine zwei Minuten später stand der Polizist nach seinem Kontrollgang wieder keuchend neben ihm.

»Nichts!«, konstatierte er.

»Hm«, sagte Salvatore nur und nickte.

»Ja, ja, Sie wussten das natürlich«, brummte Buckenmaier und rieb sich den Nacken. »Woher wussten Sie das denn? Hat Ihnen das einer Ihrer Vögel gezwitschert?«

»Nein«, sagte Salvatore ruhig. »Dafür braucht es keinen Vogel. Man muss nur ein bisschen vorausschauend denken und aufmerksam sein.« Er deutete in Richtung des römischen Zeltlagers. »Mariella ist übrigens dort drüben. Sehen Sie? Die Frau mit den langen dunkelbraunen Haaren, die gerade mit der Sporttasche in der Hand aus dem Zelt kommt.«

Che cazzo fai?«, zischte Matteo erbost und versteckte sich hinter einem Baumstamm. Was machte Mariella denn da für einen Mist? Mit wem redete sie da?

Er hatte gerade zu ihr laufen wollen, als ein großer Mann in kurzen Hosen an sie herangetreten war. Der Typ legte so ein autoritäres Gehabe an den Tag, dass man ihm auch ohne Uniform sofort den Bullen ansah. Verflucht noch mal! Er hatte ihr extra eingetrichtert, nicht mehr zum Zelt zurückzugehen! Mariella schüttelte mehrfach den Kopf und machte ein ängstliches Gesicht. Salvatore stand zwischen ihr und dem Polizisten und übersetzte. So ein Verräter!

Warum haut sie denn nicht ab, fragte sich Matteo nervös. Sie wird sich jetzt doch nicht einfach von diesem Bullen festnehmen lassen!

Aber genau das tat sie. Sie zuckte nicht einmal, als der

Mann an ihrem Handgelenk die Handschellen zuschnappen ließ. Nun hing sie an der Hand des Polizisten und ließ sich widerstandslos abführen.

Matteo drückte seinen Rücken an den Stamm, rutschte langsam zu Boden und biss sich in die geballte Faust. Maledizione! Jetzt ist alles aus! Das kann doch nicht wahr sein! Am liebsten wäre er auf diesen Polizisten losgestürmt und hätte ihm mit dem Schwert den Arm abgeschlagen, an den Mariella angekettet war. Stattdessen musste er sich hier hinter diesem Baum verkriechen und ohnmächtig zusehen, wie seine Frau verhaftet wurde. Wie hatte es nur so weit kommen können?

An allem war nur diese verdammte Uschi schuld! Wenn sie nicht Verdacht geschöpft hätte, wäre nie jemand auf den Gedanken gekommen, dass Frank nicht auf natürliche Weise gestorben war. Er hätte sie von Anfang an massiver angehen müssen. Er war viel zu zimperlich gewesen.

Ächzend stützte er sich mit der Hand im Gras ab und richtete sich auf. Die Stichwunde am Hals pochte wieder stärker. Das schwarze Seidentuch, das er an einem Stand unbemerkt entwendet und sich notdürftig um den Hals gebunden hatte, leistete zwar gute Dienste, aber der sich ausbreitende feuchte Fleck sagte ihm, dass es nicht straff genug saß. Mit zusammengebissenen Zähnen hob er den Helm an, zog das Tuch fester und fixierte es mit einem Doppelknoten.

Es gab nur noch einen Ausweg: Er musste nach Italien fliehen. Dort würde er den besten Anwalt engagieren, den es gab, und versuchen, das Optimum für Mariella und sich herauszuholen. Da Mariella den Mord allein durchgeführt hatte, würde er selbst nur wegen Beihilfe zum Mord belangt werden. Wenn überhaupt. Er konnte abstreiten, gewusst zu haben, was sie vorhatte. Na ja, und die Körperverletzung, die er begangen hatte, war genau genommen nicht der Rede wert. Dafür würde er nicht in den Knast kommen.

Bevor er endgültig von hier verschwinden konnte, musste er allerdings noch diese Deutsche außer Gefecht setzen. Nicht, dass sie ihm wieder in die Quere kam. Er tastete nach der Fibel in seiner Hosentasche. Wie sollte er es am besten anstellen? Zuletzt hatte er sie beim Eingang der Villa gesehen. Bestimmt suchte sie ihn dort.

Nun gut, er würde dafür sorgen, dass sie ihn fand. Ja! So würde er es machen. Ihre Neugier würde sie in seine Arme treiben, und ehe sie es sich versah, würde die Falle zuschnappen. Seine Hand schloss sich so fest um die Fibel, dass es wehtat. Das war die gerechte Strafe für diese alte Hexe!

Sie beschloss, zu den Dachräumen zu gehen. Dort existierte eine Empore, von der man den Innenhof überblicken konnte. Uschi raffte ihre Tunika, damit sie auf der steilen Holztreppe nicht über ihren Saum stolperte. Die Ausstellung in den Dachräumen informierte über das Schulwesen, beliebte Spiele und die Vorratshaltung. Zudem gab es einen großen Schlafraum, der in seiner Schlichtheit einem Matratzenlager glich. Dahinter angrenzend lag noch ein luxuriöseres Schlafzimmer mit einem einzelnen Bett. Hm, hier hätte ich natürlich ebenfalls schlafen können, dachte Uschi und musste spontan gähnen. Sie war so erschöpft. Ob sie sich für einen klitzekleinen Moment hinlegen sollte? Nur ganz kurz die Beine ausstrecken? Es war ja niemand hier.

Bevor Uschi der Versuchung nachgeben konnte, hatte sie bereits das Hinweisschild entdeckt. *Bitte nicht auf die Betten liegen. Die Schlafstätten sind Teil der Ausstellung*, stand darauf. Offenbar hatte es schon vor ihr müde Besucher gegeben, die der Verlockung nicht hatten widerstehen können und hier ein Schläfchen abgehalten hatten. Uschi schüttelte über sich selbst den Kopf. Was war nur mit ihr los? Wie konnte sie bei all dem, was passiert war, überhaupt an so etwas wie Schlaf denken? War ihr Gehirn vom Chloroform benebelt? Nun gut, es handelte sich dabei um ein Betäubungsmittel. Und auch wenn das Tuch auf ihren Augen gelandet war, so hatte sie das Chloroform dennoch eingeatmet. Dies würde nicht nur die Müdigkeit erklären, sondern darüber hinaus ihre Schwerfälligkeit beim Denken. Irgendwie hatte sie eine regelrechte Mattscheibe.

Sie verließ den Schlafraum und stellte sich an die Brüstung. Die Besucher schienen allesamt auf der großen Wiese zu sein, um den nächsten Schaukampf mitzuerleben. Lediglich drei Kinder hüpften lachend vorbei. Uschi schob Salvatores Sonnenbrille von der Nase und rieb sich die Augen. Ah! Wann würde sich dieser unerträgliche Juckreiz endlich verlieren? Ein Mann im Rollstuhl, der von einem Jugendlichen geschoben wurde, sah zu ihr empor. Sie stoppten, betrachteten dann amüsiert die Sänfte, die in einer Ecke stand, und setzten schließlich ihren Weg fort.

Nachfolgend passierte ein römischer Soldat den Innenhof und verschwand um die Ecke. Uschi hörte, wie eine Tür zugeschlagen wurde. Er hatte vermutlich den

Feuerungsraum betreten. Was machte er da drin? Normalerweise blieben sämtliche Türen der Ausstellungsräume stets geöffnet. Unbewusst hielt Uschi den Atem an und klammerte sich an das Geländer. Kurz darauf verließ der Mann den Feuerungsraum bereits schon wieder und kam zurück. Nun konnte ihn Uschi von vorne sehen. Er war für den Kampf gerüstet und trug einen Helm, der Stirn und Wangen bedeckte. Trotzdem erkannte sie ihn sofort. Diese Augen würde sie nie mehr vergessen.

Matteo! Uschi wich rasch von der Brüstung zurück und schlich sich in den Schlafraum. Oh Gott! Hoffentlich hatte er sie nicht gesehen. Gab es hier denn nirgends einen Platz, wo sie sich verstecken konnte? Vielleicht in der Spielzeugtruhe? Oh nein, sie bekam schon bei deren Anblick Platzangst! Mit klopfendem Herzen stellte sie sich hinter die Tür des Schlafraums und wartete. Lauschte. Zumindest würde sie das Knarzen der Holztreppe hören, wenn er zu ihr hochkommen sollte. Vermutlich würde sie beim ersten Knarren vor Schreck tot umfallen! Herzinfarkt. Ganz ohne Eisenhut. Vor lauter Panik.

In diesem Augenblick hörte sie es. Es knarzte.

Uschi durchlief es eiskalt. Und nun? Sie hatte nichts, um sich zu verteidigen! Warum hatte sie auf Buckenmaier gehört und ihm das Schwert gegeben? Diese Dummheit könnte sie jetzt das Leben kosten!

Je näher die Schritte kamen, desto wilder schlug ihr Herz. Es gab keinen anderen Ausgang hier oben! Sie saß wie eine Maus in der Lebendfalle. Und die Katze schlich sich näher und näher an. Genoss die Gewissheit, dass ihre Beute nicht flüchten konnte.

Uschi fingerte nervös an ihrem Lederbeutel herum. Sie hatte ihn viel zu fest zugeknotet! Matteo musste schon im

Spielzimmer sein. Angestrengt riss sie an den Lederschnüren. Da! Da war es, ihr Handy. Auf einmal hörte sie keine Schritte mehr. Alles war still. Ihre Beine waren so butterweich, dass sie dem Drang nachgab und sich auf den Boden sinken ließ. Dort kauerte sie sich in die Ecke und wünschte sich nichts sehnlicher, als unsichtbar zu sein.

Wieder hörte sie Schritte und die wurden lauter. Hoffentlich, hoffentlich schaute er nicht hinter die Türe! Sollte sie Buckenmaier anrufen? Machte es ein Geräusch, wenn sie die Anruftaste drückte? Sie wusste es nicht mehr! Ein Geräusch würde ihr Versteck verraten. Sie presste das Handy an ihre Brust. Und wenn jetzt jemand anrief? Das wäre die totale Katastrophe! Aber wenn sie das Gerät ausmachte, gäbe es wohl ebenfalls ein Geräusch.

Noch während Uschi mit sich rang, hörte sie, dass er bereits in der Tür stand. Er war so nah, dass sie sogar seinen Atem hören konnte. Er hielt inne, als überlegte er sich, ob er den Raum tatsächlich betreten sollte. Geh weg, flehte Uschi in Gedanken und hielt sich die Hände vors Gesicht. Wie ein kleines Kind, das annahm. auf diese Weise nicht mehr sichtbar zu sein. Zwischen ihren Fingern hindurch sah sie, wie sich die Tür weiter öffnete.

Das Gefühl der Scham war so durchdringend, dass es Uschis Gesicht zum Glühen brachte. Viel zu spät hatte sie ihren Irrtum bemerkt und festgestellt, dass der Mann im Schlafraum nicht Matteo war. Zu allem Übel hatte der junge Mann sie hinter der Tür entdeckt. Sie hätte erleichtert sein können – doch das war sie nicht. Womöglich wäre es ihr in diesem Moment sogar lieber gewesen, Matteo hätte sie angegriffen. Denn mindestens ebenso quälend empfand sie den peinlichen Anblick, den sie dem verdutzten Besucher bot, der sie schlotternd und mit angstverzerrtem Gesicht auf dem Boden kauernd vorfand.

»Äh, alles klar bei Ihnen?«, hatte er gefragt.

In seinen Augen erkannte Uschi etwas, das sie zutiefst demütigte. Es war Mitleid. Mitleid dieser älteren Frau gegenüber, die sich aus unerfindlichen Gründen in den hintersten Winkel der Ecke gequetscht hatte. Dieser älteren Frau gegenüber, die mit einer weißen Tunika und goldenen Sandalen bekleidet war. Welche Schmach!

Sie hatte behauptet, ihr sei schlecht geworden. Das war zumindest nur halb gelogen. Daraufhin wollte der Mann unbedingt einen Arzt für sie rufen, was sie jedoch dankend auszuschlagen wusste.

Als er endlich gegangen war, setzte sie sich erschöpft auf eine der Matratzen. Sie hätte heulen können vor Wut über sich selbst! Was für eine Blamage! Und alles nur wegen dieses Italieners! Die ganze Sache war einfach eine Nummer zu groß für sie. Es reichte. Sollte Buckenmaier doch alleine seine Mörder jagen. Sie würde einen letzten Beitrag leisten und ihn darüber informieren, dass sich Matteo in der Villa rumtrieb. Dann würde sie ihre Sachen packen und sich verabschieden. Sie hätte schon längst ihrer inneren Stimme folgen sollen. Und die rief inzwischen laut und deutlich: Hau ab. Geh nach Hause! Bring dich in Sicherheit!

Ah, Frau Lämmle. Ich hatte Ihnen doch ge…«

Buckenmaier verstummte.

»Was?«, schrie er. »Und wo ist er jetzt hin?«

Sein Gesicht verzog sich zu einer Grimasse.

»Okay. Hören Sie mir jetzt genau zu. Sie gehen zur Museumsleitung und geben Bescheid, dass die Polizei vor Ort ist und…«

Buckenmaier schnappte verärgert nach Luft.

»Nein, Frau Lämmle! Das werden Sie nicht tun. Sie sind verpflichtet… doch, Sie sind verpflichtet, meinen Anweisungen Folge zu leisten. Sonst ist das Behinderung polizeilicher Ermittlungen. Oder unterlassene Hilfeleistung. Das können Sie sich aussuchen. Sie machen genau das, was ich gesagt habe! Gehen Sie zur Museumsleitung und geben Sie Bescheid, dass meine Kollegen gerade dabei sind, die Straße abzusperren. Und danach rufen Sie mich noch mal an… Was? Nein, das geht nicht. Sie müssen noch so lange hierbleiben, bis ich Ihre Zeugenaussage aufgenommen habe. Das kann ich erst nach der Festnahme machen. Und danach dürfen Sie von mir aus nach Hause gehen.«

Er schüttelte den Kopf.

»Nein. Das können wir nicht morgen auf dem Revier machen. Das muss heute sein. Heute ist noch alles frisch. Morgen haben Sie die Hälfte vergessen… Nein, ich will nicht damit sagen, dass Sie dement sind. Ach, Frau Lämmle. Ich hab jetzt keine Zeit für Ihre Spitzfindigkeiten!« Er wollte das Telefonat gerade schon beenden, da fiel ihm noch etwas ein. »Nach dieser Mariella brauchen Sie übrigens nicht mehr zu suchen. Die haben wir schon geschnappt… Ja, mein Kollege kümmert sich gerade um sie. Und Herr Bibione spielt den Übersetzer.« Er räusperte sich. »Also, Sie wissen, was Sie zu tun haben. Ich denke, ich hab mich klar ausgedrückt.«

Ohne Uschis Antwort abzuwarten, beendete er das Gespräch.

Uschi tat wie geheißen und machte sich auf den Weg zur Museumsleitung. Eine so liebenswürdig vorgetragene Bitte kann ich selbstverständlich nicht ausschlagen, dachte sie grimmig. Das war aber definitiv der letzte Gefallen, den sie Buckenmaier erwies. Denn Dank konnte man von dem Sturkopf sowieso keinen erwarten. Unterlassene Hilfeleistung! Lächerlich!

Sie schlich die Holztreppe hinab und achtete peinlichst darauf, dass die Treppenstufen nicht knarrten. Unten angelangt, hielt sie Ausschau nach Matteo. Ihr Kleid hielt sie gerafft, damit sie notfalls schneller rennen konnte. Doch die Sorge erwies sich als unbegründet. Matteo hatte den Innenhofbereich schon längst verlassen. Uschi lugte in den Feuerungsraum. Was hatte er hier drinnen wohl gemacht? Gewiss hatte er sich nicht über das römische Heizsystem informieren wollen. Konnte es sein, dass er …?

Sie musste wissen, ob sie recht hatte. Leise schloss sie die Flügeltür hinter sich. In der Mitte des Raums lag die gemauerte Feuerstelle. Sie war in den Boden eingelassen und konnte mit einer Eisenklappe geschlossen werden. Neben dem Ofen lehnte eine bekleidete Männerfigur in Lebensgröße, die sich auf eine Schaufel stützte. Beim Anblick der Kinderpuppe, die oberhalb der Feuerstelle positioniert worden war, beschlich Uschi ein unbehagliches

Gefühl. Das Kind war mit einem aschgrauen Hemdchen bekleidet und trug als Mundschutz ein schmutziges Tuch um den Kopf gebunden. In den Händen hielt es eine große Säge im Anschlag, um bei Bedarf für neues Brennholz zu sorgen. Uschi wusste, dass dies nicht die einzige Kinderarbeit war, zu der die bedauernswerten Kleinen in römischer Zeit herangezogen worden waren. Darüber hinaus wurden sie aufgrund ihrer zierlichen Statur zu einer noch weit schlimmeren Aufgabe missbraucht: Sie mussten in den Heizkanal kriechen, um ihn von Kohleresten und Asche zu säubern. Um dies zu veranschaulichen, hatte man das Puppengesicht mit Ruß geschwärzt und den Ofen mit Asche präpariert. Uschi stieg zu der Feuerstelle hinab, bückte sich und lugte in den dunklen Ofen.

Ein triumphierendes Lächeln stahl sich auf ihr Gesicht. Ha! Sie hatte es gewusst! Im hintersten Winkel ragte ein kleines Stück Metall aus der Asche heraus. Wenn es das war, was sie vermutete, dann hatte sie nun endlich das entscheidende Beweisstück. Gewiss hatten Matteo und Mariella ihre Fingerabdrücke auf der Fibel hinterlassen. Ihre eigenen Fingerabdrücke würde man zwar ebenfalls darauf finden, aber das spielte ja keine Rolle. Eigentlich war der Ofen das perfekte Versteck. Hier hätte gewiss niemand danach gesucht. Gut, dass sie ihn dabei erwischt hatte!

Sie beugte sich zu der Öffnung hinunter und streckte ihren Arm aus. Mist! Sie kam nicht heran! Seufzend ging sie in die Hocke, hielt sich an der Ofenklappe fest und versuchte es erneut. Verflixt und zugenäht! Ihr Arm war immer noch zu kurz. Es fehlte nur ein kleines Stück. 20 Zentimeter vielleicht. So wie es aussah, würde ihr wohl nichts anderes übrig bleiben, als in den Ofen hineinzukriechen. Uschi schnalzte missmutig mit der Zunge. Das kam gar nicht infrage! Wenn sie ihre weiße Tunika durch den Ruß schleifte, wäre diese endgültig ruiniert. Sie würde sich zum Gespött der Leute machen. Es gab aber noch einen anderen Grund, weshalb sich alles in ihr sträubte, in dieses Ofenloch zu kriechen. Ohne sich dessen bewusst zu sein, weckte sein Anblick eine kindliche Angst in ihr, die vor langer Zeit durch das schaurige Märchen von Hänsel und Gretel hervorgerufen worden war und seitdem in ihr schlummerte.

Als sie zurückwich, stieß sie mit dem Fuß gegen den Holzstab, der an der Männerfigur lehnte. Mensch! Warum war sie denn da nicht gleich draufgekommen! Uschi griff nach dem Stab und stocherte in der Asche herum. Wo war sie denn jetzt, die Fibel? Irgendwie war sie in der Asche verschwunden. Hätte es zu Demonstrationszwecken nicht auch gereicht, eine dünne Schicht einzustreuen – musste man da gleich so viel Asche verwenden? Ungeduldig wühlte sie mit dem Stab so lange herum, bis die Fibel tatsächlich wieder an die Oberfläche kam. Na also! Nun musste sie das Ding nur noch herausschieben. Nur noch? Sie hatte bereits einen riesigen Haufen Asche vor den Füßen, die Fibel war jedoch nicht mehr zu sehen. Uschi biss sich auf die Lippen.

Herrgott noch mal! Sie hätte schon längst der Museumsleitung Bescheid geben müssen. Stattdessen wühlte sie sich hier durch Ascheberge. Murrend nahm sie den Saum ihrer Tunika, schlug ihn hoch und befestigte ihn am Gürtel. Nun hatte sie zumindest die Beine frei. Musste sie sich eben später den Schmutz wieder abwaschen. Sie schob den Ascheberg resolut auf die Seite, ließ sich auf die blanken Knie nieder und gaffte in das dunkle Loch hinein.

Dann streckte sie ihren rechten Arm aus und ließ die Finger durch die Asche gleiten. Hm, hier war sie nicht. Aber an dieser Stelle hatte sie das Ding doch zuletzt gesichtet… Sie rutschte etwas weiter in die Öffnung hinein, stützte sich mit der linken Hand ab und verlagerte ihr Gewicht nach vorn.

In diesem Augenblick bekam sie einen so starken Tritt in den Hintern, dass sie vornüberkippte und in der Asche landete. Zwei kräftige Hände packten ihre Beine und bugsierten sie gewaltsam ins Innere der Feuerstelle. Noch während Uschi aufschrie, wurde es dunkel um sie herum. Das folgende Geräusch rief bei ihr im ersten Bruchteil der Sekunde ungläubiges Erstaunen hervor. Dann brach ihr der Schweiß aus. Der Riegel der Eisenklappe war vorgeschoben worden.

Der Wind fuhr so mächtig durch das Laub der Bäume, dass sich die trockenen Blätter lösten und wirbelnd durch die Luft segelten. Es war erstaunlich, wie schnell das Wetter umgeschlagen hatte. Erst war es nur ein Lüftchen gewesen, doch nun rauschte der Wald unüberhörbar und die Äste bogen sich gefährlich.

Buckenmaier betrachtete besorgt den Gewitterhimmel und überlegte sich, wie lange es wohl noch dauern würde, bis die dunkle Wolkenmasse ihre Schleusen öffnete. Dem tiefen Donnergrollen nach zu urteilen nicht mehr lange. Hoffentlich hatte er bis dahin diesen Italiener gefunden. Die Kollegen hatten zwar die Straße beim Parkplatz abgesperrt, aber wenn erst einmal mehrere Tausend Besucher gleichzeitig zu ihren Autos stürmten, wäre es ein Ding der Unmöglichkeit, all diese Leute zu kontrollieren.

Gut, dass gerade der Schaukampf begonnen hatte. Einzelne Zuschauer blickten zwar hin und wieder skeptisch zu den aufgetürmten Haufenwolken empor, die meisten Leute verfolgten indessen unbeirrt die Kampfhandlung, ohne sich um das wiederkehrende Grollen zu scheren. Buckenmaier hatte es mit etwas Nachdruck und dem mehrmaligen Zücken seines Dienstausweises geschafft, sich einen Platz auf der Außentreppe der Villa zu sichern. Von hier aus hatte man den besten Blick. Allerdings brachte ihm das gar nichts, solange Salvatore nicht da war. Er wusste ja nicht einmal, wie dieser Matteo aussah.

Ob er sich wohl unter diesen römischen Soldaten aufhielt, die sich da unten soeben in der Schildkrötenformation aufstellten? Die Alamannen schleuderten unermüdlich ihre Speere gegen die Schilde. Als sie keine Speere mehr zur Verfügung hatten, fielen sie mit lautem Gebrüll über die Soldaten her und hieben mit den Schwertern auf sie ein.

Buckenmaier verfolgte mit offenem Mund das Spektakel. Plötzlich ertönte ein so lauter Donnerschlag, dass die Zuschauer verängstigt zum Himmel schauten.

»Was das Wetter anbetrifft, brauchen Sie sich keine Sorgen zu machen«, sagte der Moderator prompt. »Wir haben gerade auf dem Wetterradar nachgesehen und so wie es aussieht, wird das Unwetter über uns hinwegziehen. Die Götter sind uns wohlgesonnen! Lassen Sie sich also durch die dunklen Wolken nicht verunsichern.«

»Sehr gut«, dachte sich Buckenmaier. »Damit verhindern sie, dass die Leute beim nächsten Donnerschlag gleich zu ihren Autos rennen.«

»Von wegen wohlgesonnen«, sagte Salvatore zu sich selbst. »Jupiter lässt gerade seine Muskeln spielen. Aber sie wollten ja nicht auf mich hören!«

Er versuchte, sich durch die Menschenmenge zu Buckenmaier durchzukämpfen. Hätte der Polizist sich nicht etwas freier positionieren können? Auf der Treppe herrschte doch das größte Gedränge! Er kam kaum voran. Viele Leute blieben stoisch an ihrem Platz und bewegten sich trotz höflich vorgetragener Bitte keinen Millimeter. Drängte er sich dann »Entschuldigung« murmelnd vorbei, verzogen sie gequält das Gesicht oder schüttelten verärgert den Kopf. Einer fuhr sogar seinen Ellbogen aus, um ihn am Vorwärtskommen zu hindern. Die Leute sahen überhaupt nicht ein, weshalb sie diesen Drängler durchlassen sollten. Wer sich nicht rechtzeitig aufstellte, hatte eben Pech gehabt.

Kurz vor der Treppe sah sich Salvatore mit einer unüberwindbaren Wand aus menschlichen Rücken konfrontiert. Es gab kein Durchkommen. Darum stellte er sich auf die Zehenspitzen und schrie über die Köpfe der Zuschauer hinweg.

»Herr Buckenmaier! Ich bin hier. Herr Buckenmaier! Ich komme nicht durch!«

Sein Rufen ging im Geplapper der Leute und im Geschrei der Krieger unter. Es war zum Aus-der-Haut-Fahren! Dabei wäre es ein Leichtes gewesen, die Leute dazu zu bringen auseinanderzustieben. Zwei Worte würden genügen, dachte Salvatore. Eine Bombe! Dann würden sie ihn gewiss durchlassen. Aber das konnte er natürlich nicht machen. Buckenmaier würde ihn, ohne zu zögern, wegen Auslösens einer Massenpanik aus niedrigen Beweggründen in Arrest nehmen. Nein, er musste es anders anstellen.

Eleganter. Er würde es mit seinem italienischen Charme versuchen. Also fing er aus vollem Hals an zu singen:

»Azzuro – il pomeriggio è troppo azzuro – e lungo per me …«

Salvatore wusste, dass er sich zum Affen machte, aber seine Taktik ging auf. Die Zuschauer drehten sich erstaunt zu ihm um und wollten wissen, wer da so inbrünstig sang. Gerne ließen sie den singenden Italiener passieren. Sie lächelten sogar! Es war, als hätte er »Sesam öffne dich« geschrien. Salvatore zwinkerte den Leuten zu und tänzelte trällernd zwischen ihnen hindurch.

Auch Buckenmaier drehte sich verblüfft um, als Salvatore »Azurro« schmetternd angetanzt kam. Ja, konnte das wahr sein? War der Italiener jetzt auch noch durchgeknallt? Er räusperte sich und wischte sich mit dem Stofftaschentuch den nicht vorhandenen Schweiß vom Schädel.

»Herr Bibione, schön dass Sie nun da sind. Und schön, dass Sie so guter Dinge sind. Aber ab sofort sollten Sie sich ruhig verhalten. Wir wollen schließlich nicht auffallen!«

Salvatore verzichtete auf eine Erklärung. Auch wenn sich Buckenmaier um Höflichkeit bemühte, wusste Salvatore die Körpersprache des Polizisten zu deuten. So wie er ihn fixierte, wie er sein Kinn reckte und die Mundwinkel nach unten verzog, musste man wahrlich kein Psychologe sein, um die Geringschätzung herauszulesen. Woher kam diese Arroganz? Steckte da in Wahrheit eine große Unsicherheit dahinter, die er dadurch überspielen wollte? Oder war er schlicht so borniert, dass er tatsächlich dachte, er sei der Einzige, der den Durchblick behielt?

»Wo hat mein Kollege denn diese Mariella hingebracht?«,

erkundigte sich Buckenmaier und wischte sich einen Regentropfen von der Stirn. Es hatte angefangen zu tröpfeln. Die Zuschauer vertrauten nichtsdestotrotz offenbar mehr dem Wetterradar als ihrer eigenen Wahrnehmung und scherten sich nicht um das bisschen Regen.

»Er hat sie vorübergehend in den Eckturm eingeschlossen.«

»Aha. Keine so gute Lösung. Es wäre mir lieber gewesen, er hätte sie ins Auto gesetzt. Hat der Eckturm Fenster?«

»Ja, aber nur im vorderen Bereich. Und da hat sich Ihr Kollege positioniert.« Salvatore räusperte sich. »Ist das eigentlich nicht Freiheitsberaubung? Schließlich haben Sie keinen Beweis, dass Mariella den Mahler vergiftet hat, oder?«

»Kurz geht das. Gefahr im Verzug. Immerhin hat ihr Ehemann die Lämmle mit einem Chloroformtuch betäuben wollen. Das muss er mir erst einmal erklären.«

Buckenmaier machte eine kleine Pause und wischte sich die nächsten Regentropfen von seiner Glatze.

»Hat Mariella Ihnen gegenüber was rausgelassen?«, fragte er dann.

Salvatore hatte gewusst, dass Buckenmaier diese Frage irgendwann stellen würde. Während seines Marschs zu dem Polizisten hatte er sich fieberhaft den Kopf darüber zerbrochen, was er sagen sollte. Doch die Entscheidung war so schwer, dass er am liebsten den Rat der Götter eingeholt hätte. Und den Rat seiner besten Freunde noch dazu.

»Nicht viel«, sagte er lapidar und verschränkte die Arme vor der Brust.

Buckenmaier knackte mit den Fingern und blickte zum

Himmel. Der Moderator hatte recht behalten. Das Unwetter verzog sich tatsächlich. So schnell wie es aufgekommen war, war es wieder verschwunden. Die Sonne stach vom blauen Himmel, als hätte es niemals auch nur eine einzige Wolke gegeben.

»Die Lämmle sollte sich ja eigentlich nochmals bei mir melden«, monierte er mit einem Blick auf sein Smartphone. »Ich frag mich, was sie schon wieder treibt.«

Uschi löste sich aus ihrer Schockstarre, holte tief Luft und fing an zu brüllen.

»Nein! Nein! Lass mich raus!«

Als keine Reaktion erfolgte, fing sie an zu flehen.

»Bitte! Lass mich raus! Bitte!«

Schließlich war es nur noch ein Winseln.

»Bitte …«

Ihre Stimme versagte.

Es war ein Gefühl, als kämen die Wände auf sie zu. In Wirklichkeit war der Feuerungsraum so klein, dass Uschi ihn komplett ausfüllte. Obwohl sie die Gliedmaßen eng an ihren Körper presste, berührte sie mit der Hüfte die Wände. Um nicht mit dem Kopf an die Decke zu stoßen, musste sie sich gar auf ihren Unterarmen abstützen. Ihr Gefängnis war so beengt, dass sie sich nicht einmal umdrehen konnte. Leider gab es auch keinen Heizkanal, der ins Freie führte. Der Ofen war direkt an die Wand gesetzt worden. Er diente ja nur der Demonstration.

Ich bekomme keine Luft mehr, dachte sie entsetzt und sog begierig die knapper werdende Luft ein. In ihrer

Erregung atmete sie so schnell und angestrengt, dass sie schließlich gar ins Hecheln verfiel. Sie war kurz davor zu hyperventilieren. Ein grauenhafter Gedanke bemächtigte sich ihrer, und obwohl sie ihn sofort wieder verdrängen wollte, konnte sie sich nicht dagegen wehren: Das ist ein Grab. Ein verdammtes Grab! In jedem Sarg ist mehr Platz als hier! Ich werde ersticken! Wie lange reicht der Sauerstoff? Wie dicht schließt diese Klappe?

In einem Anflug massiver Klaustrophobie heulte sie auf und trat mit den Füßen nach hinten. Doch so fest sie auch dagegentrat, die Klappe gab keinen Millimeter nach. Das ist nicht wahr, dachte sie resigniert. Das ist einfach alles nicht wahr!

Warum hatte sie sich nur mit diesem Scheusal angelegt? Matteo hatte das alles eiskalt geplant. Er hatte die Fibel absichtlich in dem Ofen positioniert. Und sie war blindlings in seine Falle gekrochen!

Der Lederbeutel an ihrem Gürtel drückte schmerzhaft in ihren Bauch. Das Handy! Sie musste an das Handy herankommen! Uschi versuchte, ihre Position zu verändern. Ächzend führte sie ihren Arm Richtung Bauch. Unmöglich. Ihr Oberkörper war so dicht an den Unterleib gepresst, dass sie den Beutel nicht berühren, geschweige denn öffnen konnte. Ein Schlangenmensch hätte es wohl geschafft, dachte sie bitter.

Plötzlich spürte sie eine Vibration am Bauch. Oh nein! Das Handy! Sie machte eine ruckartige Bewegung und stieß prompt mit dem Kopf an die Decke. Uschi stöhnte vor Schmerz auf. »Horch was kommt von draußen rein? Hollahi, hollaho …« spottete ihr Handy. Ja, dachte Uschi erbost. Ich versuche es ja. Die Klingelmelodie dröhnte schrill in ihren Ohren. Sie schob den Arm rabiat an ihrem Oberkörper entlang, hielt die Luft an, zog den Bauch so weit es ging ein – und kam trotzdem nicht an den Beutel heran. Als das Handy verstummte, ließ Uschi ihren Kopf auf den Boden sinken. Was sollte sie nur tun?

Die Finsternis sickerte in ihr Herz und in ihren Verstand. Wenn sie nicht bald jemand befreite, würde sie wahnsinnig werden! Ihr Hecheln war in ein Japsen übergegangen und sie spürte zunehmenden Schwindel und Übelkeit. Nur nicht ohnmächtig werden, dachte sie beklommen. Sonst kann es lange dauern, bis dich jemand findet. Es muss ja erst einmal jemand auf die Idee kommen, die Klappe wieder zu öffnen. Im schlechtesten Fall würde sie tot aus diesem Ofen gezogen werden.

Moment, sagte sie sich. Du musst dich beruhigen. So schnell erstickt man nicht. Es sind so viele Leute hier im Freilichtmuseum. Du musst nur lange genug schreien. Irgendwann hört dich jemand und holt dich raus.

»Hilfe!«, brüllte sie aus Leibeskräften. »Hilfe! Hier bin ich! Hilfe!«

Uschis Armbanduhr war ein analoges Modell und somit in dieser vollkommenen Schwärze nicht zu gebrauchen. Wie lange sie wohl schon in diesem Ofen hockte? Wahrscheinlich nur wenige Minuten. Ihr Körper schmerzte indessen, als ob sie hier schon seit Stunden eingepfercht wäre. Jede einzelne Sekunde zog endlos dahin. Zeit war relativ.

Nun hörte sie schon zum fünften Mal ihre Klingelmelodie. Das Lied machte sie total kirre. Andererseits signalisierte ihr das hysterische Dauerklingeln, dass jemand unbedingt mit ihr sprechen wollte und so schnell nicht aufgab. Wenn die Sorge groß genug war, würde derjenige hoffentlich auch nach ihr suchen.

»Hallo! Ich bin hier! Hilfe! Ich bin im Ofen!«

Sie wusste nicht, wie oft sie das nun schon geschrien hatte. Ihr tat schon der Hals weh. Sie schluckte und schrie erneut.

Warum geht sie denn nicht ran?«, brummte Buckenmaier und kratzte sich am Kinn. »Hoffentlich ist ihr der Italiener nicht in die Quere gekommen.«

Er konzentrierte sich wieder auf das Kampfgeschehen. So wie es aussah, würden die Römer wohl gewinnen. Salvatore hatte allerdings bislang nicht erkennen können, ob sich Matteo unter den Soldaten befand.

Verdammt! Nun musste er auch noch nach der Lämmle suchen. Als ob er nicht schon genug Ärger am Hals hätte. Aber sein Gespür sagte ihm, dass die Dame in Schwierigkeiten stecken könnte.

»Ich muss mal schauen, wo Frau Lämmle abgeblieben ist«, wandte er sich an Salvatore. »Sie bleiben hier und halten weiterhin nach Matteo Ausschau. Falls Sie ihn sichten, rufen Sie mich sofort an.« Buckemaier gab Salvatore seine Handynummer, der diese in sein Smartphone eintippte. Dann wies der Polizist auf das Schlachtfeld und sagte: »Und sobald dieser Kampf da beendet ist, informieren Sie die Legion, dass wir Matteo suchen. Wir können jegliche Hilfe gebrauchen.«

Salvatore verzog das Gesicht. Das würde den Männern gewiss nicht gefallen. Wer verriet schon gerne einen

Freund an die Polizei. Aber schließlich drehte es sich hier um Mord.

»Si«, sagte Salvatore mehr zu sich selbst als zu Buckenmaier. »Sie werden mir sicher helfen.«

Während Buckenmaier zur Villa eilte, wählte er erneut Uschis Nummer. Verdammter Mist! Sie ging einfach nicht ran! Bei der Villa angekommen ließ er es nochmals bei ihr durchläuten. Falls es Matteo nun doch noch gelungen sein sollte, sie mit Chloroform zu betäuben, konnte er sie zumindest durch den Klingelton orten.

Er rekapitulierte.

Das letzte Telefonat hatte die Lämmle ihren Angaben zufolge auf der Empore des Dachgeschosses geführt. Von dort aus hatte sie angeblich beobachtet, wie Matteo irgendeinen Raum betreten und wieder verlassen hatte. Aber wohin er verschwunden war, hatte sie ihm nicht sagen können. Bei der Polizei hätte sie es mit so einer miesen Beobachtungsgabe jedenfalls nicht weit gebracht. Zum Beschatten taugte die Lämmle absolut gar nicht. Wenn er sich nur erinnern könnte, von welchem Raum sie gesprochen hatte. Verflixt, er hatte nicht richtig zugehört!

Nach einem schnellen Rundgang durch die Dachräume hatte Buckenmaier die Gewissheit, dass sie sich nicht mehr hier oben befand. Zur Sicherheit wählte er ein weiteres Mal ihre Nummer. Um sich besser konzentrieren zu können, schloss er die Augen.

Nichts. Das Einzige, was er hörte, waren die Geräusche, die von der Außenanlage hereindrangen. Buckenmaier stöhnte. Nun war er gezwungen, sämtliche Räume der Villa abzuklappern. Wenn sie sich überhaupt noch in der Villa befand! Konnte ja sein, dass Matteo sie auf dem Weg zur Museumsleitung überfallen hatte.

Er stellte sich an die Brüstung und dachte angestrengt nach. Was hatte die Lämmle von diesem Standpunkt aus gesehen? Über den kleinen überdachten Innenhof hinweg konnte er von hier aus ins Freie schauen. Buckenmaier senkte den Blick und begutachtete den Hof, von dem aus die Besucher in die angrenzenden Ausstellungsräume gelangten. Hm, so wie er die Lämmle kannte, hatte sie mal wieder nicht ihre Neugierde zügeln können und geguckt, was der Italiener in dem Raum getrieben hatte.

Er stieg die Treppe hinab, drückte die Wahlwiederholungstaste und lauschte. Ganz leise hörte er eine Melodie. Das Lied kannte er doch – wie war das gleich noch mal? Hollahi, hollaho? Das musste das Handy der Lämmle sein! Wer außer ihr würde so eine Klingelmelodie wählen? Bedächtig folgte er dem Klang des Liedes. Das Gedudel wurde lauter. Dann war alles wieder still. Der Anrufbeantworter war wohl wieder angesprungen. War aber auch egal. Er wusste jetzt, wo sie steckte.

Eigentlich hätte ihm gleich auffallen müssen, dass diese Tür geschlossen war, während alle anderen Räume offen standen. Sachte drückte er die Klinke nach unten. Schließlich war ungewiss, wer sich noch in dem Raum befand.

Zu seiner Überraschung war das Zimmer leer. Nur zwei Puppen standen da beim Ofen. Hatte er sich getäuscht? Er drückte die Wahlwiederholungstaste.

»Horch was kommt von draußen rein …«

Mensch, das kam ja aus dem Ofen! So ein Mist! Vermutlich hatte der Italiener ihr das Handy abgenommen und im Ofen entsorgt. Und wo zum Teufel hatte er die Lämmle hingebracht?

Buckenmaier wollte gerade den Raum verlassen, als er einen gedämpften Schrei hörte. Verdutzt blieb er stehen.

Gab es da drinnen womöglich eine Falltür? Er ging zurück und suchte den Boden ab. Nichts!

»Hilfe! Hilfe!«

Buckenmaier zog erschrocken die Luft ein. Das war die Lämmle. Aber woher kam ihre Stimme? War sie etwa …? Ungläubig starrte er auf die Ofentür. Um Gottes willen!

Er sprang auf den Ofen zu, riss den Riegel herum und öffnete die Klappe.

Das Erste was er erblickte, waren goldene Sandalen.

Buckenmaier war vor Entsetzen sprachlos. Er hatte in seinem Dienstleben schon viele üble Dinge gesehen, aber das war der Gipfel der Widerwärtigkeit.

»Oje, Frau Lämmle«, stammelte er, »Kommen Sie … Ich helfe Ihnen … Das ist ja furchtbar!« Er fasste ihr Kleid und zog daran. Als er merkte, dass Uschi regelrecht feststeckte, schnappte er sie an den Beinen und zerrte sie aus ihrem Gefängnis heraus.

Im ersten Moment wirkte Uschi apathisch. Sie saß in zusammengesackter Haltung auf dem Boden und starrte vor sich hin. Buckenmaier ging in die Hocke und versuchte, mit ihr Blickkontakt aufzunehmen. Er wagte nicht, sie zu berühren. Sie sah schrecklich aus. Die Sonnenbrille schief auf der Nase, die Wangen feuerrot und das weiße Kleid mit schwarzen Flecken übersät – so saß sie zitternd vor ihm. Nicht ein Häufchen, nein, ein Haufen Elend.

»Frau Lämmle?«, fragte Buckenmaier behutsam.

Als Uschi endlich aufblickte, schien sie durch ihn hindurchzusehen. Doch dann, völlig unerwartet, brach es plötzlich aus ihr heraus. Sie schrie auf und streifte unaufhörlich mit den Händen über ihr Kleid und ihre Gliedmaßen, als ob sie sich von einer Heerschar krabbelnder Ameisen befreien wollte.

Buckenmaier schlang die Arme um sie und hielt sie fest.

»Ruhig!«, redete er auf sie ein. »Frau Lämmle, beruhigen Sie sich bitte! Alles wird gut! Ruhig.«

Uschis Arme sanken schlapp nach unten. Wie eine Schlenkerpuppe lag sie schlaff in seinen Armen und ließ ihren Tränen freien Lauf. Buckenmaier sagte nichts mehr. Er wiegte ihren bebenden Körper in seinen Armen und versuchte, seine Gedanken zu ordnen.

Was hatte dieser Italiener ihr da angetan? Ob ihm das überhaupt klar war, was so ein schreckliches Erlebnis mit einem Menschen machte? Zum Glück war die Lämmle eine starke Persönlichkeit. Sie würde ihren Weg finden, damit fertig zu werden. Ohne zu zerbrechen.

Als Uschis Schluchzen verebbt war und sie aufgehört hatte zu zittern, räusperte er sich.

»Geht es wieder? Hören Sie, ich möchte den Mann fassen, der Ihnen das angetan hat.«

Uschi schniefte und rappelte sich schließlich mühsam auf.

»Die Fibel liegt noch da drin«, sagte sie leise und machte eine unbestimmte Handbewegung Richtung Ofen.

Buckenmaier sah sie verblüfft an. War sie tatsächlich in diesen Ofen gekrochen, um ein Beweisstück zu sichern? Diese Frau überraschte ihn stets aufs Neue!

Doch erst, als er selbst in das Ofenloch kroch, um die Fibel aus der Asche zu klauben, konnte er ansatzweise nachvollziehen, welche Ängste Uschi in ihrem dunklen Gefängnis ausgestanden haben musste. Allein bei der Vorstellung daran beschlich ihn eine solche Beklemmung, dass er heilfroh war, den Ofen nach wenigen Sekunden wieder verlassen zu können. Er ertappte sich bei dem Gedanken, dass es in diesem Fall ausnahmsweise mal von Vorteil gewesen wäre, korpulent zu sein. Er hätte in diese kleine Öffnung niemals ganz hineinkriechen können. Buckenmaier pustete die Asche von der Fibel, steckte sie in seine Hosentasche und klopfte sich dann den Staub von Armen und Beinen. Dann ging er zu Uschi und tätschelte ihre Schulter als Zeichen seiner Hochachtung.

»Kennen Sie hier jemanden, der Ihnen frische Kleidung bringen könnte?«, fragte Buckenmaier.

Uschi dachte nach.

»Ja, Nina vielleicht.«

»Gut! Dann soll sich diese Nina um Sie kümmern. Wo finde ich Sie nachher?«

Uschi zuckte die Achseln.

»Zu Hause«, sagte sie matt. »Ich gehe jetzt nach Hause.«

Buckenmaier öffnete den Mund, um etwas zu erwidern. Doch als er ihren trüben Blick wahrnahm, hielt er inne. Er legte ihr die Hand auf die Schulter und nickte.

»Gut. Ich verstehe das. Gehen Sie ruhig nach Hause. Wir können die Zeugenaussage auch morgen noch aufnehmen. Oder heute Abend, falls Sie sich bis dahin wieder erholt haben.«

Uschis Blick verlor sich in der Ferne.

Nina war, nachdem Uschi sie am Telefon weinerlich um frische Kleidung gebeten hatte, sofort losgerannt, um ihr diese zu bringen. Doch als sie Uschi dann zu Gesicht bekam, musste sie an sich halten, ihr Erschrecken zu überspielen. Sie hätte gerne etwas Tröstendes gesagt, aber die Worte blieben ihr vor Bestürzung im Hals stecken. Stumm schloss sie Uschi in die Arme.

Nachdem Nina sie eine Zeitlang einfach so gehalten hatte, löste sich Uschi von ihr und machte sich daran, ihr verschmutztes Kostüm gegen Ninas Hochzeitkleid auszutauschen.

Nina half ihr, den Reißverschluss am Rücken zu schließen, betrachtete sie prüfend und nickte dann zufrieden. Auch wenn das Kleid zu lang war und recht stramm auf Uschis Hüften saß, verhalf ihr die saubere Kleidung doch zu ihrer verloren gegangenen Würde zurück.

»So, meine Liebe!«, sagte Nina. »Du wäschst dir dein Gesicht. Und dann trinken wir noch einen Kaffee zusammen. In dem Zustand lasse ich dich nämlich nicht Auto fahren!«

»Ich möchte lieber gleich nach Hause«, widersprach Uschi.

»Nix da! Erst Kaffee, dann nach Hause.«

Der Kaffee wirkte in der Tat belebend und beruhigend zugleich. Uschi stabilisierte sich sogar wieder so weit, dass sie Nina nun recht gefasst erzählen konnte, was vorgefallen war. Während sie sprach, nahm sie auf einmal beim Ausatmen ein helles Pfeifen wahr. Ja, es wäre auch höchst erstaunlich gewesen, wenn diese Invasion von Rußpartikeln von ihrer Lunge nicht bemerkt worden wäre! Ihr Atmungsorgan reagierte auf den Aufenthalt im Aschehaufen mit empörtem Giemen und Pfeifen. Uschi wusste allerdings aus Erfahrung, dass das Pfeifen spätestens in ein paar Tagen wieder verschwunden sein würde, und blieb deshalb gelassen.

Nina hatte aufmerksam zugehört und Uschis Schilderung nur hin und wieder mit Ausrufen wie »Ich glaub's nicht!« oder »Irre!« kommentiert. Nachdem Uschi geendet hatte, schüttelte sie betroffen den Kopf.

»Das ist alles so unglaublich, was du da erzählst – mir fehlen echt die Worte!«

»Dann verstehst du auch, dass ich heim will.«

»Ja klar, verstehe ich das. Mensch, Uschi! Ich bewundere dich so für deinen Mut. Ich glaube, ich wäre in diesem Ofen vor Angst gestorben.«

Uschi schwieg und zwirbelte den Anhänger ihrer Halskette zwischen den Fingern.

Um die Stille zu überbrücken, steckte sich Nina eine Zigarette an.

»Hauptsache, du bist jetzt in Sicherheit.« Sie lachte. »Und am Leben!«

Uschi bemühte sich um ein Lächeln.

»Ich hoffe nur, der Buckenmaier schnappt diesen Kerl, bevor er mir über den Weg läuft«, sagte sie bitter. »Ich kann für nichts mehr garantieren. Ich habe so eine Sauwut im Bauch …«

Nina warf die Hände in die Höhe und lachte.

»Oje, Uschi! So kenne ich dich ja gar nicht!«

»Weißt du, wenn du in so einem dunklen Loch steckst – das macht was mit dir. Das verändert dich«, sie legte ihre Hand aufs Dekolleté, »ganz tief hier drin. Ich möchte nie mehr Opfer sein! Das Leben ist viel zu kurz und zu fragil, um sich von irgendwelchen gestörten Mitmenschen drangsalieren zu lassen. Ab sofort lasse ich mir nichts mehr gefallen. Gar nichts mehr!«

Uschi holte ihr Gepäck aus Ninas Zelt und machte sich dann auf die Suche nach Salvatore, um sich zu verabschieden. Sie fand ihn schließlich auf der Aussichtsterrasse beim Kiosk. Buckenmaier stand neben ihm, die Arme in die Hüften gestemmt.

Der Polizist hatte Salvatore bereits berichtet, was Uschi zugestoßen war. Und obwohl Uschi nun das schöne Hochzeitskleid trug und tapfer lächelte, sah Salvatore ihr an, dass der Schrecken der letzten Stunde nach wie vor schwer auf ihr lastete – auch wenn das Martyrium beendet war. Ihr gekrümmter Rücken und der gesenkte Kopf sprachen Bände. Wo war die stolze lebensfrohe Frau geblieben, die mit ihm gestern Nacht zusammen Wein getrunken hatte?

Erst als Uschi die Sonnenbrille abnahm, um sie ihm zurückzugeben, entdeckte er etwas Neues in ihren Augen. Nein, das waren nicht die Augen eines gebrochenen Menschen. Auch wenn ihr Körper erschöpft war, ihr Geist war agil. Ihre Augen strahlten trotz allem Würde aus. Und Entschlossenheit. Als Buckenmaier von Matteo sprach, blitzte es in ihren Augen auf. Aus der lebensfrohen Uschi war eine Kämpferin geworden!

Nun, da Uschi vor ihm stand, konnte er das Geheimnis nicht mehr länger bewahren. Mariella hatte ihm ein Versprechen abgerungen, das er im Grunde nie hätte geben dürfen. Sie hatte ihm so leid getan, als sie sich bei der Festnahme weinend an ihn geklammert und ihm all die schrecklichen Dinge erzählt hatte, die er eigentlich gar nicht hören wollte. Genau genommen war sie selbst ebenfalls ein Opfer. Das war ihm inzwischen klar geworden. Doch für das, was Matteo Uschi angetan hatte, gab es keine Entschuldigung. Es war höchste Zeit, mit der

Wahrheit herauszurücken. Salvatore räusperte sich und blickte Uschi ernst an.

»Ich muss dir noch etwas sagen.«

Er seufzte. Es wäre ihm wesentlich leichter gefallen, auf Italienisch zu erklären, was Mariella ihm nach ihrer Festnahme anvertraut hatte. Er musste sich die deutschen Worte gut zurechtlegen, um die komplizierte Geschichte korrekt wiederzugeben.

»Mariella hat mir alles erzählt«, fing er an.

Buckenmaier horchte überrascht auf.

»Aber Sie haben doch gesagt, dass sie …«

Weiter kam Buckenmaier nicht, denn Salvatore fiel ihm verärgert ins Wort.

»Ich musste ihr versprechen, niemandem etwas davon weiterzuerzählen.« Er machte eine Pause und senkte den Blick. »Aber jetzt hat sich die Situation geändert. Ich kann es nicht mehr verantworten, weiterhin zu schweigen.«

»Na, das fällt Ihnen aber früh ein!«, herrschte Buckenmaier ihn an. »Ist Ihnen klar, dass es absolut fahrlässig war, diese Informationen zurückzuhalten? Schließlich geht es hier um Mord!«

Einige Besucher, die in Hörweite an einem Tisch saßen, hatten das Wort »Mord« aufgeschnappt. Erstaunt drehten sie sich zu Buckenmaier um und begafften ihn neugierig.

»Ihr Ton gefällt mir nicht«, zischte Salvatore. »Es gibt keinen Grund, gleich so laut zu werden.«

»Ich kann gleich noch einen ganz anderen Ton anschlagen, Herr Bibione!«, sagte Buckenmaier scharf. »Passen Sie auf, dass ich Sie am Ende nicht wegen Behinderung polizeilicher Ermittlungen belange. Oder wegen Beihilfe zum Mord. Man könnte nämlich so langsam den

Eindruck bekommen, dass Sie mit diesen Mördern unter einer Decke stecken.«

Salvatore machte große Augen und rang empört nach Worten.

»Also, jetzt wird's lächerlich, Herr Buckenmaier«, mischte sich Uschi ein. »Salvatore hat Sie bisher nicht behindert, sondern tatkräftig unterstützt. Aber wenn Sie es auf die Spitze treiben, dann hält er sich jetzt aus der Sache raus und Sie können Ihre Mörder alleine suchen. Das ist schließlich Ihr Job und nicht seiner.«

Buckenmaier merkte, dass er sich gerade vergaloppiert hatte. Er kratzte sich kurz am Kopf und nickte dann vage in Uschis Richtung.

»Ist ja schon recht, Frau Lämmle. Eigentlich haben wir für so einen Quatsch auch gar keine Zeit. Matteo läuft schließlich immer noch frei herum. Wir müssen zusehen, dass wir ihn so schnell wie möglich schnappen.« Er wandte sich an Salvatore und bemühte sich um einen weniger gereizten Ton. »Können Sie sich bei der Geschichte bitte auf das Nötigste beschränken?«

»Wollen Sie die Hintergründe nun wissen oder nicht?«, gab Salvatore zurück.

»Selbstverständlich will ich sie wissen. Aber versuchen Sie halt, sich kurz zu fassen.«

»Also, dann fasse ich mich kurz: Frank hat Mariella beim letzten Römerfest vergewaltigt.«

»So was hab ich schon befürchtet«, warf Uschi ein.

»Sie musste nachts aufs Klo und ist deshalb in den Wald gegangen«, fuhr Salvatore fort. »Frank hat sie verfolgt und ist dann über sie hergefallen. Sie hat wohl versucht, sich zu wehren. Aber er war natürlich viel stärker als sie. Außerdem hatte er ihr einen Dolch an die Kehle gehalten.«

Er hielt inne und suchte wieder nach den richtigen Worten.

Uschi versuchte, diese neue Information mit ihrem persönlichen Bild von Frank in Einklang zu bringen. Es war nicht zu fassen! Wie sollte sie das alles nur Kathrin beibringen?

»Warum hat sie ihn nicht angezeigt?«, überlegte sie laut.

»Er hatte einen Helm auf! Einen Gladiatorenhelm. Da sieht man ja gar nichts vom Gesicht. Und es war dunkel. Sie wusste nicht, wer es gewesen war. Bei dem Gerangel war ihr nur aufgefallen, dass dem Mann ein Finger fehlte.«

»Aber sie hat ihm doch die Fibel vom Hemd gerissen«, wandte Uschi ein. »Da standen seine Initialen drauf. Hätte sie damit nicht rausbekommen können, wer der Mann war?«

»Sie stand unter Schock. Und sie schämte sich fürchterlich. Am nächsten Tag hat sie sich so lange in ihrem Zelt verkrochen, bis das Fest zu Ende war.«

»Sie konnte bestimmt gar nicht mehr klar denken«, sagte Uschi verständnisvoll.

»Okay, und deshalb ist sie dieses Jahr zurückgekommen, um ihren Vergewaltiger beim Römerfest zu suchen«, schlussfolgerte Buckenmaier und zog seine Socken hoch. »Gestern hat sie dann den Mahler tatsächlich gefunden und ihn aus Rache mit Eisenhut vergiftet.«

»Ja, so war es«, bestätigte Salvatore und betrachtete stirnrunzelnd Buckenmaiers Beine. »Mahler hatte sie allerdings nicht nur vergewaltigt, sondern auch geschwängert.«

»Um Gottes willen«, murmelte Uschi.

»Für Mariella war es eine Katastrophe. Eine Abtreibung, ein Kindsmord, wäre für ihre streng katholische

Familie undenkbar gewesen. Ihre Eltern hätten dem nie zugestimmt. Egal von wem das Kind war. Sie wollte dieses Baby aber auf keinen Fall. Also verriet sie niemandem etwas von der Schwangerschaft und ging heimlich in eine Privatklinik, um eine Ausschabung vornehmen zu lassen.«

Buckenmaier fuhr sich mit der Hand über den Nacken und wechselte von einem Fuß auf den anderen. Salvatore ignorierte die zunehmende Ungeduld des Polizisten und fuhr unbeirrt fort.

»Einige Monate später lernte Mariella Matteo kennen und heiratete ihn. Da sie einen unbeschwerten Neuanfang haben wollte, erzählte sie ihm bewusst nichts von der Abtreibung. Erst als sie nicht schwanger wurde, holte sie die Vergangenheit wieder ein. Nach einer Untersuchung teilten ihr die Ärzte mit, dass es bei der durchgeführten Ausschabung eine seltene Komplikation gegeben habe und sie deshalb keine Kinder mehr bekommen könne.« Er machte eine Pause. »Daraufhin ist sie in eine schwere Depression gerutscht. Sie hatte immer von einer kinderreichen Familie geträumt und es fiel ihr deshalb sehr schwer, ihre Kinderlosigkeit zu akzeptieren. Zudem plagten sie enorme Schuldgefühle. Schließlich hatte sie Matteo gegenüber so viele Dinge verheimlicht, dass sie Angst hatte, ihn nun auch noch wegen ihrer Unehrlichkeit zu verlieren. Am meisten litt sie aber wohl darunter, dass sie das einzige Kind, das sie je hätte bekommen können, töten ließ.«

»Oh je«, sagte Uschi betroffen. »Wie tragisch!«

»Ja. Es hat sie so sehr belastet, dass sie innerhalb kurzer Zeit zwei Selbstmordversuche unternahm.«

»Was?«, rief Uschi und riss die Augen auf. »Das wird ja immer schlimmer!«

»Hm. Sie wollte sich mit einer Überdosis Schlaftabletten

das Leben nehmen. Aber Matteo hat sie zum Glück jedes Mal rechtzeitig gefunden. Während einer Therapie brachte sie dann endlich den Mut auf, Matteo von der Vergewaltigung zu erzählen.« Salvatore seufzte schwer. »Auf der Suche nach einer Lösung kamen die beiden dann irgendwann zu dem Schluss, dass sie den Vergewaltiger zur Rechenschaft ziehen mussten. Sie hofften, dass Mariella dadurch endlich ihren Seelenfrieden wiederfinden würde.«

»Und dann dachten sie, dass Selbstjustiz die Lösung ist?«, fragte Buckenmaier kopfschüttelnd. »Wenn man einen Menschen ermordet hat, findet man doch erst recht keine Ruhe!«

Uschi war ausnahmsweise seiner Meinung. Kurzfristig mochte die Rache eine Genugtuung sein. Aber wie konnte man die eigene Tat vor sich selbst rechtfertigen? Ein Mord konnte sicher nicht zu einem befreiten Leben führen.

»Wie hätten die beiden denn Frank etwas beweisen sollen?«, gab Salvatore zu bedenken. »Nur mit der Fibel? Nein, Mariella hätte damals vor zwei Jahren noch in derselben Nacht zur Polizei gehen müssen. Aber das hat sie eben nicht getan.«

»Ja, das war der Fehler«, sagte Buckenmaier und schaute noch eine Spur strenger drein.

»Na ja, mithilfe der Initialen auf der Fibel hatten sie Mahler jedenfalls bereits am Freitag ausfindig gemacht. Der fehlende Finger war für sie dann der endgültige Beweis gewesen, dass er sie in jener Nacht überfallen hatte.«

Buckenmaier wollte gerade etwas einwenden, aber Salvatore kam ihm zuvor.

»Mariella wollte Mahler eine letzte Chance geben. Sie sprach ihn am Freitagabend an und fragte ihn, ob er sich nicht an sie erinnern könne. Hätte er die Vergewaltigung zugegeben und sich bei ihr entschuldigt, wäre sie zur Polizei gegangen und hätte lediglich Anzeige gegen ihn erstattet. Leider Gottes behauptete er, sich nicht an sie erinnern zu können. Als er sie dann auch noch anmachte und als scharfen Feger bezeichnete, reichte es Mariella endgültig.«

Uschi ließ sich auf den nächstbesten Stuhl sinken. Ja, das hatte sie natürlich alles nicht gewusst. Aber auch wenn Frank ein Schwein gewesen war – hatte er deshalb den Tod verdient? Und das, was Matteo ihr selbst angetan hatte – war das nicht fast ebenso schlimm? Es würde eine ganze Weile dauern, bis sie sich davon erholen und fremden Menschen wieder frei und ohne Misstrauen begegnen konnte.

»Also gut.« Buckenmaier rieb sich die Hände. »Jetzt kennen wir das Motiv. Aber hat Mariella Ihnen auch gesagt, wie sie den Mahler umgebracht hat?«

»Ja. Sie trug den gehackten Eisenhut in einem Tütchen bei sich. Als Mahler zur Mittagszeit an die Theke kam und einen Eintopf bestellte, hat sie ihm persönlich rausgeschöpft und den Eisenhut unauffällig untergerührt.«

Buckenmaier gab ein lang gezogenes Stöhnen von sich, als er die Vibration in seiner Hose spürte.

»Moment, ich muss da mal kurz ran«, brummte er und verzog sich mit dem Handy am Ohr in eine ruhigere Ecke.

»Deshalb fühlte sich Frank nach dem Essen so schlecht«, folgerte Uschi. »Das Gift wirkt ja ungeheuer schnell.«

Bevor Salvatore etwas erwidern konnte, kam Buckenmaier schon wieder angelaufen. Er wirkte alarmiert.

»Ich habe gerade vom Labor die Bestätigung erhalten, dass Mahler mit Aconitin, also mit Eisenhut, vergiftet worden ist. Wir sollten jetzt schleunigst mal Nägel mit Köpfen machen. Nicht, dass uns der Kerl noch entwischt!

Haben Sie die Italiener informiert, dass wir Matteo suchen?« Ohne Salvatores Antwort abzuwarten, wandte er sich geschäftig an Uschi. »Frau Lämmle, tut mir leid, aber wir müssen dringend los! Wir sehen uns. Spätestens morgen früh, gell?«

Salvatore ließ sich von der Hektik, die Buckenmaier plötzlich verbreitete, nicht beeindrucken. Er beugte sich zu Uschi hinab, umschloss ihre Hände mit den seinen und schenkte ihr einen wehmütigen Blick.

»Schade, dass du schon gehst. Ich hätte mich gefreut, mit dir noch etwas mehr Zeit zu verbringen. Aber vielleicht sehen wir uns ja beim nächsten Römerfest wieder?«

Uschi nickte und schenkte ihm zum Abschied ein Lächeln.

Puh! Uschi atmete erleichtert auf, als sie durch das rote Holztor schritt. Es war ein guter Zeitpunkt, um das Fest zu verlassen. Die Besucher befanden sich noch allesamt rund um die Schaubühne bei der Tanzvorführung der Medusa und ihren Schlangenfrauen. Ob Buckenmaiers Kollegen schon die Straße abgeriegelt hatten?

Wie auch immer – in einer halben Stunde bin ich zu Hause, dachte sie. Und dann werde ich mich zur Belohnung verwöhnen. Ich werde mich schnurstracks in die Hängematte legen, die letzten Sonnenstrahlen genießen und mit geschlossenen Augen meiner Lieblingsmusik lauschen. Nebenbei werde ich Chips knabbern, im Wechsel mit ein paar Rippchen Schokolade. Und dabei ein Glas Rotwein süffeln. Oder erst einmal ausgiebig duschen?

Ein aufgebrachtes Wiehern riss sie aus ihren Gedanken. Auf einer Wiese neben dem Eingang grasten die beiden Pferde der Italiener. Ein römischer Soldat war gerade dabei, sich um eines der Pferde zu kümmern. Aber was machte er denn da? Wollte er aufsteigen? Das Pferd war doch weder gezäumt noch gesattelt! Komisch. Uschi beobachtete, wie der Mann sich stets aufs Neue an den Rücken des schwarzen Pferdes hängte und versuchte, sich an der Mähne hochzuziehen. Ohne Steigbügel war dies nur schwer zu schaffen, zumal der Rappe von besonders hoher Statur war. Dem Pferd gefiel diese grobe Behandlung gar nicht und es tat seinen Unmut mit entrüstetem Wiehern und unruhigem Tänzeln kund.

Der Mann nahm Uschi nicht wahr. Er war viel zu sehr mit dem widerspenstigen Rappen beschäftigt. Dennoch trat sie vorsichtshalber in den Schatten eines Baumes und stellte leise ihre Tasche auf den Boden. Es war eigenartig, aber die Nervosität des Pferdes übertrug sich auf sie. Uschi hatte das Gefühl, ebenso scheuen zu müssen wie das sich aufbäumende Tier.

Als sich das Pferd zur Seite drehte, sah sie den Soldaten von vorn. Sie schauderte, als sie begriff, wen sie vor sich hatte. Matteo! Und wenn ihr nicht schnell etwas einfiel, dann war er weg. Sie musste ihn irgendwie aufhalten. Aber wie?

Gemäßigten Schrittes, um ja keine Aufmerksamkeit zu erregen, ging sie zum Museum zurück. Als sie sicher sein konnte, außer Sichtweite zu sein, rannte sie los. Beim ersten Römerzelt schnappte sie sich ein Schwert, machte kehrt und eilte damit wieder zum Ausgang. Vor dem roten Tor stoppte sie und nestelte ihr Handy aus dem Lederbeutel.

»Herr Buckenmaier!«, schnaufte sie und hielt sich die Seite. »Matteo ist bei den Pferden! Auf der Wiese vor dem Tor! Er will abhauen. Machen Sie schnell!«

Bevor Buckenmaier etwas erwidern konnte, hatte sie das Handy bereits zugeklappt und verstaut. Dann stopfte sie den Saum ihres Kleides in den Gürtel und rannte weiter.

So schnell schafft es Matteo sowieso nicht, auf dieses Pferd zu steigen, beruhigte sie sich. Vermutlich kann er nicht einmal reiten und der Rappe wirft ihn unversehens ab.

Dieses Mal würde sie Matteo Einhalt gebieten. Jetzt hatte er es nicht mehr mit einer wehrlosen Frau zu tun, dieser Feigling. Sie war bewaffnet! Und sie hatte so eine Wut im Bauch, dass sie keine Sekunde zögern würde, das Schwert zu gebrauchen. Sie würde ihn so lange in Schach halten, bis Buckenmaier bei ihr war.

Aber sie kam zu spät, obwohl sie so schnell wie schon lange nicht mehr gerannt war. Matteo hatte es geschafft. Sie sah gerade noch, wie der Rappe mit ihm über den Zaun sprang und ins Tal hinabgaloppierte. Uschi stützte sich in gekrümmter Haltung auf ihren Oberschenkeln ab und blickte ihm keuchend hinterher. Er konnte reiten! Wer hätte das gedacht! Aber weit würde er nicht kommen. Wenn er nicht quer durch den Wald reiten wollte, endete sein kleiner Reitausflug bei der Polizeisperre. Hoffentlich hatte Buckenmaier schon seinen Kollegen Bescheid gegeben!

Sie musste damit rechnen, dass er demnächst wieder zurückkam. Uschi suchte die Umgebung nach Fluchtwegen ab. Er würde garantiert den Waldweg dort ansteuern. Und daran musste sie ihn hindern. Sie stellte sich mittig auf die

Straße und wartete. Es dauerte nicht lange, da hörte sie schon das Trappeln der Pferdehufe. Uschi war sich sehr wohl bewusst, dass sie Matteo nicht aufhalten konnte, wenn es hart auf hart kommen sollte. Aber sie hoffte zumindest, dass er sein Tempo verlangsamen würde, wenn sie sich ihm in den Weg stellte. Sie musste versuchen, ein wenig Zeit herauszuschinden. Buckenmaier würde ja jeden Moment da sein.

Matteo ritt wie der Teufel. Vermutlich waren die Polizisten bereits hinter ihm her.

An mir kommst du nicht vorbei, dachte Uschi und breitete demonstrativ die Arme aus. Das Schwert hielt sie fest umklammert in der rechten Hand. Sie setzte eine Miene auf, die an ihrer Entschlossenheit keinen Zweifel ließ, und fixierte mit zusammengekniffenen Augen den herannahenden Reiter.

Sie hatte damit gerechnet, dass er sein Tempo nun drosseln würde. Überrascht stellte sie fest, dass er jedoch unbeirrt auf sie zuritt. In vollem Galopp! Womöglich konnte er auf das Pferd gar nicht mehr einwirken? Schließlich hatte er keine Zügel. Uschi kannte sich mit Pferden nicht aus. Würde es instinktiv ausweichen? Oder musste sie damit rechnen, überrannt zu werden? Schon von Weitem sah sie die schreckgeweiteten Augen und die geblähten Nüstern des Pferdes. Das Tier hatte große Angst, kein Zweifel.

Es ist absolut idiotisch, ein Pferd im Fluchtmodus aufhalten zu wollen, dachte sie nervös. Angetrieben von einem durchgeknallten Reiter! Uschi ließ die Arme sinken. Sie musste rechtzeitig aus dem Weg springen, um nicht niedergetrampelt zu werden! Dennoch würde sie, so lange es ging, ausharren und Matteo die Stirn bieten. Sie riss ihre Arme wieder hoch und streckte ihm drohend das Schwert entgegen. Nun war er schon so nahe, dass sie ihm ins Gesicht blicken konnte. Er wirkte mindestens ebenso Furcht erfüllt wie das Pferd.

Uschis Herzschlag beschleunigte sich. Es fehlten nur noch wenige Meter. Gleich, gleich musste sie sich auf die Seite werfen. Sie machte sich bereit. Eins, zwei …

Bis drei kam sie nicht. Das Pferd bäumte sich ganz unerwartet vor ihr auf und stieß ein lautes Wiehern aus. Uschi wich entsetzt zurück und hielt die Arme schützend vor ihren Kopf. Matteo klammerte sich an der Mähne fest, um nicht vom Rücken des Pferdes zu rutschen.

Nachdem der Rappe zum Stehen gekommen war, nahm Uschi langsam die Hände vom Kopf und richtete das Schwert auf Matteo.

»Es ist aus! Finito!«

Auf einmal veränderte sich der Gesichtsausdruck des Italieners. Sein Blick wirkte nicht mehr aggressiv, sondern trüb und resigniert. Mit hängenden Schultern saß er schlaff auf dem Pferd, als sei jegliche Energie schlagartig aus seinem Körper entwichen. Blut quoll seitlich unter dem Halstuch hervor und hinterließ rote Spritzer auf seinem Kettenhemd. Wie in Zeitlupe hob er die Hand, betastete das durchnässte Tuch an seinem Hals und verzog dann gequält das Gesicht.

Uschi war verblüfft, welchen Effekt ihre Worte hatten. Was sie allerdings irritierte, war die Tatsache, dass er keinen Blickkontakt mit ihr aufnahm. Er schaute über sie hinweg!

Das Geräusch war zuerst kaum wahrnehmbar, schwoll schließlich aber rasch zu einem immer lauter werdenden Klopfen an. Dann hörte sie das rhythmische Stampfen. Es klang bedrohlich. Langsam drehte sie sich um. Um Himmels willen! Was war das denn?

Vor dem roten Tor hatte sich die gesamte römische Legion formiert! Uschi war so auf Matteo konzentriert gewesen, dass sie davon nichts mitbekommen hatte. Die Soldaten hatten sich in einer langen Reihe aufgestellt und sperrten die Straße komplett ab. Trapp. Trapp. Trapp. Trapp. Unentwegt marschierten sie auf der Stelle und schlugen mit ihren Schwertern im Takt auf ihre Schilde. Ihre Gesichter waren starr, die Augen fest auf Matteo gerichtet. Jedes Stampfen, jeder Schlag mit dem Schwert glich einer mächtigen Drohung.

Matteo wendete langsam das Pferd. Als er das Blaulicht des Polizeiwagens auf sich zukommen sah, blieb er still sitzen und streichelte dem Rappen die Mähne. Es war vorbei.

Da ist noch was, das ich dich fragen wollte«, sagte Uschi und presste das Handy noch etwas fester ans Ohr.

Es war ihr unangenehm, das Thema anzuschneiden, aber sie musste die Sache abklären. Und vielleicht hatte Kathrin ja eine plausible Erklärung dafür.

Nachdem Matteo verhaftet worden war, hatte sie beschlossen, Kathrin über die Festnahme zu informieren. Uschi hätte ihrer Freundin zwar lieber von Angesicht zu Angesicht ihr Beileid ausgesprochen, aber unter den gegebenen Umständen war es nun mal nicht anders möglich gewesen, als am Telefon zu kondolieren. Kathrin weinte bitterlich, als sie Uschis Stimme vernahm, und es dauerte einc ganze Weile, bis sie sich wieder so weit beruhigt hatte, dass man mit ihr ein halbwegs normales Gespräch führen konnte. Doch während Uschi von den Ereignissen der letzten Stunden erzählte, hatte sie zunehmend das Gefühl, ein Selbstgespräch zu führen. War anfangs noch ein verhaltenes »Aha« oder »Hm« zu hören, beschränkte sich Kathrins Reaktion irgendwann nur noch auf ein gelegentliches Seufzen und schließlich verstummte sie ganz. Selbst den Verlust ihrer geliebten Decke aus Guatemala nahm sie kommentarlos hin.

»Weißt du, ich hab den Handspiegel deiner Oma mal vorsorglich an mich genommen«, sagte Uschi, machte eine Pause und lauschte. War Kathrin überhaupt noch in der Leitung? »Nachdem dieser Mann in dein Zelt eingebrochen war, hatte ich Angst, dass er später vielleicht zurückkommt und deine Wertsachen klaut.«

Stille. Uschi räusperte sich. Kathrins Teilnahmslosigkeit irritierte sie und sie empfand das Gespräch als furchtbar anstrengend.

»Als ich den Spiegel aus dem Fach herausgenommen habe, ist mir so ein Beutel mit römischen Münzen aufgefallen.«

Uschi wartete erneut einen Moment ab, doch Kathrin schwieg beharrlich.

»Wo habt ihr diese Münzen denn her?«

»Ich weiß es nicht«, sagte Kathrin so leise, dass Uschi es kaum verstehen konnte. »Ich hab den Beutel gestern das erste Mal gesehen. Und Frank wollte mir nicht sagen, wo er die Münzen herhatte. Deswegen haben wir uns ja auch gestritten.« Ihre Stimme wurde brüchig. »Er war so ein Dickkopf!«

»Hast du dir die Münzen mal näher angesehen? Die

haben alle dieselbe Prägung. Und sie sind aus Silber. Ich glaube, die sind ganz schön viel wert.«

»Ach, weißt du«, schniefte sie. »Das ist mir so was von egal. Und wenn sie eine Million wert wären. Das bringt mir Frank auch nicht mehr zurück.« Sie stockte. »Und du kannst dir gar nicht vorstellen, wie sehr ich ihn jetzt schon vermisse.«

Uschi hörte, wie sich Kathrin schnäuzte.

»Das glaube ich dir. Aber es wäre ja vielleicht trotzdem wichtig zu wissen, woher die Münzen stammen.«

»Frank wollte mir alles nach dem Fest erklären. Und jetzt …«, sie schniefte, »jetzt ist es zu spät. Du kannst den Beutel behalten. Ich will ihn nicht.«

»Um Gottes willen, nein. Ich will diese Münzen ganz bestimmt nicht haben. Wäre es denn für dich in Ordnung, wenn ich den Beutel an Arthur übergebe? Der kennt sich doch damit am besten aus und weiß, an wen man sich mit so einem Fund wenden kann.«

»Ja, ja, mach das nur. Ich will dieses Ding nicht mehr sehen. Es würde mich nur daran erinnern, dass wir deswegen zuletzt gestritten haben. Dabei hätte es so viele Dinge gegeben, die ich ihm noch gerne gesagt hätte. Wichtige Dinge.«

»Ich weiß, Kathrin. Aber glaub mir, Frank wusste ganz genau, wie sehr du ihn geliebt hast.«

Die tröstenden Worte hatte Uschi nicht einfach so dahergeredet. Sie war überzeugt davon, dass Frank sich der Liebe seiner Frau gewiss sein konnte. Aber ob er diese Liebe auch verdient hatte – das stand für Uschi auf einem ganz anderen Blatt.

Der junge Polizist stand an der Wand des Eckturms gelehnt und kontrollierte die Nachrichten auf seinem Smartphone.

»Schön, dass Sie noch mal für uns den Übersetzer spielen, Herr Bibione«, sagte Buckenmaier. »Wir würden gerne noch ein paar Dinge mit Mariella besprechen, bevor wir sie und ihren Mann ins Präsidium bringen.« Er wandte sich dem Kollegen zu: »Schließen Sie bitte auf. Und packen Sie das Ding weg!«

Uschi stellte ihre Tasche ab und positionierte sich etwas abseits. Es war ihr unangenehm, Mariella zu begegnen. Sie war nur noch hier, weil Salvatore sie inständig gebeten hatte, noch ein wenig zu bleiben. Er hatte angedeutet, dass er noch etwas mit ihr bereden wolle. In Ruhe. Unter vier Augen. Nun war aber Buckenmaier dem Vier-Augen-Gespräch in die Quere gekommen. Zumindest hatte er versprochen, dass es schnell gehen würde.

Zur Ablenkung betrachtete Uschi die Aussicht. Da der Eckturm etwas erhöht lag, konnte sie von hier aus bis nach Hechingen und zu ihrer Burg Hohenzollern sehen.

Sie musste an das Telefonat denken, das sie vor wenigen Minuten mit Kathrin geführt hatte.

Seufzend zog sie eine lockere Haarnadel aus ihrem Dutt heraus und schob sie an einer anderen Stelle wieder unter das Haarnetz zurück.

Sie hatte es nicht über sich gebracht, Kathrin von der Vergewaltigung zu erzählen. Aber mal davon abgesehen, dass dies früher oder später die Polizei übernehmen würde, wäre es im Moment gewiss nicht der richtige Zeitpunkt gewesen, um Kathrin diese schockierenden Erkenntnisse zu unterbreiten. Sie war auch so schon völlig am Boden zerstört.

Uschi drehte sich um und sah gerade noch, wie der junge Polizist im Turm verschwand. Kurz darauf hörte sie ein hektisches Rütteln am Fenster. Uschi blickte erstaunt auf. Hinter dem Fenster stand der junge Polizist und mühte sich mit dem Schließmechanismus ab. Als es ihm endlich gelungen war, das Fenster aufzureißen, schrie er:

»Herr Buckenmaier! Der Frau geht's nicht gut! Die liegt auf dem Boden und windet sich.«

Buckenmaier blies die Backen auf und rannte los, dicht gefolgt von Salvatore und Uschi.

Tatsächlich. Es war ein grausiger Anblick. Mariella lag röchelnd auf dem Fußboden, hatte die zu Fäusten geballten Hände auf ihre Ohren gepresst und krümmte sich vor Schmerz. Ihre Zähne klapperten, als befände sie sich in einem Gefrierschrank. Neben ihr lag ein geöffneter kleiner Stoffbeutel.

Salvatore kauerte sich neben Mariella, streichelte ihren Kopf und redete beruhigend auf sie ein.

»Wir brauchen einen Notarzt«, schrie Buckenmaier.

»Moment noch! Ich glaube …«

Uschi griff nach dem Stoffbeutel. Sie konnte sich denken, weshalb es Mariella plötzlich so schlecht ging. Frank hatte sich auf dieselbe Art und Weise auf dem Boden gekrümmt und vor Schmerzen geschrien. Ein kurzer Blick in den Beutel genügte. Hatte sie es doch geahnt! Bis obenhin angefüllt mit blauen Blütenblättern!

»Sie hat Eisenhut gegessen!«, rief sie erregt. »Wir müssen gleich die Giftnotrufzentrale anrufen. Ich habe die Nummer eingespeichert.«

Hoffentlich, hoffentlich ist es noch nicht zu spät für sie, dachte Uschi und blickte voller Sorge auf die junge Frau, die sich vor Qualen schreiend hin- und herwälzte.

Zehn Minuten später, als sich Mariella bereits auf dem Weg ins Krankenhaus befand, zogen sich Uschi und Salvatore in eine abgeschiedene Ecke im Heiligen Bezirk zurück. Das Museum hatte bereits seine Pforte geschlossen, die Besucher waren nach Hause gegangen und auf dem Gelände bauten die Akteure ihre Zelte ab und machten sich zur Abreise fertig.

Obwohl das Fest ein Erfolg gewesen war, herrschte unter den Darstellern und Fördervereinsmitgliedern tiefe Betroffenheit. Es hatte sich wie ein Lauffeuer herumgesprochen, dass Mariella und Matteo den Tod von Frank zu verantworten hatten. Viele, die Mariella schon länger kannten, mochten dies gar nicht glauben. Wiederholt unterbrachen sie ihre Aufräumarbeiten, standen zusammen, redeten leise miteinander und schüttelten verständnislos die Köpfe.

»Hoffentlich kann man sie noch retten«, sagte Uschi und setzte sich auf eine Mauer. »Soweit ich weiß, gibt es allerdings kein Gegengift. Vielleicht kann man ihr mit einer Magenspülung helfen. Warum hat sie das nur getan?«

Salvatore setzte sich neben sie. Er gab ein lautes Seufzen von sich.

»Sie fürchtete wohl, nicht die Kraft zu haben, um all das durchzustehen, was auf sie zukommen würde. Ich glaube, sie hielt den Beutel mit dem Eisenhut für den Fall bereit, dass die Sache schiefgehen würde. Mariella wollte sich eine Hintertür offen lassen und notfalls fliehen. Aber nicht wie Matteo, der mit allen Mitteln nach Italien zurückwollte. Sie hatte schon lange eine andere Möglichkeit der Flucht für sich entdeckt.«

Sie schwiegen und jeder hing für eine Weile seinen eigenen Gedanken nach.

»Ich kann das ehrlich gesagt nicht nachvollziehen«, sagte Uschi plötzlich und richtete ihren Rücken gerade auf. »Es besteht doch immer Hoffnung!«

Salvatore betrachtete sie erstaunt.

»Dum spiro spero«, murmelte er. »Solange ich atme, hoffe ich. Weißt du, irgendwie erinnerst du mich an eine Weide.«

»An eine Weide?«, lachte Uschi auf. »Was soll das nun schon wieder heißen?«

»Du bist biegsam wie eine Weide. Wenn der Sturm zu stark wird, beugst du dich dem Wind und gibst nach. Du verlierst womöglich ein paar Blätter, aber du brichst nicht. Ist der Sturm vorüber, zeigst du wieder deine ganze Stärke und Schönheit. Als hätte es nie einen Sturm gegeben.« Er lächelte.

Uschi wusste nicht, was sie zu diesem Kompliment sagen sollte. Sie dachte kurz darüber nach, dann zuckte sie mit den Schultern und lächelte ebenfalls.

Ein Geräusch ließ sie aufhorchen. Sie drehte sich um. Ein Alamanne mit langem grauem Mantel hatte sich zu ihnen gesellt. Mit gesenktem Blick hastete er kreuz und quer durch die Tempelanlage, guckte mal unter diesen, mal unter jenen Busch, scharrte an verschiedenen Stellen mit den Schuhen im Dreck und fluchte leise vor sich hin.

Salvatore hatte inzwischen eine Flasche Rotwein und zwei Gläser aus seiner Tasche hervorgezaubert. Er drehte den Korkenzieher in die Flasche und zog den Korken mit einem lauten »Plop!« heraus. Der Alamanne, der bisher keine Notiz von ihnen genommen hatte, sah überrascht herüber.

Uschi nickte ihm zu. Der Mann grüßte kurz zurück, ging dann jedoch mit schnellem Schritt weiter.

Hm, hatte sie gerade ein Déjà-vus? Irgendwie erinnerte sie dieser kleine, schwabbelige Typ an jemanden, den sie kürzlich erst gesehen hatte. Wo war das nur gewesen? Hier auf dem Römerfest? Oder ähnelte er lediglich einem Schauspieler, den sie im Fernsehen gesehen hatte? Ah, jetzt wusste sie es!

»Der sieht mit seinem Mantel aus wie ein Hobbit!«, wisperte Uschi. »Was sucht der denn? Den Weg zurück ins Auenland?«

»Nein. Der ist auf der Suche nach seinem Schaaatz!«, raunte Salvatore.

Uschi kicherte. Doch dann besann sie sich. Sie musste plötzlich wieder an den Beutel mit den Silbermünzen denken. Und an den Einbrecher in Kathrins Zelt, der eine ähnliche Körperhaltung hatte wie dieser Hobbit hier und gewiss auf der Suche nach diesem »Schatz« gewesen war. Etwas unwohl fühlte sie sich schon dabei, wenn sie daran dachte, dass sich dieses wertvolle Fundstück nun in ihrer Reisetasche befand. Nächste Woche musste sie nochmals herkommen und den Beutel der Museumsleitung übergeben.

»Sakrament nomal!«, fluchte der Alamanne ungehalten, als er über ein Fundament stolperte. Der Mann wirkte ziemlich gehetzt. Mit zusammengekniffenen Augen verfolgte Uschi seinen wirren Zickzacklauf. Womöglich hatte er ein Problem und traute sich nicht, um Hilfe zu bitten.

»Können wir Ihnen helfen?«, rief sie ihm zu und rutschte von der Mauer. »Haben Sie was verloren?«

Der Alamanne schaute auf.

»Häh? Äh, i han mei Handy verlore.«

»Wie ist denn Ihre Nummer? Ich könnte Sie anrufen«, bot Salvatore an.

Der Mann kratzte sich am Kinn.

»Oh, des goht leider it. I weiß mei Nummer it auswendig.«

»Das Problem kenne ich«, sagte Uschi.

»Sollen wir Ihnen suchen helfen?«, fragte Salvatore und erhob sich.

»Noi, noi, bleibe Se nur sitze. I komm scho zrecht.« Er marschierte in die andere Richtung weiter. »'n schene Obed.«

Salvatore setzte sich wieder.

»Was hat er gesagt?«, flüsterte er Uschi zu. »Ich habe kein Wort verstanden.«

»Er hat gesagt, dass er zurechtkommt, und hat uns einen schönen Abend gewünscht.«

Salvatore sah belustigt aus.

»Du könntest als Schwäbisch-Übersetzerin arbeiten.«

»So weit kommt's no!«, sagte Uschi und hob abwehrend die Hände.

Salvatore reichte ihr eines der Gläser und zwinkerte ihr ermunternd zu.

»Oh nein! Vielen Dank, aber ich muss ja noch fahren!«, sagte Uschi.

Er tat enttäuscht.

»Na und? Ich muss auch noch fahren! Sogar bis nach Italia!«

»Ja, mit dem Bus!«

»Ein kleines bissele Vino rosso hat noch keinem Autofahrer geschadet. Du wirst sehen, nach den Strapazen, die du hinter dir hast, wird dir der Wein guttun.«

Er füllte den Wein in die Gläser und prostete ihr zu.

»Du musst mir beim Zuprosten in die Augen schauen«, sagte Uschi streng. »Das ist uns Deutschen wichtig!«

Salvatore beugte sich vor und versenkte sich in ihren Blick.

»So?«

Obwohl Uschi noch keinen einzigen Schluck Wein getrunken hatte, wurde ihr ein wenig schwindlig und sie hatte ein ganz warmes Kribbeln im Bauch.

»Ja, genau so!«, sagte sie verlegen. »Und worauf sollen wir anstoßen nach so einem entsetzlichen Tag?«

Salvatore brauchte nicht lange nachzudenken. Er sagte feierlich:

»Wir stoßen auf deinen Besuch bei mir in bella Italia an! In Verona. Der Stadt der Liebe!«

Sie ließen ihre Gläser klingen. Uschi nahm einen Schluck Wein und räusperte sich dann.

»Ist das dein Ernst? Ich soll dich besuchen kommen?«

»Ich würde mich riesig freuen!« Er legte den Kopf schief. »Am besten ist, du kommst im Herbst. Da ist es nicht mehr so heiß. Ich würde dir alles zeigen. Den Balkon von Romeo und Julia. Und wir könnten in einer Trattoria essen gehen und richtig guten Vino rosso trinken. Und wir könnten in das Freilichttheater gehen und eine Oper anhören. Oder …«

»Stopp, stopp, stopp!«, rief Uschi. »Ich seh schon, du bist kaum noch zu bremsen. Das ist lieb von dir, aber …«

»Was aber?« Er wirkte plötzlich wirklich enttäuscht.

»Das kommt so überraschend! Ich … ich muss erst noch darüber nachdenken.«

»Gut! Das verstehe ich. Du bekommst fünf Minuten Zeit. Gute Entscheidungen trifft man aus dem Bauch heraus. Man sollte sich deshalb nie länger als fünf Minuten Zeit lassen.«

Uschi unterdrückte ein Lachen und blickte um sich. Sie

waren allein. Der Alamanne hatte die Suche nach seinem Handy aufgegeben und war unverrichteter Dinge abgezogen. Sie hielt den Wein unter ihre Nase und schnupperte. Hm. Er duftete nach Brombeeren. Und Mandeln! Und nach einer Prise Muskat. Versonnen ließ sie den Wein in ihrem Glas kreisen.

Nun ja. Salvatore war ein charmanter, liebenswürdiger Mensch. Und sie war ungebunden. Ihr Hamster konnte vorübergehend auch vom Nachbarkind betreut werden. Die Burg Hohenzollern kam gewiss auch eine Weile ohne sie zurecht. Genau genommen sprach nichts gegen eine Reise nach Verona.

»Also gut…«, setzte sie an, hielt dann jedoch verblüfft inne.

Ein großer Vogel zeichnete sich soeben gegen die Abendsonne ab und flog geradewegs auf sie zu. Über ihren Köpfen stieß er einen lang gezogenen Schrei aus.

»Ein Bussard«, sagte Salvatore und runzelte die Stirn.

»Oje«, sagte Uschi und sah dem Vogel nach. »Das ist ein schlechtes Zeichen, oder? Er kam doch von Westen. Die Götter halten die Reise nach Italien wohl für keine gute Idee.«

»Abwarten.«

Mehr sagte Salvatore nicht. Er zog sich seine Toga über den Kopf und versank in der Betrachtung des Himmels. Schweigend saßen sie nebeneinander. Uschi nippte erneut an ihrem Wein und fragte sich, auf was sie warteten. Aber sie traute sich nicht, ihn in seiner Himmelsschau zu stören.

Auf einmal stieß eine Krähe von einer hohen Fichte herab und glitt über ihre Köpfe hinweg. Über Salvatores Gesicht breitete sich ein wissendes Augurenlächeln aus.

»Na also!«, sagte er zufrieden.

»Äh, was meinst du mit ›na also‹?«

»Jetzt ist alles wieder gut.«

»Wirklich?«

Uschi schaute skeptisch.

»Hast du die Krähe gesehen? Sie kam aus Osten! Jupiter ist begeistert von der Idee, dass du mich im Herbst besuchen kommst.«

Uschi lachte.

»Salvatore, du bist ein Schlitzohr!«

»Nein, überhaupt nicht«, verteidigte er sich. »Es ist völlig legitim, auf ein neues Zeichen zu warten. Dies war schon in der Römerzeit eine gängige Praxis der Auguren, wenn das Omen ungünstig war. Manchmal muss man den Göttern nur ein wenig Zeit lassen.« Er schmunzelte. »Und wenn man Glück hat, ändern sie ihre Meinung.«

»Aha!«, sagte Uschi. »Na, wenn Jupiter höchstpersönlich meine Reise befürwortet, kann ja eigentlich nichts mehr schiefgehen.«

Salvatore nickte ernst.

»So ist es, cara mia.«

Sie atmete tief ein, blinzelte in die Abendsonne und genoss den Augenblick.

Die Wärme, der Wein und diese alten römischen Mauern riefen bereits so viel südliches Flair hervor, dass sie kaum glauben konnte, sich nach wie vor auf der Schwäbischen Alb zu befinden. Selbst die Zikaden zirpten so inbrünstig, wie man es sonst nur von den südeuropäischen Ländern her kannte.

Fehlten nur noch die Olivenbäume.

Nun ja, und die braunen Maulwurfshügel auf der Wiese passten auch nicht so recht ins Bild. Glitzerte in dem

Haufen da drüben nicht etwas? Der Maulwurf hatte wohl aus der Tiefe eine Glasscherbe zutage gefördert.

Wie beiläufig rückte Uschi etwas näher an Salvatore heran, strich mit der Hand den Rock ihres Hochzeitskleides glatt und lächelte in sich hinein.

Alea iacta est, dachte sie. Die Würfel sind gefallen! Auf nach bella Italia!

Dank

Diesen Krimi widme ich meinem verstorbenen Latein- und Geschichtslehrer Alf Müller. Er war mir als Lehrer ein großes Vorbild. Durch sein enormes Wissen und seine enthusiastische Art zu unterrichten, hat er es geschafft, mich für die lateinische Sprache zu begeistern und die Welt der Römer in meiner Fantasie lebendig werden zu lassen. Egal ob wir »Asterix« in lateinische Sprache übersetzten, »Spartakus« anschauten oder römische Ausgrabungsstätten in ganz Deutschland besichtigten – die Faszination für das alte Rom war allgegenwärtig. Der Höhepunkt war eine Studienreise nach Rom, die mir stets in guter Erinnerung bleiben wird.

Danken möchte ich an dieser Stelle meinem Mann, der mich eifrig beim Brainstorming unterstützt und mir beim Schreiben den Rücken frei gehalten hat. Meinen Kindern Laetitia und Leander danke ich für ihr Verständnis, dass sich ihre Mutter oftmals gedanklich in einer anderen Welt befindet und selbst im Urlaub stundenlang am Schreiben ist.

Großer Dank gebührt meiner Lektorin Elga Lehari-Reichling für ihre gewissenhafte Korrektur und ihr außerordentliches Engagement, Gabriele Schäfer-Lehari und Ulrike Weiler für die vertrauensvolle Zusammenarbeit und dem Verlag Oertel+Spörer für die Möglichkeit, diesen Krimi zu veröffentlichen.

Ebenfalls danken möchte ich Gerd Schollian, dem Vorstand des Fördervereins des Römischen Freilichtmuseums Hechingen-Stein, und seiner Gattin für ihre freundliche Unterstützung.

Danken möchte ich zudem Herrn Dr. Reus für die sehr informative wissenschaftliche Führung im Römischen Freilichtmuseum Hechingen-Stein.

Quellen

Im Vorfeld des Buches habe ich viel recherchiert. Die Informationen habe ich aus diversen Fachbüchern, Internetportalen, Zeitungsberichten, Filmen und persönlichen Gesprächen mit Experten und Darstellern auf dem Römerfest erhalten.

Exemplarisch seien hier folgende Quellen genannt, die mir unter anderem als Grundlage für den historischen Hintergrund dienten:

Villa rustica, Leben und Arbeiten auf römischen Landgütern
von Ursula Heimberg, Verlag Philipp von Zabern, 2011

Die Römer – Kultur und Mythen
von Lesley und Roy Adkins, Taschen Verlag, 2008

Die Römer in Deutschland
von Andreas Thiel, Konrad Theiss Verlag GmbH Stuttgart, 2008

Alamannen oder Alemannen: www.noth.net/h13suevia.htm

www.stuttgarter-zeitung.de/inhalt.heimatmuseum-in-voerstetten-von-alemannen-und-alamannen

www.de.wikipedia.org/wiki/Fluchtafel

https://incipesapereaude.wordpress.com/2014/03/19/auspizien-vs-aberglaube-im-romischen-cultus

Isabel Holocher-Knosp

ist in Tübingen 1973 geboren und wuchs am Fuße der Burg Hohenzollern auf. Heute lebt sie mit ihrer Familie in Albstadt. Wenn sie keine Krimis schreibt, unterrichtet sie an einer Grundschule und ist gleichzeitig Ansprechpartnerin für Hochbegabung am Schulamt Albstadt. Zudem ist sie Gründungsmitglied des Vereins »Spitzenklänge – Begabten Musikförderung Zollernalb«. Die Erste Staatsprüfung im Fach Deutsch/Literaturwissenschaft absolvierte sie erfolgreich zum Thema Krimi. »Tatort Villa Rustica« ist nach »Tatort Hohenzollern« ihr zweiter Krimi mit der pensionierten Lehrerin Uschi Lämmle als private Hobbydetektivin, die bei ihren Ermittlungen auch immer wieder selbst in höchste Gefahr gerät.

Dieser Kriminalroman spielt an realen Schauplätzen.
Alle Personen und Handlungen sind frei erfunden.
Sollten sich dennoch Ähnlichkeiten mit lebenden oder verstorbenen Personen ergeben, so sind diese rein zufällig und nicht beabsichtigt.

Postfach 16 42 · 72706 Reutlingen

Titelbild: Jürgen Meyer
Gestaltung: PMP Agentur für Kommunikation, Reutlingen
Satz: Uhl + Massopust, Aalen
Druck und Bindung: CPI books GmbH, Leck
Printed in Germany
ISBN 978-3-96555-008-7

Isabel Holocher-Knosp
TATORT
HOHENZOLLERN
Schwabenkrimi